法藏知津

中國佛教研究集成

初 編

杜潔祥 主編

第 32 冊

拾得及其作品研究

方志恩 著

花木蘭文化出版社

國家圖書館出版品預行編目資料

拾得及其作品研究／方志恩著 -- 初版 -- 台北縣永和市：花木
蘭文化出版社，2010〔民 99〕
序 2+ 目 4+158 面：19×26 公分
（法藏知津──中國佛教研究集成 初編：第 32 冊）
ISBN：978-986-6831-73-7（精裝）
1.（唐）釋拾得　2.唐詩　3.詩評
851.4411　　　　　　　　　　　　　　　　　　96017731

ISBN - 978-986-6831-73-7

法藏知津──中國佛教研究集成
初　編　第三二冊　　　　　　　ISBN：978-986-6831-73-7

拾得及其作品研究

作　　者　方志恩
主　　編　杜潔祥
總 編 輯　杜潔祥
印　　刷　普羅文化出版廣告事業
出　　版　花木蘭文化出版社
發 行 所　花木蘭文化出版社
發 行 人　高小娟
聯絡地址　台北縣永和市中正路五九五號七樓之三
　　　　　電話：02-2923-1455／傳眞：02-2923-1452
電子信箱　sut81518@ms59.hinet.net
初　　版　2007 年 9 月（一刷）　2010 年 8 月（二刷）
定　　價　初編 36 冊（精裝）新台幣 55,000 元

拾得及其作品研究

方志恩　著

作者簡介

臺灣省台南市人，一九七九年生。華梵大學中國文學系、東方人文思想研究所碩士班畢業，現為東方人文思想研究所博士生。曾任南市安順國中補校國文教師、擔任華梵大學東方人文思想研究所《佛教文獻與佛教文學研究專刊》、《中國儒學與中國文獻研究專刊》主編，並發表〈明代詞僧釋正喦生平事蹟繫年〉、〈宋代詞僧釋淨端及其「漁家傲」四闋探研〉、〈從歷代目錄看「拾得詩」之版本及其流傳情況〉、〈唐白話詩派研究述略——以王梵志、寒山、龐蘊為考察對象〉、〈從來是拾得，不是偶然稱——唐白話詩僧拾得生平年代考略〉、〈《寒山詩集》唐代傳本考述〉等多篇學術論文。

提　　要

　　本文主要分為「生平」與「詩作」兩大脈絡，旨在釐清拾得生世之謎與闡發作品意蘊，全書凡六章，內容大致如次：

　　第壹章「緒論」。揭示本論文研究動機、方法，所用資料處理與原則，及概述研究現況。

　　第貳章「拾得生平探索」。運用資料蒐集、排比、整理等方法，爬梳拾得生平文獻，並予以考證、分析，勾勒詩人活動年代、交遊崖略。

　　第參章「拾得詩集之流傳與研究」。主要探討詩集版本流傳、輯佚與校勘等議題。其中，依項楚《寒山詩注》本中拾得詩與國內圖書館所藏善本、注本進行校勘、補充，為此章重點之一。

　　第肆章「拾得詩歌內涵之分析」。將拾得詩作中內容性質相符者，倫類分次，並加探析、評賞，以瞭解詩偈淵源、題材類型等內涵。

　　第伍章「拾得詩歌形式探析」。說明詩歌體貌與聲律特色，藉以探究拾得詩作形式特質。另章末重新董理之韻譜，提供音韻學方面可用參考資料。

　　第陸章「結論」。陳述拾得詩對後代白話詩文之影響及其地位，賡續依據個人研究結果，提出綜合性結論與展望。

目

錄

序

　　方君志恩，年未屆而立，從余受業多歷歲時，現就讀華梵大學東方人文思想研究所博士班，篤志向學，尤潛心唐、宋僧人詩詞之鑽研。年前撰就碩士論文《拾得及其作品研究》，凡十萬言。其論文選題新穎、內容富贍、闡釋翔實、遣辭安雅，早獲師長之揚譽，頗植令聞。

　　近數年來，志恩治學益勤，著述日富，先後發表於《東方人文學誌》之文章，計有〈明代詞僧釋正嵒生平事蹟繫年〉、〈宋代詞僧釋淨端及其「漁家傲」四闋探研〉、〈從歷代目錄看「拾得詩」之版本及其流傳情況〉、〈唐白話詩派研究述略──以王梵志、寒山、龐蘊為考察對象〉等四篇，嶄然見頭角，深受研治佛教文學同儕之關注。邇者，其新作〈從來是拾得，不是偶然稱──唐白話詩僧拾得生平年代考略〉又承素負盛譽之《新亞學報》第二十五卷所刊用，知名度驟增。由是志恩之姓名乃得跨越臺灣海峽，而為兩岸、港澳及國際學人所曉悉。

　　《拾得及其作品研究》，近蒙杜潔祥先生慨允收入花木蘭文化出版社主編之《古典文獻研究輯刊》第五編中。晚生小子幸有此難得機緣而再露頭角，斯誠拜杜先生之仁厚與拔擢後學之饋賜。志恩以書將面世，問序於余，爰將其年來治唐、宋僧人詩詞之成績予以揭載，藉申獎借，猶促其仍力求進，務臻大成；至潔祥先生不遺餘力提掖後進，熱心學術叢書之出版以裨益學界，則其功與德尤令人欽敬感紉而不能已者矣。

　　　　二○○七年三月一日，何廣棪撰於華梵大學東方人文思想研究所。

第壹章　緒　論

第一節　研究動機

　　佛教東傳，對中國文化之影響爲全面而深刻的。無論在傳統哲學、文學、藝術、民俗信仰等皆可見其影響之蹤跡。僅就文學層面而言，中國詩歌、小說、戲曲、散文乃至民間文學等，皆與佛教結下不解緣。因此，探究中國文學範疇時，撇開佛教不談，勢必遜色。佛教詩歌爲佛教文學之一環，乃屬一種跨越文學與宗教之特殊文化產物。詩僧，以其特殊身分、思維方式與文化背景，創作出迥異傳統詩歌之文學作品，不僅異彩紛呈，獨樹一幟，更屬我國詩歌史上之璀璨明珠。然因僅重視傳統文化偏狹概念與其他種種原因，長久以往，佛教文學作品多塵封書庫。既無人作整理，更遑論有系統之研究。覃召文《禪月詩魂：中國詩僧縱橫談》有云：

> 詩僧，是一個龐大而被人們冷落的詩群；僧詩，是中國詩歌寶庫中蒙
> 上塵垢的珠串。在中國歷史上，由於僧侶地位的低下，僧詩被視爲下品，
> 排列在歷代詩歌卷帙之末，至於對它的研究，就更談不上了。〔註1〕

自古以來，吾人對於詩僧與僧詩總是採取忽略或刻意冷落之態度。然而這些特殊詩人與詩歌，卻與中國文化有不可割裂的關係。單就文學或宗教意義來看，詩僧也許不值大肆讚揚；論詩歌，成就或有不及一流文人；講佛學造詣，或許不如得道高僧。但不可否認，當詩僧把詩歌和佛學糅合爲一，萌發出一種新文學作品時，是值得人們深入思考與重視。綜觀今日佛教詩歌研治風氣，雖有復甦跡象，且受到少學者們

〔註 1〕 覃召文著，《禪月詩魂：中國詩僧縱橫談》「引言」（北京：生活・讀書・新知三聯書店，1994 年 11 月），頁 2。

重視。不過，方興未艾，仍有許多未開拓之處女地，仍須後賢戮力探究。

唐代可謂詩僧與僧詩大量湧現之時期。明‧胡應麟《詩藪‧外編》卷三曾扼要闡述唐詩創作盛況：

> 甚矣！詩之盛也。其體則三四五言，六七雜言，樂府歌行，近體絕句，靡不備矣；其格則高卑遠近，濃淡淺深，巨細精靈，巧拙強弱，靡弗具矣；其調則飄逸渾雄，沉深博大，綺麗幽閒，新奇猥瑣，靡弗居矣；其人則帝王將相、朝士布衣、童子婦人、緇衣羽客，靡弗頂矣。〔註2〕

詩乃是李唐文學主流，芸芸詩眾，遍布各階層。當時不惟君臣文士、執戟武人能吟詩酬唱，漁樵隱者、歌妓商賈、僧侶道士、尼姑女冠等亦然。詩儼然為當時人民普遍之言語，貫穿唐代社會生活層面，影響深遠。另外，佛教發展至此，亦趨鼎盛。有天台宗、唯識宗、華嚴宗、淨土宗、禪宗等宗派紛紛創立。大唐不惟佛教繁盛時期，亦是中國詩歌發展之巔峰。如要探討中國詩僧與詩歌，唐代無疑為一至要之階段〔註3〕。

寒山、拾得為唐代通俗詩僧，其詩與王梵志〔註4〕相類。二十世紀初，胡適《白話文學史》將寒山、王梵志、王績三人並列初唐三大白話詩人〔註5〕，便喚醒學者們對寒山、拾得之重視。此後，海峽兩岸紛紛撰文評議，其中不乏有成就者〔註6〕。至八、九十年代，研治寒山更成「顯學」，不論其人及詩集整理等研究，數量相當

〔註2〕 明‧胡應麟，《詩藪‧外編三（唐上）》二（臺北：廣文書局，民國62年9月初版），頁479。

〔註3〕 唐代詩人，燦如繁星，同時湧現出不少詩僧，留下可觀數量之詩篇。而著稱於世者有寒山、拾得、靈一、護國、皎然、清江、法振、靈澈、無可、貫休、齊己等。其創作成就，引起不少文人重視，劉禹錫曾謂：「世之言詩僧，多出江左。靈一導其源，護國襲之，清江揚其波，法振沿之。」（卞孝宣校訂，《劉禹錫集》卷十九〈澈上人文集紀〉，北京：中華書局，1990年3月1版，頁240）據考證，唐代詩僧姓名可考者不下百人，可知詩僧別集達四十家，家數和卷數約佔唐詩二十分之一。但散佚嚴重，今僅寒山、拾得、皎然、貫休等有專集留世。

〔註4〕 王梵志為隋末唐初通俗白話詩人，生平資料惟見於《桂苑叢談》與《太平廣記》，歷來聚訟紛紜，莫衷一是。所撰五言白話詩，蘊含驚世超俗之思想，並大膽運用方言俗諺入詩，為寒山、拾得等白話詩派之先驅；中唐元、白倡導振興之平易詩風，亦受王詩影響。然而明末卻陡然銷聲匿跡，清康熙敕編之《全唐詩》亦不見其蹤。直迄光緒年間（約1899年）敦煌藏經洞中發現大量詩寫本殘卷後，始為世人知悉。

〔註5〕 二十世紀初中葉幾十年間，對寒山研究有莫大之啟發者，就屬胡適先生。其《白話文學史》（上卷）（北京：東方出版社，1996年3月第一版）從通俗詩創作角度給予寒山、王梵志詩至高之評價，開闢後來研治寒山、拾得等白話通俗詩之途徑。

〔註6〕 如1958年由科學出版社印行之余嘉錫《四庫全書提要辨證》一書。其卷二十（集部一）中對《寒山子詩集序》之辨偽與考證，在海峽兩岸引起相當大之迴響，更奠定寒山研究新里程。

可觀〔註7〕。不過，今日研治成果，多以寒山爲焦點。相形之下，拾得則微嫌薄弱〔註8〕。窮其原委，因學者認爲拾得文學素養未能邁及寒山〔註9〕，故作品未獲青睞。然而，拾得可謂彰顯唐通俗詩派之重要人物。其對通俗詩詩風、語言形式或意識型態等皆有影響與價值。倘若失之眉睫，豈無遺珠之憾？有鑑於此，筆者遂萌發研究拾得及其詩歌之念頭，希冀能對其作一全面而有系統之研究，此亦爲撰寫本論文主要動機。

　　拾得爲國清寺豐干禪師於赤城道旁所撿拾之孤兒，故名「拾得」。後便久留國清寺出家爲僧。據《四部叢刊》集部景宋本《寒山子詩集》附〈拾得錄〉有載：

> 豐干禪師、寒山、拾得者，在唐太宗貞觀年中，相次垂跡於國清寺。
> 拾得者，豐干禪師因遊松徑，徐步於赤城道路側，偶而聞啼，乃尋其由，
> 見一子可年十歲，初謂彼村牧牛之子，委問逗遛，云：「我無舍無姓。」
> 遂引至寺，付庫院候人來認。〔註10〕

此條明白揭示拾得身世。但所言活動初唐貞觀（西元 627 年～649 年）年間，則有待商榷〔註11〕。拾得與寒山相同，因相關生平文獻闕如，導致身世難明，說法紛歧。

〔註7〕 陳耀東《〈寒山詩集〉傳本敍錄》（中國書季刊，第三十一卷，第二期，民國86年9月，頁29。）一文曾對寒山研究概況有以下介紹：「寒山子及其偈詩曾走經了東西方各國和港台地區，研究學者與日俱增，碩果纍纍。數十年來，鴻文巨制，數以千計；煌煌文字，不下三百萬言。其人其詩，方方面面，似已窮山竭澤，殆無可書。」研究成果之豐碩，燦然可知。

〔註8〕 筆者曾檢閱海峽兩岸碩博士論文及唐代文學研究之目錄、期刊（如羅聯添編，〈唐代文學論著集目〉（《書目季刊》第十一卷，第四期，民國67年3月）、陳友冰著，《海峽兩岸唐代文學研究史（1949～2000）》（桂林：廣西師範大學出版社，2001 年 12 月第一版）、胡戟等主編，《二十世紀唐研究》（北京：中國社會科學出版社，2002 年 1 月第一版）、傅璇琮、郁賢皓主編，《唐代文學研究年鑑·2001》（桂林：廣西師範大學出版社，2002 年 4 月第一版）、傅璇琮主編，《唐代文學研究》第九輯（桂林：廣西師範大學出版社，2002 年 4 月第一版）等，皆未見專門研究拾得與詩集之論著。

〔註9〕 誠如錢學烈校評《寒山拾得詩校評》（天津：天津古籍出版社，1998 年 7 月第一版，頁 95。）「前言」云：「拾得身世與寒山不同，文學修養也遠不及寒山。」；項楚著《寒山詩注·附拾得詩注》（北京：中華書局，2000 年 3 月第一版，頁 14。）「前言」亦曰：「拾得詩今存五十餘首，少部分與寒山詩相混。由於他自小在國清寺爲僧，生活經歷單純，他的詩基本上都是佛教詩，雖可爲寒山詩壯大聲勢，卻並沒有超出寒山詩的範圍。」

〔註10〕《拾得錄》收於《四部叢刊初編》集部《寒山子詩·附拾得詩》（臺北：臺灣商務，民國 56 年，臺二版），頁 25。

〔註11〕 例如胡適主張其是中晚唐人，云：「向來人多把寒山、拾得看作初唐人。《寒山詩》的後序說他們是貞觀初的人。此序作於南宋，很靠不住。我覺得這種白話詩一定是晚唐的出品，決不會出現在唐初。」《白話文學》，頁 174；趙滋潘〈寒山子其人其詩〉則曰：「他們（指寒山、拾得與豐干）的活動時期，各家記載互有出入，大抵由

故需梳理更多文獻材料，進行更細緻之考查。

眾人皆知拾得為寒山摯友，向來被視為形影不離之表徵。二人不僅有一致之生活態度，也常一起吟詩作偈，後世人將其連同豐干禪師，統稱「國清三隱」，詩作則稱《三隱集》。相傳寒山隱居天台，時往國清寺會晤拾得。拾得便「每澄食渣，而以筒盛，寒山子來，負之而去」。〔註12〕其詩歌亦能見雙方篤厚之友誼。如寒山詩云：「慣居幽隱處，乍向國清中。時訪豐干道，仍來看拾公。獨迴上寒巖，無人話合同。尋究無源水，源窮水不窮。（四十）〔註13〕」；拾得詩亦曰：「從來是拾得，不是偶然稱。別無親眷屬，寒山是我兄。兩人心相似，誰能徇俗情。若問年多少，黃河幾度清。（十六）〔註14〕」寒山、拾得視對方為知己，顯而見之。但也因兩人生活年代相近，在考證拾得生平年代時，寒山年代應併入考究。

拾得詩歌風格與寒山相致，具有語言通俗淺白，追求自由率直表現等特質，對後來王安石〔註15〕、蘇東坡、黃庭堅等文壇詩人影響匪淺。今見詩歌約五十餘首〔註16〕，相傳從「土地堂壁上」抄寫，為後人輯錄〔註17〕。自宋代以降，詩多附寒山詩集末，有不少流傳之刻本。因此，詩集版本差異以及與寒山詩重出等問題，皆有得深入探討與釐清之必要。

何師碩堂教授對佛教文學研究實具開創風氣。其為誘導年輕學子對佛教文學產生喜愛，於所上講授一系列相關專題〔註18〕。其「唐代僧人詩研究專題」授課大綱嘗曰：

> 治學力求創新突破，研究佛教文學，研究唐代僧人詩，其中亦具無窮
> 創新之機運。故治唐代文學者，與其繼續乞靈於李、杜、王、孟之鑽研，

〔註12〕貞觀中至開元、天寶（西元642～742）之際，三人曾『相次垂跡於國清寺』。」（載《中國詩季刊》，第四卷第一期，民國62年3月，頁6）。

〔註12〕同註10。

〔註13〕項楚，《寒山詩注》（北京：中華書局，2000年3月第一版，頁110。）寒山和拾得的詩原本皆無標題與編號，茲所引文字及編號皆出項楚本，亦為本論文援引寒山、拾得詩之主要底本。

〔註14〕項楚，《寒山詩注》，頁854。

〔註15〕如王安石曾撰有《擬寒山拾得詩二十首》，可見寒、拾二人作品對後代文人影響甚鉅。

〔註16〕據錢學烈，《寒山拾得詩校評》（頁33）「前言」統計：「今所見南宋以來各種版本，拾得詩有43首、54首、56首、57首等不同數目。」可知，拾得原詩最多為57首，今又據項楚《寒山詩注》輯得6首佚詩，總計63首，但其中亦有非拾得之作，請參閱第三章第三小節。

〔註17〕閭丘胤《寒山子詩集序》：「僧道翹尋起其往日行狀，唯寒山於竹木石壁書詩并村野人家廳壁上所書文句三百餘首，及拾得於土地堂壁上書言偈，並纂集成卷。」

〔註18〕所開設課程有「兩宋僧詞專題」、「唐代僧人詩專題」及「晉僧賦明僧詞專題」。

不如另闢新域，轉向對梵志、寒、拾及其他僧詩之探討，則他日之成就，
應無可限量。

誠如何師所言，治學應力求創新與突破，撰作學術論文更應如此。就如陳寅恪教授
有言「不願隨隊逐人而為人後」。歷來進行唐代傳統古典文學研究者，多如過江之鯽，
倘能另闢蹊徑，轉較鮮為人探討如王梵志、寒山、拾得等佛教文學研究，對學術開
展無疑是一大助益。筆者受何師耳濡目染，對此體悟漸深，遂以「拾得及其作品研
究」為題，期望在前人基礎上，與近年研治所得，撰成論文，俾往後研究者對拾得
及其詩歌有更新認知與瞭解。

第二節　研究方法與進路

一、「考據」方法掌握本文

自筆者就讀研究所以來，無論思慮層面與治學態度屢受碩堂教授啟迪與影響。
何師治學向以嚴謹為依歸，無論講學或撰作學術論文皆如斯。其慣用之研究方法則
多屬「考據」。對此，何師曾云：

考據乃一研究方法，其法或用訓詁，或用校勘，或搜輯整理資料，以
考核史實與歸納例證，並根據所提供可信之材料，以作出結論。因所據之
材料信而有徵，故得出之結論遂精鑿而不可移易。〔註19〕

據是，「考據」為一研究方法，惟透過訓詁、校勘、搜輯整理資料等方法〔註20〕，
並根據可靠之材料，作出精鑿之結論。如能善用此法，研治中國文史哲藝諸學術，
則可得確鑿有據、言而可信之研究成果。故此種「有幾分證據說幾分話」之治學態
度與方法，亦為本文進行詩人生平及詩集校勘時所用方法。

二、透過詩歌之內涵與結構兩主軸，以達鑑賞作品之目的

作品形成之要素，不外乎為內涵與結構。簡言之，即內容和形式兩部分。從詩
內容欣賞，可曉悉作者所蘊含思想脈絡及作品性向風格；而擘析作品形式，得理解
其辭采、聲律與表現手法等組織結構之美。故透過此二大途徑，闡述詩人詩歌內容

〔註19〕何廣棪，〈略談考據方法及其在學術研究之運用〉（載《碩堂文存五編》，臺北：里仁
　　　　書局，民國93年9月15日初版，頁99）。
〔註20〕訓詁者，乃對古書字句作解釋，亦有說明該字句之出處與典源者。而校勘，乃屬同
　　　　書籍之不同版本或相關資料予以比較核對，以考訂文字異同與正誤、真偽之法。資
　　　　料搜輯整理，則包括輯佚及爬羅文獻與文物資料。

境界，研析詩作章法脈理及其組織形式〔註21〕，便可達成鑑賞拾得詩作藝術與結構之目的。

以上為本論文所持之研究方法，至其研究進路則說明如下：

（一）生平行誼方面

任何學說之研究，須待資料證據以建構理論系統，匪可憑空臆造，幻築蜃樓。

是故考查拾得生平事蹟時，則需旁搜遠摭，並援引可靠材料，去偽求真，以覩其全璧。因此，進行「拾得生平之探究」章節，先從寒山著手，運用文獻資料搜集、排比、彙整等方法，董理相關文獻資料，以求對其生平時代，有一梗概認知，藉以縮小拾得年代討論範圍。復次，將攸關拾得文獻，予以考證，細推生平年代。嗣後根據所得材料，撰寫拾得小傳。

（二）詩歌版本與作品分析部分

主要分兩方面進行：

其一、詩集版本之整理與研究。古籍流傳既久，不免有許多失真之處。就詩而言，字字精警，最難容忍有錯字參雜。詩人吟詩，千錘百鍊，常「富於萬篇，窘於一字」，一字鍊成，不知拈斷幾莖鬚。所以詩中如滲攙錯字，往往匠心頓失，差之千里。因此處理拾得作品部分，將使用考據、詩歌校勘、輯佚、辨偽等方法。茲說明如下：首先考述與說明詩集版本於歷代目錄中著錄情形，藉以清晰拾得詩集流傳系統。嗣後，據國內圖書館所藏重要刻本、箋校本〔註22〕等，以項楚《寒山詩注》校注本〔註23〕為底本，運用對校〔註24〕、比勘等校讎學方法，找尋其中差異以匡補未逮〔註25〕。最末分若干小節探討其佚詩與重出相關議題。

〔註21〕有關詩歌鑑賞之方法，請詳參黃永武《中國詩學‧鑑賞篇》之〈自序〉（臺北：巨流圖書，民國65年10月，頁1～19）。

〔註22〕拾得詩版本顯賾，進行版本比勘，主要以國內圖書館所藏刊本為據，請參閱本章第三節「資料處理與運用原則」條說明。

〔註23〕今日拾得詩箋注、整理之書籍主要有：徐光大，《寒山子詩校注》（陝西：陝西人民出版社，1991年10月）、李誼注釋，《禪家寒山詩注‧附拾得詩》（臺北：正中書局，民國81年）、錢學烈《寒山拾得詩校評》以及項楚《寒山詩注》（另又有周勳初、傅璇琮等先生主持重編《全唐五代詩》（待版中）之《寒山集》、《拾得集》彙整本）。其中以項本為最善。

〔註24〕對校，或稱底本之校勘，乃校勘工作基本方法。其法是先擇定一合用之底本，再用其它異本逐頁逐行逐句逐字對校，並先記載異同，後斷是非。請參閱程千帆、徐有富著，《校讎廣義‧校勘篇》（濟南：齊魯書社，1998年4月一版），頁381。

〔註25〕此研究方法亦詳參黃永武《中國詩學‧考據篇》（臺北：巨流圖書，民國66年4月，頁26～55）所提「校勘詩歌常用方法」。

　　其二、詩歌藝術鑑賞與內容分析部分。拾得詩特色固如前述，但仍需深入探討。此部份主體分爲拾得詩歌內涵與形式兩大方向，包括詩歌題材類型、藝術手法、聲律特色等。方法運用則採資料分析、歸納、統計、鑑賞，並且蒐集唐人以下各朝重要詩評、詩話等文藝理論，用作詩歌風格及藝術成就評介時之參考。

第三節　資料處理與運用原則

　　本文主要針對拾得及其詩歌進行研究。首先釐清拾得身世謎團。賡續進行作品版本校勘、詩歌內容比較、賞評、分析等。有關本文資料運用與處理說明如下：

一、生平事蹟史料方面

1. 多方搜求中國佛教史籍，如《祖堂集》、《景德傳燈錄》、《五燈會元》、《佛祖紀統》、《高僧傳》、《宋高僧傳》、《神僧傳》等載錄或論及拾得行誼者。此爲探討拾得生平主要依據來源。
2. 地方志是研究文學史料重要來源，眾多不見史傳之作家詩文資料，常保存於此。故明清方志如《寒山寺志》、《天台山志》、《嘉定赤城志》等記錄拾得生平事蹟之地理文獻，亦是論文參稽重點。
3. 附錄於各校注本（如項楚《寒山詩注》、錢學烈《寒山拾得詩校評》）之序跋、序錄等可參研資料。
4. 其他相關旁證資料。（如寒山、拾得詩歌作品內容之旁證，或別集文章中之傳記、書信、序論等有關其行跡之記載）

二、版本校勘與詩集評賞部分

（一）版本校勘（以國內圖書館所藏刊本爲據）

　　本論文所據引之拾得詩集，計有下列版本：

1. 日本宮內廳書陵部本宋版《寒山詩集》附豐干拾得詩（無我慧身本）
2. 《四部叢刊》初編集部《寒山子詩》附拾得詩（上海商務印書館縮印建德周氏影宋本）
3. 《寒山詩集》不分卷附豐干拾得詩（上海有正書局影印本）
4. 《寒山詩集》一卷附豐干拾得詩（明嘉靖四年天臺國清寺釋道會刊本）
5. 《寒山子詩集》一卷附豐干拾得詩（明刊白口八行本）
6. 《寒山詩》附拾得詩（《永樂大典》本）

7. 《寒山詩集》附拾得詩（清康熙年間編訂增補之《全唐詩》）

8. 《景印文淵閣四庫全書》集部《寒山詩集》附豐干拾得詩

9. 《寒山詩集》一卷附豐干拾得詩一卷（擇是居本）

10. 《寒山詩集》附豐干、拾得、楚石、石樹原詩（漢聲出版社影印民國二十年上海法藏寺比丘興慈刊《合天台三聖二和詩集》本）

11. 錢學烈：《寒山拾得詩校評》

12. 項楚：《寒山詩注・附拾得詩》

（二）詩集評賞

1. 項楚《寒山詩注》、錢學烈《寒山拾得詩校評》校注本。

2. 其他選注本如李誼注釋《禪家寒山詩注・附拾得詩》、廖閱鵬《禪門詩偈三百首》〔註26〕、及歷代詩話、詩評詩、文舉要等相關可供參閱之資料。

　　本文資料處理與運用原則，說明如上。生平資料之運用，是以直接論據史料為主，參考材料為輔。至其詩集版本比較與內容剖析運用原則，則利用版本校勘學及詩歌鑑賞研究法等基本觀念，為其人及其詩，構成一周延之研究體系。

第四節　拾得研究現況

　　目前海內外以拾得及詩為專題研究論著，仍相當貧瘠，乏善可陳。今所能掌握成果，不少源自寒山子，使原本有限之文獻資料，更添侷限性。以下就目前研治現況，分四點論述之：

一、學位論文

　　撰者曾檢索國內相關研究目錄與網頁搜尋，並未發現以拾得為題之學位論文。但仍有可供參考之處。舉如碩士論文有：朴魯玹《寒山詩及其版本之研究》〔註27〕、趙芳藝《寒山詩語法研究》〔註28〕、葉珠紅《寒山資料考辨》〔註29〕等；以及李鮮熙《寒山其人及其詩研究》〔註30〕博士論文。

〔註26〕廖閱鵬，《禪門詩偈三百首》（臺北：圓神出版社，民國85年5月初版）。

〔註27〕朴魯玹，《寒山詩及其版本之研究》（臺北：政治大學中國文學研究所碩士論文，民國75年）。

〔註28〕趙芳藝，《寒山詩語法研究》（臺北：東海大學中國文學研究所碩士論文，民國78年）。

〔註29〕葉珠紅，《寒山資料考辨》（臺中：中興大學中國文學系在職專班碩士論文，民國92）。

〔註30〕李鮮熙，《寒山其人及其詩研究》（臺北：東吳中國文學研究所博士論文，民國81年6月）。

　　上述論文，內容雖無關涉拾得，卻提供不少研究線索。舉如朴魯玹《寒山詩及其版本之研究》第三章「寒山詩之版本」，對海內外各種寒詩版本，除說明其形式外，亦考述源流，於釐清拾得詩版本問題，卓具參考價值。而葉珠紅《寒山資料考辨》第三章第一節「與寒山相涉諸文獻之查考」論及不少拾得生平事蹟，惜多屬舊聞，鮮見新意；另四、五章之「《永樂大典》本中《寒山詩集》考辨」與「大典本與《天祿》宋本《寒山詩集》之比較」則對寒山、拾得詩版本校勘，提供新途徑〔註31〕。

二、專門論著

　　拾得專著，至今未見。然雖無專書探討，尚有作品作大略性介紹。例如：澤田總清原著、王鶴儀編譯《中國韻文史》〔註32〕、蘇雪林《唐詩概論》〔註33〕、劉大杰《中國文學發展史》〔註34〕、鄭振鐸《中國俗文學史》〔註35〕、孫昌武《唐代文學與佛教》〔註36〕、《佛教與中國文學》〔註37〕、周裕鍇《中國禪宗與詩歌》〔註38〕、賴永海《中國佛教文化論》〔註39〕、喬象鍾、陳鐵民主編的《唐代文學史》〔註40〕、陳引馳著《隋唐佛學與中國文學》〔註41〕、陳炎、李紅春《儒釋道背景下的唐代詩歌》〔註42〕等。

　　其中喬、陳主編《唐代文學史》上冊第八章第四節「寒山和拾得」，對拾得略有著墨，卻淺嘗輒止，頗有美中不足之感〔註43〕。其餘諸作，或有論及拾得和詩歌相關議題，但多屬介紹性質〔註44〕，涉及未深，論述甚少，可供參研材料十分有限。

〔註31〕 先前已有鍾仕倫〈永樂大典本《寒山詩集》論考〉一文發表（刊載於《四川大學學報（哲學社會科學版）》第五期，2000年），葉文論點雖多脫胎該文，但亦增補不少新見。

〔註32〕 澤田總清原著、王鶴儀編譯，《中國韻文史》（臺北：臺灣商務，民國54年）。

〔註33〕 蘇雪林，《唐詩概論》（瀋陽：遼寧教育出版社，1997年3月）。

〔註34〕 劉大杰，《中國文學發展史》（臺北：華正書局，民國86年7月）。

〔註35〕 鄭振鐸，《中國俗文學史》（北京：商務印書館出版，1998年4月第一版）。

〔註36〕 孫昌武，《唐代文學與佛教》（臺北：谷風出版社，1987年5月）。

〔註37〕 孫昌武，《佛教與中國文學》（上海：上海人民出版社，1988年8月第一版）。

〔註38〕 周裕鍇，《中國禪宗與詩歌》（高雄：麗文文化事業，1994年7月）。

〔註39〕 賴永海，《中國佛教文化論》（北京：中國青年出版社，1999年4月）。

〔註40〕 喬象鍾、陳鐵民主編的《唐代文學史》（上）（北京：人民文學出版社，2000年6月重印）。

〔註41〕 陳引馳著，《隋唐佛學與中國文學》（南昌：百花洲文藝出版社，2002年5月第一版）。

〔註42〕 陳炎、李紅春，《儒釋道背景下的唐代詩歌》（北京：崑崙出版社，2003年4月）。

〔註43〕 如該文頁181～182，對其生平之敘述，僅引用《全唐詩》所載之資料，顯得相當單薄；而詩歌特質，未見深入之申論，殊為可惜。

〔註44〕 例如澤田總清原著、王鶴儀編譯《中國韻文史》，頁321，第四期「唐代的韻文」之十「釋道閨秀詩人與唐賦」云：「拾得是貞觀中國清寺的僧。後出寺，不知其詳。他

　　錢學烈《寒山拾得詩校評》與稍晚項楚《寒山詩注》，則提供較多文獻資料，為研究時必備工具書。錢本主要以《天祿琳琅續編》錄之《寒山子詩一卷、豐干拾得詩一卷》、《四部叢刊初編集部》宋本《寒山子詩集》為底本，參校《四部叢刊》元朝鮮影印本、高麗刊本、明嘉靖國清寺僧刻本、清康熙《全唐詩》等刊本。書中囊括不少著者研治寒山、拾得成果〔註45〕。最難能可貴，對二人作品聯綿詞、疊音詞編製索引，增益時人檢索之方便。

　　至於項楚《寒山詩注》是難得一見高水準之學術精品。其用《四部叢刊》影宋刻本《寒山子詩集》為底本，校以《四部叢刊》影高麗本、文淵閣《四庫全書》本外，重點又參校日本宮內省本、正中本等海外傳本。另鮮見日人古注本，也一併參考，如島田翰校訂宋大字本、古刊本《首書寒山詩》、日釋交易《寒山子詩集管解》、白隱禪師《寒山詩闡提記聞》、大鼎老人《寒山詩索賾》等，網羅不少海內外詩集善本。蒐集版本之富，參考文獻之廣，前所未有。其精碻校勘與詳贍注釋〔註46〕，更為學人稱揚〔註47〕，允稱現今注釋寒山、拾得詩之最完本。

　　再者，陳慧劍《寒山子研究》〔註48〕黃博仁《寒山及其詩》〔註49〕、佟培基編撰《全唐詩重出誤收考》〔註50〕、羅時進《唐詩演進論》與項楚《柱馬屋存稿》〔註51〕等書，則拓展不少寒山、拾得研究面向。佟氏《全唐詩重出誤收考》主針對寒山與拾得詩互見之情形，進行考查。文中條目舉列，著明出處，對釐清寒、拾作品互見問題，

的詩傳下來的有五十幾首。同時國清寺的僧還有一個名叫豐干的，和他的詩合併一起，稱為《豐干拾得詩》（一卷）。他的詩和寒山大體相同，有山林幽隱之趣，真味可掬，是所謂禪家偈頌的魁首。」鄭振鐸《中國俗文學史》第五章「唐代的民間歌賦」：「唐代的和尚詩人們，像寒山、拾得、豐干都是受他（王梵志）的影響。拾得有詩道：『世間億萬人，面孔不相似。……但自修己身，不要言他己。』更是梵志精神上的肖子」，頁125。所言內容極為疏略，多屬介紹性質。

〔註45〕其相關研究成果，主要置於書中「前言」部分。

〔註46〕項楚實為古籍整理之翹楚，先前《王梵志詩校注》已見勝處。其《寒山詩注》對「佛典」及「俗語」精確掌握，更見深厚之治學功力。

〔註47〕羅時進著《唐詩演進論》第六章第四節「評項楚《寒山詩注》」曾道：「如果說當年胡適撰著《白話文學史》、余嘉錫發表《四庫提要辨證・寒山詩集二卷附豐干拾得詩一卷》為現代寒山研究奠基，其功厥偉，那麼應當肯定項楚先生的《寒山詩注》為寒山研究的學術建構起到了更為重要的作用。它使研究的基礎更為紮實，局面更為迥闊，將寒山之學提升到一個全新的層次。」（南京：江蘇古籍出版社，2001年9月第一版），頁129。

〔註48〕陳慧劍，《寒山子研究》（臺北：東大圖書，民國80年8月第三版）。

〔註49〕黃博仁，《寒山及其詩》（臺北：新文豐出版社，民國82年12月二版）。

〔註50〕佟培基編撰，《全唐詩重出誤收考》（收於《唐詩研究集成》，西安：陝西人民教育出版社，1996年8月第一版）。

〔註51〕項楚著，《柱馬屋存稿》（北京：商務印書館，2003年）。

實有效績。而《枉馬屋存稿》中之〈寒山拾得佚詩考〉〔註52〕，則將宋元刊本未收佚詩予以裒輯、考辨。觀所考論，不惟資料翔實，證據確鑿，實稱考證寒、拾得佚詩之力作。

三、學術期刊

有關期刊情形亦同上述，篇數寥寥，不過仍有可供參考者。舉如：

若凡〈寒山子詩韻（附拾得詩韻）〉〔註53〕、王進珊〈談寒山話拾得〉〔註54〕、陳耀東〈寒山、拾得佚詩拾遺〉〔註55〕、〈日本國度藏《寒山詩集》聞知錄──《寒山詩集》版本研究之四〉〔註56〕、〈《寒山詩集》傳本敘錄〉〔註57〕、〈唐代詩僧《寒山子詩集》傳本研究〉〔註58〕、〈寒山、拾得佚詩考釋〉〔註59〕與鍾仕倫〈永樂大典本《寒山詩集》論考〉〔註60〕等。

若凡發表〈寒山子詩韻（附拾得詩韻）〉一文，是屬少人探究主題，其採音韻學角度，歸納、整理寒山和拾得兩家詩韻，並考察兩人用韻特點及反映當時語音情況。由於該文發表較早，在詩韻彙整部分，較今日輯得寒、拾之詩數，還有填補空間。王進珊〈談寒山話拾得〉則透過柔性筆調，綜述寒山、拾得、豐干三人生平事蹟與詩歌特質。惜通篇側重寒山，拾得則微嫌不足〔註61〕。

陳耀東〈寒山、拾得佚詩拾遺〉、〈考釋〉二文，是探究寒詩版本時，所發現十七首佚詩（寒十二首、拾五首）。其中拾得五首佚詩〔註62〕，雖較項楚〈寒山拾得佚詩

〔註52〕原載《周紹良先生欣開九秩慶壽文集》（北京：中華書局，1997年，頁333～342）。

〔註53〕若凡，〈寒山子詩韻（附拾得詩韻）〉《語言學論叢》第五輯，民國52年1月）。

〔註54〕王進珊，〈談寒山話拾得〉《中華文史論叢》第一輯，1984年3月）。

〔註55〕陳耀東，〈寒山、拾得佚詩拾遺〉《文學遺產》第五期，1995年）。

〔註56〕陳耀東，〈日本國度藏《寒山詩集》聞知錄─《寒山詩集》版本研究之四〉《浙江師大學報（社會科學版）》第二期，1995年）

〔註57〕陳耀東，〈《寒山詩集》傳本敘錄〉《中國書目季刊》第三十一卷第二期，民國86年9月）。

〔註58〕陳耀東，〈唐代詩僧《寒山子詩集》傳本研究〉《人文中國學報》第六期，1999年4月）。

〔註59〕陳耀東，〈寒山、拾得佚詩考釋〉《中國典籍與文化論叢》第八輯，2005年1月）。

〔註60〕鍾仕倫，〈永樂大典本《寒山詩集》論考〉《四川大學學報〔哲學社會科學版〕》第五期，2000年9月）。

〔註61〕文中對拾得生平介紹：「拾得，是豐干禪師撿來的棄兒，帶在天台山國清寺撫養成人。從小便派在廚房雜務。由於他的聰明智慧與豐干的傳授，學會唱偈吟詩。結交了寒山，豐富了他的知識修養。」所言內容，牽涉面未廣，評論未深。

〔註62〕此五首佚詩，分別是「無真即是戒」、「東陽海水清」、「昨夜得個夢」、「身貧未是貧」、「前生不持戒」。

考〉新輯「前生不持戒」一首。但陳文僅列來源，未對眞僞進行考辨，殊爲可惜。不過陳氏對寒山詩集版本釐清，貢獻至鉅，曾發表〈《寒山詩集》傳本敍錄〉、〈唐代詩僧《寒山子詩集》傳本研究〉等一系列攸關《寒山詩集》版本源流之論文〔註63〕，洋洋大觀，解決不少相關學術問題。至於鍾仕倫〈永樂大典本《寒山詩集》論考〉以《永樂大典》所輯《寒山詩集》進行分析與比較，用意頗新，詳人所略，足資參考。

四、國外相關研究成果

「寒山學」遍及兩岸與日、韓各國。因此，國外亦有不少相關資料可參閱。然因取得不易，僅就所掌握〔註64〕，迻錄書目，以觀其略：

津田左右吉〈寒山詩と寒山拾得の傳說について〉（《饗宴》第一期，1946 年 5 月）、太田悌藏譯註《寒山詩》（岩波書局，1949 年 8 月）、入矢義高〈寒山詩管窺〉〔註65〕（日本京都：《東方學報》第二十八期，1958 年 3 月，頁 81～138）、木村榮一〈寒山詩について〉（日本：《中國學會報》十三期，1961 年 10 月）、中川孝〈寒山詩雜感〉（《集刊東洋學》第十二期，1964 年 10 月）、森鷗外〈寒山拾得〉（收於《高瀨舟・寒山拾得》，臺北：台灣大學出版，民國 53 年 10 月初版）〔註66〕、吉田吉之助〈寒山片雲〉（東京：《溫故叢誌》第二十三期，1967 年 10 月）、山口晴通〈寒山詩考〉（印度學佛教學研究十八期第二卷，1970 年 3 月）、入谷仙介、松村昂注釋《寒山詩》（【禪の語錄 13】東京：筑摩書房，1970 年 11 月）、久須本文雄《寒山拾得》（1985 年初版，1995 年 2 月日本講談社再版）、太田悌藏〈寒山詩解說〉（曹潛譯，載台灣《中國詩季刊》第四卷第三期，民國 63 年 9 月）、松村昂《寒山拾得》（日本思想出版社出版，1996 年 7 月）。

以上爲當前學界研治拾得概述，雖無專門其人及作品，但無庸置疑，上述成果，倘能善加利用，於資料參照與應用方面，仍提供不少啓發與切入點。

〔註63〕根據錢學烈《寒山拾得校評》「前言」（頁 11）所言，陳氏所發表文章，除上述之外，另有〈全唐詩拾遺（續）〉（浙江師範大學學報〔社會科學版〕第一期，1988 年）、〈寒山子詩集結新探─《寒山詩集》版本研究之一〉（浙江師範大學學報〔社會科學版〕第一期，1997 年）、1997 年 3 月在香港召開「中國詩歌與宗教第二屆國際學術研討會」所提交之《寒山詩集》版本源流總表）。

〔註64〕以下羅列條目，乃參閱羅聯添編〈唐代文學論著集目〉「寒山子」條（刊載《書目季刊》十一卷第四期，民國 67 年 3 月），頁 62～63。及羅時進《唐詩演進論》，頁 198。

〔註65〕該文又由王順洪譯，載於《古籍整理與研究》第四期，1989 年 3 月。

〔註66〕對於該文鍾玲〈寒山在東方與西方文學界的地位〉（《中國詩季刊》第三卷第四期，民國 61 年 12 月，頁 6）有以下評論：「日本近代名小說家森鷗外，根據閭丘胤所寫的《寒山子詩序》（見四部叢刊本寒山子詩集），他寫了一篇名叫寒山拾得的短篇小說，不少評論家認爲這是鷗森外最好的作品之一。」可供參考。

第貳章　拾得生平探索

第一節　拾得年代考

　　拾得，爲中國詩壇不可輕忽之唐代白話詩僧。千年以還，長期在詩壇上湮沒無聞。然所作通俗詩歌，及種種帶有神秘色彩之奇聞逸事，卻深植民間及僧徒道眾之間。五四運動後，學界將寒山視爲中國文學史之重要白話詩人後，拾得及其詩才始爲世人知悉。然而拾得身世如謎，唐代史籍未見載錄，其生平事蹟之資料，大都散存於書序、僧傳及禪門語錄中，且各種材料常相牴牾，以致拾得爲何時人，古今以來，眾說紛紜，莫衷一是。考清康熙敕編《全唐詩》卷八○七「拾得」條云：

> 拾得，貞觀中，與豐干、寒山相次垂跡於國清寺。初豐干禪師游松徑，徐步赤城道上，見一子，年可十歲。遂引至寺，付庫院。經三紀，令知食堂。每貯食滓於竹筒，寒山子來，負之而去。一夕，僧眾同夢山王云：「拾得打我。」旦見山王，果有杖痕。眾大駭，及閭丘太守禮拜後，同寒山子出寺，沉跡無所。後寺僧於南峰采薪，見一僧入岩，挑鎖子骨，云取拾得舍利，方知在此岩入滅，因號爲「拾得岩」。今編詩一卷。〔註1〕

又近人張忠綱所編《全唐詩大辭典》「拾得」條載：

> 拾得，約生於玄宗至代宗間在世。台州國清寺苦行僧。與寒山友善。時傳其爲菩薩應身，尊爲賢士。善以詩宣揚佛理，以勸諭世人，亦有吟詠山林風景及隱逸情趣之作。其詩由僧道翹編爲一卷，凡50餘首，附錄

〔註1〕《全唐詩》第十二冊，卷八○七「拾得」（北京：中華書局，1999年1月第一版），頁9188。

於《寒山詩集》末。《全唐詩》存詩一卷，多與寒山詩重出。《全唐詩補編・續拾》補詩 2 首。〔註2〕

觀是，《全唐詩》及《全唐詩大辭典》二者，所載拾得之事無多大差異。惟不同處在於拾得生時年代，一言初唐太宗貞觀（約 627 年～649 年）時期，另一則指為中唐玄宗至代宗（約 713 年～779 年）之間，二者所指之時，相距近百年。其中原由，令人費解。因此，急需挖掘更多文獻史料，以深入考查之。

孟子嘗謂：「誦其詩，讀其書，不知其人，可乎？是以論其世也。」《全唐詩》及《全唐詩大辭典》所記拾得生平極為疏略，寥寥數語，不足為論世知人。為期有更深入之認識，本節試以中外學者研究成果為初基，旁參相關文獻，試圖釐清拾得所處時代。

一、拾得是否有其人之釋疑

由於拾得事蹟不彰，相關文獻記載亦多將宗教神話化，致使真實生活年代雲遮霧障，撲朔迷離。甚至有些學者對此人物真實性表示懷疑。故進行探究年代前，應先處理拾得存在之問題。

胡適可稱最早對拾得抱持懷疑態度者，其《白話文學史》第十一章「唐初白話詩」曾揭櫫：

> 拾得與豐干皆不見於宋以前的記載。只有閭丘胤的序裡說寒山是文殊菩薩，拾得是普賢菩薩，豐干是彌陀佛；豐干是一個禪師，在唐興縣的國清寺裡。寒山、拾得都"狀如貧子，又似風狂，或去或來，在國清寺庫院走使廚中著火"。〔註3〕

胡適認為拾得與豐干身世不詳，宋前並無二人記錄，能據文獻僅有唐閭丘胤撰之《寒山子詩集序》。然閭序所載彷若傳說，無法盡信，因此斷言兩人為後所附麗，作品則為仿作〔註4〕。

然而胡氏所言僅屬個人臆測，未為深考。拾得生平雖無從詳悉，但仍有證據可證此人存在。茲檢視寒山詩〈慣居幽隱處〉一首，其云：

> 慣居幽隱處，乍向國清中。時訪豐干道〔註5〕，仍來看拾公。

〔註2〕 張忠綱主編，《全唐詩大辭典》（北京：語文出版社，2000 年 9 月第一版），頁 91。
〔註3〕 胡適，《白話文學史》（上），頁 178。
〔註4〕 前揭書，頁 180。另蘇雪林《唐詩概論》亦認同此說法，其曰：「至於豐干、拾得，胡氏（胡適）認為逐漸附麗上去的，其詩皆後人仿作。」頁 25。
〔註5〕 「豐干道」：「道」，宮內省本、高麗本、四庫本作「老」，全唐詩本則夾注「一作老」；即國清寺豐干禪師。

　　獨迴上寒巖，無人話合同。尋究無源水，源窮水不窮。〔註6〕（四十）
此爲寒山隱居寒巖時探訪故友之敘述詩。詩中提到「時訪豐干道」及「仍來看拾公」
二事，「豐干」即指豐干禪師；「拾公」則是拾得。豐干與拾得皆爲天台國清寺僧，
寒山晚歲隱居寒巖時常與酬唱。闆序中有載：「詳夫寒山子者，不知何許人也。……
時還國清寺。寺有拾得，知食堂，尋常收貯餘殘菜渣於竹筒內，寒山若來，即負而
去。」〔註7〕倘若豐干與拾得爲虛構人物，寒山詩是否應予以否定？

　　其次，今人陳慧劍爲此找到一有力之証據，證明拾得眞有其人。其引詩僧貫休
〔註8〕《送僧歸天台寺》五律一首，云：

　　天台四絕寺，歸去見師眞。莫折枸杞葉，令他十一作拾得嗔。

　　天空聞聖磬，瀑細落花巾。必若雲中老，他時得一作德有鄰。〔註9〕
陳氏從詩中提到「拾得」及詩末之註語二項力證，考出拾得於晚唐時期，早已爲人
所悉，胡適所謂「拾得不見宋以前的記載」之說，顯然無法成立〔註10〕。貫休爲晚
唐著名詩僧，生平載事眾所詳知，所作之詩評驚頗高〔註11〕，當時文人、詩僧亦多
與酬唱，故其詩所用拾得典實，可信度甚高。換言之，晚唐前確有拾得其人存在，
絕非虛構人物。至於豐干禪師今雖欠直接文獻明證，但也應存在，否則現見寒山、
豐干、拾得之載錄均要全盤否定。

二、拾得生平時代蠡測

　　拾得生平逸事，最早見於閭丘胤所撰《寒山子詩集序》。不過，該序由於無載明
撰於何時，加之閭丘胤及輯錄作品僧道翹生平不詳，致使後代學者對寒、拾生時年
代有諸多揣測，至今仍無定案。因此，撰者試擬從寒山生活年代著手，先釐訂其生
年時代大概範圍後，另據相關文獻，經辯證和分析，以推拾得生平年代。

〔註6〕項楚，《寒山詩注》，頁110。
〔註7〕閭丘胤撰，《寒山子詩集序》收於《四部叢刊初編》集部《寒山子詩‧附拾得詩》（臺
　　　北：臺灣商務，民國56年，臺二版），頁1。
〔註8〕貫休（832～912）俗姓姜，字德隱。婺州蘭溪（今屬浙江）人。七歲出家，二十歲
　　　受具足戒。早年漫游江西、吳越。後入蜀，王建賜號「禪月大師」，呼爲“得得來和
　　　尚”，爲之建龍華院。工詩善書畫，與當代詩人、詩僧多有唱和。今存《禪月集》
　　　25卷。張忠綱所編《全唐詩大辭典》，頁28。
〔註9〕《全唐詩》第十二冊，卷八三二，頁9468；詩末有註：「天臺國清寺有拾得，花巾
　　　即波羅巾也。」
〔註10〕請參閱陳慧劍，《寒山子研究》，頁47。
〔註11〕孫光寔《白蓮集序》：「議者以唐末詩僧，唯貫休禪師骨氣混成，境意卓異，殆難儔
　　　敵。」（轉引陳伯海主編，《唐詩匯評》下冊〈貫休〉條（浙江：浙江教育出版社，
　　　1996年5月），頁3111。

（一）關於寒山子年代的幾種看法

寒山有生之年，學術界一般認爲「年逾百歲」，主要是根據自敘詩〈老病殘年百有餘〉一首。詩云：「老病殘年百有餘，面黃頭白好山居。布裘擁質隨緣過，豈羨人間巧模樣。（一九七）〔註12〕」此處「老病殘年百有餘」，正說明寒山年壽應逾百〔註13〕。另外，寒山子初隱居浙江天台山年時，年約三十〔註14〕，其詩有道：「昔日經行處，今復七十年。故人無往來，埋在古塚間。余今頭已白，猶守片雲山。（二九六）〔註15〕」更加確定其享年百歲之實。然而，在知其享年前提下，考訂生卒年則非難事。以下就學者們探究寒山生活年及生卒年問題情形，梳理如次：

歷來探討寒山生活年代，主要有「貞觀說」（627～649 年）、「先天說」（712～713 年）以及「大歷說」（766～799 年）三種說法〔註16〕。貞觀說乃以唐代貞觀年間台州刺史閭丘胤所撰《寒山詩集序》爲伊始，後經南宋孝宗淳熙十六年（1189）釋志南《天台山國清禪寺三隱集》肯定〔註17〕。後人如宋僧釋志磐《佛祖統紀》、釋本覺《釋氏通鑑》及元僧釋熙仲《釋氏資鑑》、釋覺岸《釋氏稽古略》皆以此說爲據〔註18〕。明清以降，幾成定論。不少辭書及文學史家，亦以據引〔註19〕。今

〔註12〕項楚，《寒山詩注》，頁 510。

〔註13〕余嘉錫則以此作爲寒山享年根據。其云：「當其遇靈祐時蓋已百餘歲矣。釋道二氏，累多長年，寒山春秋雖高，尚未過上壽百二十之數，固亦事理所有。」台灣學者趙滋蕃、陳慧劍及大陸學者張伯偉、錢學烈等皆認同之。但項楚〈寒山詩籀讀札記〉（收於《柱馬屋存稿》，頁 130）則提出不同解讀：「倘若把"百有餘"理解爲百有餘歲，則是完全誤解了詩意。這個"百"字不是指數字一百，而是"凡百"、"一切"之義。」顯然寒氏享年問題，仍有探討之處。不過，現今學界大都以其「年壽逾百」爲主要依據。

〔註14〕其〈出生三十年〉詩有載：「出生三十年，當遊千萬里。行江青草合，入塞紅塵起。鍊藥空求仙，讀書兼詠史。今日歸寒山，枕流兼洗耳。（三○二）」可見寒山初隱之時，約爲三十歲。項楚，《寒山詩注》，頁 777。

〔註15〕同前書，頁 768。

〔註16〕此外尚有「貞元」、「元和」諸說，均是「大歷說」之派衍。

〔註17〕釋志南，《天台山國清禪寺三隱集》（收於《寒山詩集》，台北：漢聲出版社，民國 60 年 2 月初版）。乃「貞觀說」之濫觴，其序有云：「豐干禪師，唐貞觀初，居天台國清寺，剪髮齊眉，衣布裘，人或問佛理，止答『隨時』二字。常唱道乘虎出入，衆僧驚畏，無誰語。有寒山子、拾得者，亦不知其氏族，時謂風狂子，獨與師相親。」，頁 58。

〔註18〕四書皆紀錄寒山拾得爲貞觀時代人，但詳細年代各異：
　　　1. 貞觀七年（633）──宋僧釋志磐，《佛祖統紀》（作於 1256）。
　　　2. 貞觀十六（642）──元僧釋熙仲，《釋氏資鑑》（作於 1336）
　　　3. 貞觀十七年（643）──宋僧釋本覺，《釋氏通鑑》（成於 1355）
　　　4. 貞觀十七年（643）──元僧釋覺岸，《釋氏稽古略》（成於 1355）。
　　　轉引黃博仁，《寒山及其詩》，頁 4。

人持貞觀說以考寒山生卒年代，主要有趙滋蕃〈寒山子其人其詩〉、嚴振非〈寒山子身世考〉〔註 20〕、李敬一〈寒山子和他的詩〉〔註 21〕、黃博仁《寒山及其詩》等。

趙滋蕃所發表〈寒山子其人其詩〉，其曰：

> 關於寒山的行狀，見於同時代人的記載者，首推閭丘胤的《天臺三聖詩集序》〔註 22〕。寒山拾得的詩，能夠不在竹林石壁、村墅人家廳壁、或土地堂壁上湮沒，得以流傳後世，閭丘胤實居首功。……這是歷史的目擊者所作的第一手紀錄與見證，其可信的程度，不應等閒視之。〔註 23〕

最後，趙氏推斷寒山時代大抵是由貞觀中，到開元、天寶間，約公元 642～742 年之間。不過，趙滋蕃是以「這是歷史的目擊者所作的第一手紀錄與見證，其可信的程度，不應等閒視之。」觀點推論，不免過於簡略。因評論史料要多方面檢視與深入考究，才不至於偏頗，且所得結論亦嚴謹。趙文缺失，在於未深入細檢作者閭丘胤究相關問題。

至於黃博仁《寒山及其詩》認為：

1. 閭氏集序雖是神話，然可以考見三件事：一為寒山隱居天臺，與國清寺僧拾得友善。二為閭丘胤曾遇寒山、拾得，閭氏為貞觀年間台州刺史，因此可以推定寒山、拾得生於唐初，約七世紀初葉。三可以使我們知道唐朝已有關於寒山的神話，因此又可以想見寒山的詩在當世已流行於民間，閭氏才令僧道翹加以搜集。

2. 根據《續高僧傳》卷二十五〈釋智巖傳〉證明閭氏已為麗州刺史；又

〔註 19〕如《四庫全書簡明目錄》卷十五〈寒山子詩集一卷附豐干拾得詩一卷〉：「寒山子、豐干、拾得，皆貞觀中台州僧，世頗傳其異跡。是集乃台州刺史閭丘胤令寺僧道翹所蒐輯。」、《全唐詩》卷八○七「拾得」條云：「拾得，貞觀中，與豐干、寒山相次垂跡於國清寺。」、大漢和辭典和辭海：「寒山，唐貞觀時高僧，亦稱寒山子。居天台始豐縣寒巖，與國清寺僧拾得友善，好吟詞偈。」、澤田總清原著、王鶴儀編譯《中國韻文史》：「拾得是貞觀中國清寺的僧。後出寺，不知其詳。」，頁 321。

〔註 20〕其以《北史》、《隋書》與寒山詩，通過歷史之印證，得其「約生於隋開皇三年，卒於唐長安四年」之結論。參閱嚴氏之〈寒山子身世考〉載《東南文化》第二期，1994 年，頁 217～218。

〔註 21〕李敬一〈寒山子和他的詩〉（載《江漢論壇》第一期，1980 年）則是「通過對寒山詩中所反映社會狀況的詳盡分析，同樣支持貞觀說。」語見王早娟，〈寒山子研究綜述〉載釋妙峰主編《曹溪禪研究》（北京：中國社會科學出版社，2002 年 9 月，頁 481。

〔註 22〕即《寒山詩集序》。

〔註 23〕參閱趙滋蕃所發表〈寒山子其人其詩〉，頁 12。

據陳耆卿《嘉定赤城志》卷八〈秩官表〉，正觀（即貞觀，避宋諱字）
十六年至廿年台州刺史正是閭丘胤。故閭丘胤爲貞觀台州刺史，可以
明矣。

3. 唐興縣設於上元二年，上元既是高宗的年號，又是肅宗的年號，《元和
郡縣志》及《天台山記》皆云肅宗上元二年（761），改始豐縣爲唐興
縣，而《新唐書‧地理志》，則以爲高宗上元二年（675）改爲唐興縣，
未知孰是？胡適據此，推定閭序不可能作於高宗以前，余嘉錫則更以
此序爲後人僞作，不可相信。因唐興兩字加上寒山詩不可靠的内證，
則斷定閭序爲杜撰事蹟惑人，未免過甚其詞，安知閭序非原用始興縣
兩字，到南宋重刻《寒山詩》，遂改用今名唐興縣耶？〔註24〕

黃氏以爲寒山是初唐貞觀時人，而閭序所言應可採信，其雖事蹟不明，但隱者類
皆如此。然黃氏認爲後人於前人之書，常會因地之異而更移書中之字，導致始興
縣被後人更改成唐興縣之可能性，或許合理，但其亦忽略檢視閭丘胤「朝議大夫
使持節台州諸軍事守刺史上柱國賜緋魚袋」頭銜之合理性。據陳慧劍之《寒山子
研究》一書所考，「使持節」與「緋魚袋」應爲高宗（650 年）以後才能賜予及佩
帶〔註25〕。換言之，閭丘胤其人及其事應於高宗以後，絕非貞觀年間，黃氏觀點
顯然有錯誤。

總之，認同貞觀說者，皆是相信閭丘序之記錄，並加衍生而成。然「貞觀說」
仍有諸多疑點，令人無法置信。直至余嘉錫《四庫提要辯證》一文將閭序證爲僞作
之後〔註26〕，「貞觀說」可謂徹底被推翻。

而先天說是以宋釋贊寧所著《宋高僧傳》爲首倡。惟該說所據文獻基礎薄弱，
所推論尚有待商榷〔註27〕，不足採信，歷來僅有元僧曇噩作於惠宗至正二年（1366）

〔註24〕黃博仁，《寒山及其詩》，頁 3～19。

〔註25〕請參見下文介紹陳慧劍考寒山生平條。

〔註26〕余嘉錫據宋陳耆卿《嘉定赤城志》卷八〈秩官表〉，確定貞觀十六年至二十年，台州
刺史爲閭丘胤；並以徐靈府《天台山記》與李吉甫《元和郡縣圖志》，二書均言明唐
肅宗上元二年（761）以後才有「唐興」縣名，證實《寒山子詩集序》中之「天台唐
興縣七十里」非初唐時有，時任台州刺史之閭丘胤（642～646），是不可能知道唐興
縣改名之事（唐興縣舊名爲始豐縣），故閭丘序顯然非爲閭丘所撰，而是由後人撰作。
參見余嘉錫，《四庫提要辯證》卷二十‧集部一〈寒山子詩集二卷附豐干拾得詩一卷〉
（北京：中華書局，1980 年），頁 1251～1255。

〔註27〕其卷十九〈唐天台封干師傳〉引唐代史學家韋述（？～757）撰之《兩京新記》所言，
稱封干曾於先天年間行化於京兆，因此認爲寒山子也爲此時人，不過文中卻沒有進
一步說明，且「封干」是否爲「豐干」仍有出入。余嘉錫甚至考證出《兩京新記》
所言之封干應是另有其人。亦可見本節〈拾得生平旁涉文獻再考查〉之第四小節。

《科分六學韻傳》及譚正璧《中國文學大辭典》﹝註28﹞持此說法。

至大曆說則以李昉（925～996）《太平廣記》卷五十五所引唐末天台道士杜光庭（850～933）之《仙傳拾遺》（今佚）爲主要依據。其載：

> 寒山子者，不知其名氏。大曆中隱居天台翠屏山，其山深邃，當暑有雪，亦名寒巖，因自號爲寒山子。好爲詩，每得一篇一句，輒題於樹間石上，有好事者隨而錄之，凡三百餘首，多述山林幽隱之興，或譏諷時態，能警勵流俗。桐柏徵君徐靈府序而集之，分爲三卷，行於人間。十餘年忽不復見。﹝註29﹞

此一資料雖是歷史風塵中之吉光片羽，卻是志南後序後記錄寒山時代第一手資料。其經紀昀《四庫提要》提及，影響不大。後由胡適﹝註30﹞、余嘉錫﹝註31﹞、錢穆﹝註32﹞等考證質疑後，該觀點遂逐漸深入人心﹝註33﹞。近年來許多學者都以

﹝註28﹞ 參閱王早娟，〈寒山子研究綜述〉，頁 481。

﹝註29﹞ 《太平廣記》卷五十五〈寒山子〉（北京：中華書局，1982 年第一版），頁 338。

﹝註30﹞ 胡適對「貞觀說」早就存疑，其於《白話文學史》曾表示：「後世關於寒山時得之傳說，多根據閭丘胤的一篇序。此序裡神話連篇，本不足信。閭丘胤事蹟已不可考，序中稱唐興縣，唐興縣之名起於高宗上元二年（675）。故此序至早不過在七世紀末年，也許在很晚的時期呢。此序並不說閭丘胤到台州是在「貞觀初」；「貞觀初」的傳說起於南宋沙門志南的後序。」再者，胡適認爲有關寒山之材料大致是不可靠，宋前之記載較可信者也僅有兩件：一是五代禪宗大師風穴延沼禪師的「風穴語錄」及宋李昉的《太平廣記》卷五十五杜光庭〈仙撰拾遺〉。接著胡氏即以延沼禪師於「風穴語錄」引寒山詩一條之內容，即「梵志死去來，魂識見閻老。讀書百王書，未免受捶拷。一稱『南無佛』，皆以成佛道。」主張該詩出於初唐白話詩僧王梵志之後，且又據《仙傳拾遺》所載：「大曆中隱居天台翠屏山」之說，認爲寒山的時代爲「八世紀初期」，相當 700～780 年，正值盛唐時期。見胡適，《白話文學史》，頁 174～178。

﹝註31﹞ 余嘉錫《四庫提要辨證》首先對閭丘胤所撰《寒山子詩集序》考其爲僞作後，並且認爲杜光庭《仙傳拾遺》關於徐靈府最早編纂《寒山詩集》之記載爲可信的。接著以《宋高僧傳》卷十一大溈祐公遇寒山之事，推測出貞元九年（793 年）爲寒山子卒年。然後並以《太平廣記》之大曆中隱居天台山翠屏山及徐靈府之序「十餘年，忽不復見」相印證，得到寒山子「遇靈祐時蓋已百餘歲」之結論。

﹝註32﹞ 錢穆在〈讀書散記兩篇·讀寒山詩〉（收《新亞書院學術年刊》第一期，民國 48 年 10 月，頁 9～11）所持之立場，與余嘉錫相仿，但將寒山卒年定爲順宗、憲宗間，即 805 年～810 年。其據《太平廣記》、《宋高僧傳》推論：「代宗年號大曆，凡十四年（766～780），縱謂寒山子以大曆元年卜隱寒山，上推三十年，應爲開元二十四年，惟據《宋高僧傳》卷十九，豐干於先天年中，在京兆行化，尚在睿宗時，猶應在此前二十四年。豐干行化於京兆，則其在天台國清寺，猶應在前。若寒山於睿宗景雲年間在天台國清寺晤及豐干，則由此再上推三十年，寒山之年，應在高宗之末葉矣（約 680）。由此再下數至德宗九年，靈祐遇寒山，其時寒山已年過百歲，而趙州生大曆十一年，若其晤寒山，尚在靈祐後數年，則趙州方年三十左右，而寒山已近一

此說相繼做出修正、肯定之工作。其中以王運熙、陳慧劍、錢學烈、連曉鳴、羅時進、葉珠紅等人為代表。

王運熙和楊明撰〈寒山子詩歌的創作年代〉〔註 34〕一文。則以寒山「蒸沙擬作飯，臨渴始掘井。用力磨瓦磚，那堪將作鏡。」中「用力磨瓦磚，那堪將作鏡」句，是運用《景德傳燈錄》卷六所載禪宗大師懷讓和馬祖道一之典源，而判定寒山絕非初唐時人〔註 35〕。另外，該文又將寒山三百十一首詩歌體制進行細緻分類〔註 36〕，得到寒山詩格非貞觀間詩歌體例，進一步證明其必當為律詩體制普及之後。

陳慧劍《寒山子研究》對寒山子年代之考證，頗為獨到。其從寒山詩序中所謂「朝議大夫使持節台州諸軍事守刺史上柱國賜緋魚袋閭丘胤撰」中之「使持節」與「緋魚袋」二名詞來判斷寒山年代。陳氏從《國史大綱》（錢穆著）及《歷代職官表》考證，得出「使持節」之制本自晉始，而唐代則自永徽以後設置。又據《唐書·車服志》、《唐會要》，得知凡佩緋魚袋之政府官員，始自六五〇年以後，且官必五品，封疆官必督都、刺史方可，故縱有閭氏此人，也是公元六五〇年以後之事。此外，陳氏又援引寒山詩中曾提「萬迴師」、「南院」、「吳道子」之內證，以及姚廣孝、元僧念常《佛祖歷代通記》、徐凝詩證等，推出寒山年代，約於公元 710 年

百二十歲。」可知錢穆認為寒山子約生於高宗末葉（680 年～683 年），卒於順、憲之時（805 年～810 年），壽一百二十餘歲。

〔註 33〕採用此說另有任繼愈，《宗教辭典》、孫望、郁賢皓，《中國大百科全書：宗教卷》、任道斌，《佛教文化辭典》、陳慧劍，《寒山子研究》。參閱王早娟，〈寒山子研究綜述〉，頁 481。

〔註 34〕見王運熙、楊明，〈寒山子詩歌的創作年代〉，載《中華文史論叢》第四輯，1980 年，頁 47～59。

〔註 35〕「磨磚作鏡」乃南岳懷讓啟發馬祖道一悟道之禪宗著名公案。宋·普濟撰，《五燈會元》卷三（臺北：新文豐出版社，民國 84 年臺 1 版，頁 53）〈南岳懷讓禪師〉條載：「開元中沙門道一（即馬祖也），在衡岳山常習坐禪。師知是法器，往問曰：『大德坐禪圖什麼？』一曰：『圖作佛』。師乃取一磚，於彼庵前石上磨。一曰：『磨作什麼？』師曰：『磨作鏡』。一曰：『磨磚豈能成鏡耶』師曰：『磨磚既不能成鏡，坐禪豈能成佛？』」；杜松柏《禪學與唐宋詩學》第四章（臺北：台灣黎明有限公司，1976 年，頁 318）曾引此公案後云：「懷讓圓寂於天寶三年（744 年），馬祖入滅於貞元四年（788 年）。據此則寒山與南岳一系，自有關係。且天台南岳，相去甚遠，此一故事之流傳，當在馬祖弘法於江西之後。馬祖顯名於大歷（766～779 年）中，是則寒山作此詩之時代，當不能早於此時也」。

〔註 36〕王、楊二氏將寒山詩歌分類，發現有六十九首詩押平聲韻，單句詩之平仄基本協調，對偶工整，其中完全符合粘對則有五十四首。並透過翔實縝密地考察初唐律詩之創作特徵，得出「寒山作品不可能產生於初唐」結論。

～820 年間〔註 37〕。

　　錢學烈〈寒山子年代的再考證〉，則透過質疑閭序及從大量寒山詩內證，修正胡適、余嘉錫、錢穆等人觀點〔註 38〕，並推翻先前所考〔註 39〕。而將寒山子生活年代定於唐玄宗開元年，約 725～730 年左右，卒於文宗寶歷、太和年間，約 825 年～830 年左右。

　　連曉鳴、周琦〈試論寒山子的生活年代〉是參閱胡適《白話文學史》、余嘉錫《四庫提要辨證》、施蟄存《唐詩百話》、鄭振鐸《插圖本中國文學史》、王運熙〈論寒山子詩歌的創作年代〉、王進珊〈說寒山話拾得〉、楊明〈張繼詩中寒山寺辨〉、陳慧劍《寒山子研究》、徐光大〈論寒山子思想和詩風〉等文章，予以考證，得出《閭丘序》純系偽託之結論，並將寒山年代定於生於盛唐（713～766），卒於中唐（766～835）〔註 40〕。

　　羅時進〈寒山生卒年新考〉則從寒山詩中相關內證進行考索，認爲唐代至德一載（756）之遷移朝，爲寒山隱居之時。並依此上推三十年，得到寒山生於開元十四年（726）。後又以徐靈府（約 761～843）遷居桐柏方瀛，編《寒山詩集》時間（826 年）爲其卒年。

　　至於葉珠紅《寒山子資料考辨》碩士論文第三章第二節〈關於寒山交遊諸說之考查〉，則依據陳慧劍從《全唐詩》找出徐凝所作的〈天台獨夜〉、〈送寒嚴歸士〉二首詩中有關寒山子之物證，進行再次考察〔註 41〕，提出寒山卒年年限約唐文宗大和元年（827）～唐武宗會昌四年（844）。

〔註 37〕參見陳慧劍，《寒山子研究》，頁 1～44。
〔註 38〕錢氏主要據陳慧劍主張徐凝曾與寒山相見之史實，推翻余嘉錫與錢穆「寒山百歲遇靈祐」之說。並認爲寒山若於貞元九年（793）遇靈祐後，離開天台。則應與生活於元和、長慶年間之徐凝無緣相見。故應把寒山卒年再往後延之。〈寒山子年代的再考證〉，《深圳大學學報》（人文社會科學版）第十五卷第二期，頁 101～107。
〔註 39〕錢學烈先於 1983 年曾發表〈寒山子與寒山詩版本〉（載於《文學遺產》總十六輯，頁 130～143。）考證寒山年代大致爲武則天天授年間至德宗貞元年間，即約爲 691 年～793 年。
〔註 40〕連曉鳴、周琦，〈試論寒山子的生活年代〉，《東南文化》第二期，1994 年，頁 222。
〔註 41〕葉珠紅於文中首先推翻陳慧劍所考「徐凝兩首詩，可能作於白居易在長慶二年至長慶四年（822～824），於杭州擔任刺史之前的元和年間，或更早些」之說法，另提出新見解：「徐凝這兩首有關寒山的詩，不會早於白居易在長慶四年卸任前，由此知長慶年間（821～824），寒山仍在世，此正與趙州（從諗禪師）最晚遇寒山（趙州四十九歲〔827〕年）時，相去不遠，可定爲寒山遇徐凝的上限；而雍陶〈送徐山人歸睦州舊隱〉一詩，作於會昌四年（844）前後，則可定爲寒山遇徐凝的下限，也正是寒山活至一百二十餘歲的卒年下限。」《寒山子資料考辨》，頁 56。

以上為寒山生卒年之考述，茲將彙成簡表：

發　表　者	所考寒山生卒年代	出　　　處	發表年份
胡　　　適	700～780	《白話文學史》	1928 年
余　嘉　錫	691～795	《四庫提要辨證》	1958 年
錢　　　穆	680～810	〈讀書散記兩篇‧讀寒山詩〉	1959 年
陳　慧　劍	710～820	《寒山子研究》	1984 年
連曉鳴、周琦	713～766（生） 766～835（卒）	〈試論寒山子的生活年代〉	1994 年
錢　學　烈	725～830	〈寒山子年代的再考證〉	1998 年
羅　時　進	726～826	〈寒山生卒年新考〉	2001 年
葉　珠　紅	827～844（卒）	《寒山子資料考辨》	2003 年

依上表所示，可初步歸納寒山生平時代範圍約為680～844 年，大致從高宗至武宗時期，橫跨近一百六十餘年。主要因為寒山生平年代，至今仍未有直接證據證明。不過所謂「學有新知，論多改定」，新資料推陳出新，舊見難免會有修正。早期研究寒山子者如胡適、余嘉錫、錢穆等人，其篳路藍縷之勞績，不容小覷。但不能否認，後繼者成就仍有其突破之處。換言之，後人在胡適等人基礎上，挖掘新文獻，以更縝密之論證方式，細定寒山生時年代，顯然較為可信與合宜。因此，秉持此種信念，筆者遂以陳慧劍、錢學烈、連曉鳴、羅時進及葉珠紅所考結果，為寒山生平年代最大範圍，即 710～844 年左右（約唐少帝唐隆元年至唐武宗會昌四年），並以為推測拾得生平年代合理範疇。

（二）拾得生平旁涉文獻再考查

拾得生平行事不少見於佛教史籍，但皆未明言年代，若有，則盡屬不合理之敘述；或在今人探討寒山時，已被推翻。因此，要明究生平年代尚屬不易。但能留心相關跡證，進行深入考究，仍可解開謎團。

1. 拾得遇溈山靈祐禪師考

在拾得相涉文獻中，有一則是載錄拾得與溈山靈祐禪師相遇之史實。此事在歷代有關拾得記載中最為具體確鑿，極富重要價值。該文獻最早見於五代南唐保大十年（925）由泉州昭慶寺靜、筠二禪師編纂《祖堂集》卷十六〈溈山和尚〉，傳云：

> 溈山和尚嗣百丈，在潭州。師諱靈祐，福州長溪縣人也，姓趙。師小乘略覽，大乘精閱。年二十三，乃一日嘆曰：「諸佛至論，雖則妙理淵深，畢竟終未是吾棲神之地。」於是杖錫天台，禮智者遺跡，有數僧相隨。至唐興路上，遇一逸士，向前執師手，大笑而言：「余生有緣，老而益光。

逢潭則止，遇潙則住。」逸士者，便是寒山子也。至國清寺，拾得唯喜重
於一人。主者呵嘖偏黨，拾得曰：「此是一千五百人善知識，不同常矣。」
自爾尋游江西，禮百丈。〔註42〕

該文詳載靈祐禪師年廿三歲時，參百丈禪師於江西，曾入天台山，謁見寒山、拾得
二人。顯然靈祐禪師與寒、拾二人同時代。又考《宋高僧傳》卷十一〈唐大潙山靈
祐傳〉中所載：

> 釋靈祐，俗姓趙，祖父俱福州長溪人也。……冠年剃髮，三年具
> 戒。……及入天台，遇寒山子於途中，乃謂祐曰：「千山萬水，遇潭即止。
> 獲無價寶，賑卹諸子。」祐順途而念，危坐以思，旋造國清寺，遇異人
> 拾得申繫前意，信若合符。遂詣泐潭謁大智師，頓了祖意。……以大中
> 癸酉歲正月九日盥漱畢，敷座瞑目而歸滅焉。享年八十三，僧臘五十九。
>
> 〔註43〕

「冠年剃髮，三年具戒。」即二十三歲之謂。大智師則為百丈懷海〔註44〕諡號。所
指靈祐「冠年剃髮，三年具戒。及入天台，遇寒山子於途中。旋造國清寺，遇異人
拾得申繫前意。遂詣泐潭謁大智師，頓了祖意。」正與《祖堂集》所記其杖錫天台
時間相符。因此，如從《宋高僧傳》指其「大中癸酉歲正月九日盥漱畢，敷座瞑目
而歸滅焉。享年八十三，僧臘五十九。」之語推判，靈祐應生於代宗大曆六年（771），
卒於宣宗大中七年（853）。其遊江西遇寒山、拾得之年應為唐德宗貞元九年（793）。
由此可證，拾得卒年勢必在貞元九年以後。

　　不過，靈祐於德宗貞元九年（793）遇拾得事，雖無法判定拾得詳確年齡，但如
據前人考訂寒山卒年線索〔註45〕及志南《三隱集記》所載〔註46〕推判，拾得當時年

〔註42〕南唐・靜、筠禪僧編、張華點校，《祖唐集》（鄭州：中州古籍出版社，2001 年 10
　　　　月），頁 541。

〔註43〕宋・贊寧撰、范祥雍點校，《宋高僧傳》（北京：中華書局，1987 年 8 月），頁 264。

〔註44〕懷海（720～814）唐僧。福州長樂（今屬福建）王氏。幼時入道，三學該練。會馬
　　　　祖道一闡化江西，乃傾心依附，隨侍六載，卒得祕傳。後開法洪州新吳百丈山，自
　　　　立禪院，訂製清規，率眾參修，並事墾植，有「一日不作，一日不食」之言，開農
　　　　禪之風，為佛門所重。寂後穆宗長慶中諡「大智禪師」。所訂規約，世稱《百丈清規》，
　　　　天下叢林無不奉行。震華法師遺稿，《中國佛教人名大辭典》（上海：上海辭書出版，
　　　　1999 年 11 月第一版），頁 110。

〔註45〕余嘉錫認為貞元九年為寒山卒年上限。《四庫提要辨證》曾考：「從大曆中下數十餘
　　　　年，正當貞元間，與吾所考靈祐以貞元九年遇寒、拾者，適相吻合。……蓋寒山即
　　　　以此時出天台，遂不復見。」而陳慧劍則認為：「照公案推算，他（靈祐）見寒山時
　　　　二十三歲，是公元七九四年，寒山（7140～815），比他大一甲子，此時以八十多歲。」
　　　　從上觀來，余氏與陳氏所考寒山之卒年，顯然有差異。姑且不論孰是孰非，可確定

事已高。

2. 遇趙州從諗禪師考

另一文獻則是趙州從諗禪師〔註47〕曾於行腳談禪時參訪寒山、拾得。其著錄宋·頤藏主編《古尊宿語錄》卷十四，曰：

> 師（趙州從諗）因到天台國清寺見寒山、拾得。師云：「久向寒山、拾得，到來只見兩頭水牯牛。」寒山、拾得便作牛鬥。師云：「叱叱！」寒山、拾得咬齒相看，師便歸堂。二人來堂問師：「適來因緣作麼生？」師乃呵呵大笑。一日，二人問師：「什麼處去來？」師云：「禮拜五百尊者來。」二人云：「五百頭水牯牛聻尊者。」師云：「為什麼作五百頭牛牯去？」寒山云：「蒼天！蒼天！」師呵呵大笑。〔註48〕

文中清楚提到趙州禪師曾到國清寺拜訪寒山、拾得，但時間不詳。又南宋淳熙十六年（1189）釋志南《天台山國清禪寺三隱集記》亦有相近之記載：

> 趙州到天台，行見牛跡。寒曰：「上座還識牛麼？此是五百羅漢游山。」州曰：「既是羅漢，為什麼卻作牛去？」寒曰：「蒼天，蒼天！」州呵呵大笑。寒曰：「笑作什麼？」州曰：「蒼天！蒼天！」寒曰：「這小廝兒卻有大人之作。」〔註49〕

《古尊宿語錄》與《三隱集記》內容大致相仿，雖《三隱集記》無提及拾得，但可確信二者應同為一件事。然而，趙州遇寒、拾公案，贊寧《宋高僧傳》卷十一〈唐趙州東院從諗傳〉卻隻字未見，且無資料佐證從諗遇二人之時，導致有人對此文獻提出疑慮〔註50〕。不過，從諗禪師見寒山、拾得事，應非為神話或後人杜撰〔註51〕，

是靈祐見寒山時，寒山至少為八十多歲之老翁，加上拾得卒年與寒山相近，依此推斷拾得當時年事已高。

〔註46〕釋志南《三隱集記》中有載：「溈山來寺受戒，與拾往松門，夾道作虎吼三聲，溈無對。⋯⋯拾拈柱杖曰：『老兄喚這箇作什麼？』溈又無對。」從「拾拈柱杖」之語研判，拾得此時年紀已大。

〔註47〕從諗（778～897）曹州（山東縣西北）郝氏。幼於本州扈通院披薙。參池陽南泉有悟。乃往嵩嶽琉璃壇受戒。仍返南泉，久之眾請往趙州觀音院，道化大揚。其玄言法語遍布四方，時謂趙州門風。有趙州茶，狗子無佛性，庭前柏樹子，四門三轉語等公案流傳叢林。寂諡「真際大師」。《中國佛教人名大辭典》，頁655。

〔註48〕宋·頤藏主編集，《古尊宿語錄》（北京：中華書局，1994年5月），頁247。

〔註49〕釋志南，《天台山國清禪寺三隱集記》，頁60。

〔註50〕如日本元祿十四年（1701）本內以慎《寒山子傳纂》及胡適《白話文學史》皆曾提出質疑。參見羅時進，《唐詩演進論》第十章「唐代詩人實考」，頁201。

〔註51〕對此，羅氏認為本內以慎所據之《唐年譜》與宋僧志磐《佛祖統記》同一史源。且《統記》所載寒山、拾得見閭丘胤之事，是從閭丘胤所撰《寒山子詩集序》衍生而出。而閭《序》已足證為偽作，故據此來懷疑溈山、趙州遇寒、拾事就毫無意義。

而有一定程度之參考價值，不該輕易捨棄。假設趙州從諗禪師拜訪屬實，則陳慧劍所考結論，誠然可信，其曰：

> 趙州比溈山小七歲，那麼公案時期，趙州只有十六歲，如果趙州到天臺山，則「趙州對寒山」的公案，當在七九四年以後。〔註52〕

從陳氏推論來看，認爲從諗禪師遇寒山、拾得約爲溈山靈祐相見後不久，即七九四年以後發生之事，似乎還不夠深入。對此，羅時進進一步考釋：

> 從諗的卒年在《趙州語錄》所附〈行狀〉中記爲「戊子歲十一月十日」，但應該知道此處「戊子」乃「戊午」之誤。「戊午十一月」與《景德傳燈錄》卷十所記「乾寧四年（丁巳）十一月」只差一年，並不能說完全失據。無論其滅寂於丁巳（897）或戊午（898），在元和九年（814）百丈死時從諗已三十六、七歲，此當然可以「談禪行腳」。雖然我們尚無確切的材料證定趙州從諗與寒山相見的時間，不過從寒山說「這廝兒宛有大人之作」的口氣來看，顯然兩人年齡相差很大。稱「這廝兒」，似其時從諗在弱冠前後，以從諗生年（778）推之，寒山遇從諗當在798年前後，亦即靈祐遇寒山、拾得後不久幾年。〔註53〕

據是，羅氏以《景德傳燈錄》卷十所云：「從諗，唐乾寧四年十一月二十日，右脅而寂，壽一百二十。」其「壽一百二十」之說法，推算趙州生卒年。並用寒山與從諗對答內容研判，其相見時間約爲唐德宗貞元十四年（798）之後情事，考證甚爲合理。不過此說法一成立，也推翻余嘉錫所考寒山於德宗貞元九年（793）後「遂不復見」之觀點。

再者，依據陳星橋〈廣參苦行存典範，古柏千年播禪風──趙州和尚生平化跡與趙州禪得歷史影響〉文中統計，趙州從諗禪師一生曾行腳七省，遍參南、北二宗禪師〔註54〕，其造訪國清寺見寒山、拾得也應於此時。若以趙州大到可以行腳，而寒山已是百歲耆者推測，則趙州遇寒、拾最早約爲三十六歲（百丈圓寂於憲宗元和

而胡適則是未能利用《祖堂集》中之材料，如能知曉貞元九年溈山遇寒山，對趙州之事或有別論。同前書。

〔註52〕陳慧劍，《寒山子研究》，頁60。

〔註53〕羅時進，《唐詩演進論》，頁201～202。

〔註54〕陳星橋，〈廣參苦行存典範，古柏千年播禪風─趙州和尚生平化跡與趙州禪得歷史影響〉（載《法音》，2002年第八期，總第二一六期）轉引葉珠紅，《寒山子資料考辨》，頁54。曾統計其行腳過山東、河北、江西、湖南、湖北、浙江、安徽；參訪過江西的百丈懷海、黃檗希運、雲居道膺、河北的寶壽沼和尚、臨濟義玄、湖南的道吾圓智、溈山靈祐、藥山惟儼、鹽官和尚、夾山善會、湖北的茱萸、浙江的大慈寰中、安徽的投子大同。

九年，814），最晚爲四十九歲（文宗太和元年，827），參南泉普願後。〔註55〕

3. 拾得享年與卒年試探

拾得生年究竟多長，文獻並無述及。因此在無法悉知享年前提下，要定其生卒年，的確毫無頭緒，不知從何著手。今陳慧劍在檢核寒山詩與拾得詩誤收問題時，曾作出六點結論，其一曰：

> 寒山、拾得在年齡上的差距（二人相差三十到六十歲之多），……（又：
>
> 從詩情推論，寒、拾二人，年紀相距，則不可相差太遠。）〔註56〕

陳氏所言並無所據，但在史料缺乏下，此一猜測或能成爲推定拾得生時年代之要素。拾得〈從來是拾得〉詩中有句：「從來是拾得……若問年多少，黃河幾度清。（十六）〔註57〕」從末句「若問年多少，黃河幾度清」引用王子年《拾遺記》：「丹丘千年一燒，黃河千年一清。」典實〔註58〕觀之，似乎說明拾得享年亦長之事實。假設拾得年齡與寒山相仿，加上長壽條件下，撰者以爲此二人年齡差距應非陳氏所言三十至六十歲之多，而是十至三十歲，才算合理〔註59〕。

再者，觀記載拾得入滅時刻，除見先前所提文獻外，釋志南《天台山國清禪寺三隱集記》有不同之記錄：

> 閭丘歸郡，送淨衣香藥到巖，寒高聲喝曰：「賊，賊！」遂入巖石縫中，且曰：「報汝諸人，各各努力。」石縫忽合。後有僧採薪南峰，距寺東南二里，遇一梵儀，持錫入巖，挑鑭子骨曰：「取拾得舍利。」乃知入滅於此，因號巖爲「拾得」。……按舊序，二人呵叱，自執手大笑。閭丘歸郡，遺衣送藥，與夫挑鑭子骨等語，乃知寒山不執閭丘手，閭丘未嘗至寒巖，拾得亦出寺門二里許入滅。今《傳燈》所錄，誤矣。〔註60〕

《三隱集記》記寒山、拾得二人巖穴而逝之事，均不出閭序窠臼。惟不同處是對閭丘胤曾至寒巖提出懷疑，並且清楚指出拾得入滅之地，認爲《景德傳燈錄》所記有

〔註55〕葉珠紅，《寒山子資料考辨》，頁54。

〔註56〕陳慧劍，《寒山子研究》，頁97；另錢學烈也提出「拾得生卒年代不可考，但從寒拾二人詩中可知其年齡相近，寒山略長於拾得。」《寒山拾得詩校評》中寒山詩〈慣居幽隱處〉注釋3，頁151～152。

〔註57〕項楚，《寒山詩注》，頁854。

〔註58〕錢學烈，《寒山拾得詩校評》，頁176。

〔註59〕寒山享年約爲百二十餘歲，如拾得與其距相六十歲之多，則拾得享年才四十至六十歲，似乎太過短暫。另又據陳氏所言：「詩情推論，寒、拾二人，年紀相距，則不可相差太遠。」來研判，筆者認爲寒山與拾得年齡相距大約爲十至三十歲，享年約爲八、九十歲，才算合理。

〔註60〕釋志南，《天台山國清禪寺三隱集記》，頁63～64。

誤。可見釋志南《三隱集記》對於寒、拾最終下落交代較爲具體。據志南所言，雖無法詳知拾得卒年時間，但可肯定二人入滅時間相距不遠。如以拾得與寒山卒年相近，且又相距十至三十歲前提下，加上寒山最晚卒年下限爲唐文宗大和元年（827）與武宗會昌四年（844）等相關條件成立下，上推九十年，可得拾得生年範圍約爲唐玄宗開元二十五年（737）～唐玄宗天寶十三年（754），卒於唐文宗大和元年（827）～唐武宗會昌四年（844）。

4. 其他相涉文獻之辨析

考得拾得生平年代後，文獻史料中有一條材料似乎與之牴觸。此條文獻是見宋·贊寧《宋高僧傳》卷十九〈唐天台山封干師傳（滇木師・寒山子・拾得）〉，傳曰：

> 釋封干師者，本居天台國清寺也。剪髮齊眉，布裘擁質，身量可七尺餘。……及終後，於先天年中在京兆行化，非恒人之常調，士庶見之，無不傾禮。〔註61〕

文中提及封干在離開國清寺後，嘗於唐玄宗先天（712）年間於京師行化，明顯與本文所得拾得約 737 年方出生結論相悖。眾所皆知拾得乃豐干偶行赤城道，聞其啼聲，後拾至國清寺撫養長大，因此，豐干禪師絕非在拾得未出世前就已離開國清寺。

其實，封干京兆行化之癥結，編纂《宋高僧傳》之釋贊寧早就產生疑竇，其曰：

> 次有木滇師者，多遊邑京市鄽閒，亦類封干，人莫輕測。封豐二字，出沒不同。韋述史官作封疆之封，閭丘〈序〉三賢，作豐稔之豐，未知孰是？〔註62〕

由上可知，贊寧對「豐干」是否爲「封干」早有不確定之感。就此，其於傳後又補曰：

> 按封干（即豐干）先天中遊遨京室，知閭丘、寒山、拾得俱睿宗朝人也。奈何宣師《高僧傳》中（有脫文）。閭丘，武臣也，是唐初人。閭丘序記三人，不言年代，使人悶焉。復賜緋，乃文資也。夫如是，乃有二同姓名閭丘也。又大潙公於憲宗朝遇寒山子，指其泐潭，仍逢拾得於國清寺，知三人是唐季時猶存。夫封干也，天台沒而京兆出；寒、拾也，先天在而元和逢。爲年壽彌長耶？爲隱顯不恒耶？〔註63〕

贊寧之言，認爲在封干卒於「先天說」條件下，對於閭丘胤遇三賢之事，及其與寒

〔註61〕贊寧，《宋高僧傳》，頁 483。
〔註62〕前揭書，頁 484。
〔註63〕同上，頁 486。

山、捨得三者間之時代關聯，似乎不盡合理。贊寧乃一代名僧，博學洽聞，著述嚴謹，其所置疑，不無道理。歸究主因，在於「封干」是否真為國清寺之「豐干」禪師。對此，余嘉錫〈四庫提要辨證〉有考：

> 贊寧所述封干形態，及先天中行化之事，蓋采自韋述之《兩京新記》，……寧博學有史才，故雖左右采獲，然實深信韋述之書，不甚信偽序。〔註64〕

余氏以為贊寧所述封干形態，與先天中行化之事跡，主要受韋述所撰《兩京新記》記載影響，因而造成「豐干」曾於先天年中在京兆行化之誤解。韋氏為唐著名史官〔註65〕，所記「封干」不至出錯。其次，《寒山詩集》各版本中，只作「豐干」，而無「封干」。顯然，贊寧所謂先天年間，於京兆行化之「封干」，非豐干禪師，其大概是晚唐〈寒山子詩集序〉杜撰者，利用與閭丘胤同時之「封干」與「豐干」二者諧音關係，誤將閭氏與封干可能存在之交遊，附會至豐干、寒山、捨得身上，〔註66〕導致贊寧《宋高僧傳》之撰誤。

（三）小　結

綜上所述，大致可確定捨得生於唐玄宗開元至天寶年間，約 737～754 年左右，卒於唐文宗大和至武宗會昌年間，約 827～844 年左右，約為中唐末葉至晚唐時期人。不過有關於捨得之生平時代，因史蹟之湮沒，言人人殊，故所得成果，也僅是筆者爬羅及辯證相關史料後，所可獲之一鱗影。《論語·八佾》曾言：「子曰：『夏禮，吾能言之，杞不足徵也；殷禮，吾能言之，宋不足徵也。文獻不足故也，足則吾能徵之矣。』」捨得生平時代無法確考，洵為文獻不足故。因此，若要對其生平年代窮根究柢，得其真相，則待更多新文獻出現。

第二節　捨得之交遊

捨得終生為國清寺僧衲，生活經歷單純，從文獻史料顯示，除撫養之豐干禪師，稍晚摯友寒山外，並無太多其他記載。以下即從文獻彙理捨得往來史實，以詳其交

〔註64〕余嘉錫，《四庫提要辨證》，頁 1252～1253。
〔註65〕韋述（～757），京兆萬年（今陝西西安人）。自幼博覽群書，篤志文學。唐玄宗開元五年（717），為櫟陽尉。秘書監馬懷素受詔編次圖書，續《七志》。累遷右補闕、集賢院直學士、起居舍人。十八年，兼知史官事。一生任史官二十年，以史才博識，蜚聲當代。參閱周勳謨主編，《中國文學家大辭典》（北京：中華書局，1992 年一版），頁 77。
〔註66〕語見羅時進，《唐詩演進論》，頁 211。

遊大略。

一、豐干禪師

　　如前述及，豐干禪師為拾得撫養人兼師傅。其拾獲拾得經過，除《寒山詩集》所附〈拾得錄〉外，元僧釋覺岸《釋氏稽古略》卷三亦有載錄〔註67〕。然豐干禪師雖為國清寺著名高僧，但佛門史籍記載卻不盡眞確，致使後人對其生平所知有限。《四部叢刊》景宋本「豐干禪師錄」曰：

> 道者豐干，未窮根裔，古老見之，居于天台國清寺。剪髮齊眉，毳裘擁質，緇素問鞠，乃云「隨時」。貌悴昂藏，恢端七尺。唯攻舂米供僧，夜則扃房，吟詠自樂。郡縣諳知，咸謂風僧。或發一言，異於常流。忽爾一日，騎虎松徑，來入國清寺，巡廊唱道。眾皆驚訝，怕懼惶然，並欽其德。昔京輦與胤救疾，到任丹丘，跡無追訪。〔註68〕

豐干禪師生平事蹟一如寒、拾般謎樣，相關傳記也雜揉閭丘僞序不實內容，造成後人對其人存在年代多有探討。據此，錢學烈《寒山拾得詩校評》曾考：

> 豐干年代無可考，余嘉錫《四庫提要辨證》卷二十載：「蓋閭丘胤及豐干禪師，雖實有其人，然閭丘生於隋唐之際，與先天間之豐（封）干本無交涉，至於貞元以後之寒、拾，尤不相干。」據本書前言考證，寒山子乃中唐時期開元至寶曆、大和間（約 725 年～830 年）人，與貞觀（627 年～649 年）或先天（712 年～713 年）時期之豐干，非同時代人。〔註69〕

是故，錢學烈首引余嘉錫說法，接以先天年間之封干記載，主張豐干禪師應和寒山並無交涉，也因如此，錢氏注釋寒山〈慣居幽隱處〉之「時訪豐干道」句時，有下列考述：

> 《天祿》宋本、《四部叢刊》景宋本作「豐干道」，其他版本皆作「豐干老」。按：豐干年代無可考，寒山與豐干非同時代之人，何以相識相訪？「豐干老」即指豐干。「豐干道」可能指豐干曾經走過得松徑，乃入國清寺必經之路。〔註70〕

據是，錢氏因持豐干與寒山非同時代之看法，遂指出寒詩句中用「豐干道」較為合宜。國清寺旁之松徑頗具名氣，歷來不少文人墨客援入詩中。如李白詩：「天台連四

〔註67〕請參閱元・釋覺岸，《釋氏稽古略》卷三（收於《卍續藏經》一三三冊，台北：中國佛教會影印卍續藏經委員會印行，民國56），頁 4。
〔註68〕《豐干禪師錄》收於《四部叢刊初編》集部《寒山子詩・附拾得詩》，頁 25。
〔註69〕錢學烈，《寒山拾得詩校評》，頁 150。
〔註70〕同上，頁 151。

明，日入向國清。五峰轉月色，百里〔註71〕行松聲。」張祜詩：「盤松國清道，九里天莫睹。」賈島詩：「石澗雙流水，山門九里松。」〔註72〕顯見此松林乃豐干拾獲拾得所在；寒山亦由此進入國清寺，結識豐干、拾得。但錢文只承認該松林，卻否定三人關係，似乎有所不妥。寒山若意在「松林」，以地名對人名，亦不合邏輯，必然與此人有所相涉。復次，其忽略檢視拾得〈寒山住寒山〉詩所言，曰：

> 寒山住〔註73〕寒山，拾得自拾得。凡愚豈見知，豐干卻相識。
>
> 見時不可見，覓時何處覓。借問有何緣，向道無爲力。（一五）〔註74〕

無庸置疑，拾得早已言明與豐干、寒山三人關係，此外，豐干詩亦有「寒山特相訪，拾得罕期來〔註75〕」之力證。由此可知三人確有交往事實。簡言之，豐干爲拾得再生父母，將其攜至天台國清寺撫養成人，且在豐干深厚佛學涵養與文學造詣〔註76〕教導下，拾得皈依佛門，剃度爲僧，踏上日後能唱偈吟詩之文學創作路途。

二、寒山子

寒山原非佛門弟子，早年遊歷四方，學文習武，讀書詠史，煉藥求仙。三十歲後，隱居台州（今浙江台州）翠屏山寒岩，才與國清寺禪師豐干、僧拾得結識。之後，寒山便常至國清寺會晤拾得。恰逢拾得負責香燈及齋堂事務，齋畢時皆會「貯餘殘菜渣餘竹筒內，寒山若來，即負而去」。而拾得亦常至寒岩探望寒山，拾得〈閑入天台洞〉有云：

> 閑入天台洞，訪人人不知。寒山爲伴侶，松下噉靈芝。
>
> 每談今古事，嗟見世愚癡。箇箇入地獄，早晚出頭時。（三一）〔註77〕

寒山、拾得往還甚頻，在詩歌作品中常見之。或許二人年紀相近，無論理念、生活習慣等，聲氣相投，交互影響，一起寫詩唱和，成爲莫逆之交。難怪後代佛教

〔註71〕百里，「百」應作「九」，據陳耆卿注改。

〔註72〕宋・陳耆卿撰，《嘉定赤城志》卷四十（載商務印書館景印文淵閣《四庫全書》486冊），頁950。

〔註73〕寒山住寒山，「住」他本有作「自」，可參考第三章第二節校勘內容：項楚《寒山詩注》，頁853。

〔註74〕同前書，頁853。

〔註75〕同註68。

〔註76〕豐干禪師出家前，爲名宦子弟。陳耆卿撰《赤城志》卷三十八〈天台〉條云：「唐豐尚書墓在縣東二里，豐家橋近有人穿土得之。墓記云：『尚書五子，最幼者名干，爲僧，即豐干也。』」，頁939。可見豐干禪師文學造詣應不差。

〔註77〕項楚，《寒山詩注》，頁882。

徒喜將其比喻爲文殊（寒山）與普賢（拾得）菩薩之化身。清雍正皇帝更封寒山子爲「妙覺普度和聖寒山大士」，拾得爲「圓覺慈度合聖拾得大士」，與唐中宗之「萬回師」，混成「和合二仙」〔註78〕，成爲民間信奉神明。可見二人密切之情誼，深獲得世人青睞。

三、拾得遊寒山寺之傳說

舊聞寒山、拾得嘗遊蘇州寒山禪寺，且該寺亦因寒山而聲名遠播。此文獻是見明永樂十一年（1413）姚廣孝撰〈寒山寺重興記〉，其云：

> 唐元和中（806～820），有寒山者，不測人也。冠樺皮冠，著木屐，被藍縷衣，掣風掣顛，笑歌自若，來此縛茆以居。……尋游天台寒岩，與拾得、豐干爲友，終隱岩石而去。希遷禪師於此創建伽藍，遂額曰「寒山寺」。〔註79〕

另宣統年間《吳縣志》卷三十六上〈寺觀一〉「寒山禪寺」條亦載：

> 寒山禪寺在城西十里楓橋，故稱楓橋寺。起於梁天監間（502～519），舊稱妙利普明塔院，……其稱寒山寺者，相傳寒山、拾得舊止此〔註80〕，故名。然不可考。〔註81〕

姚氏指證歷歷認爲寒山於唐元和中曾茆居寒山寺，且該寺由石頭希遷禪師所建，題匾名曰「寒山寺」。《吳縣志》則指出，寒山寺乃因寒山、拾得造訪而得名。二書所記之事，略有差異，卻使人無法苟同。按姚氏所言寒山寺爲石頭希遷禪師所建，並命名爲「寒山寺」，但考《宋高僧傳》卷九〈唐南嶽石頭山希遷傳〉載：

> 釋希遷，姓陳氏，端州高要人也。母方懷孕，不喜葷血。及生岐嶷，

〔註78〕陳慧劍對此傳說由來，有以下論析：「《西湖遊覽志》載：『宋時杭城以臘日禮萬回哥哥，其像蓬頭笑面，深著綠衣，左手擎鼓，右手執棒，云是"和合之神"。』其後一神化爲二神（指寒山、拾得），同其形象，穿綠衣，梳留海，一人持荷花，一人捧圓盒，取和諧好合之意。」《寒山子研究》，頁64。

〔註79〕清・葉昌熾撰，張維明校補，《寒山寺志》（南京：江蘇古籍出版社，1999年8月），頁142。

〔註80〕今寺亦將此二人之繪像，供奉於中。唐浩，〈江南古刹－寒山寺〉，有言：「由山門入，過林陰小院，即爲大雄寶殿。大殿氣宇雄偉，殿內正中爲釋迦牟尼像。在右側殿的蓮花盤上供奉著寒山和拾得兩尊像。身著架裟，袒胸露乳，蓬頭赤腳，一個站、一個蹲；一個手捧淨瓶，一個手執蓮花。這兩個和尚喜笑顏開，神態輕鬆自如，令遊客到此駐足觀賞。傳說寒山、拾得在天台國清寺爲僧，兩人友善而齊名，被視爲二仙供奉。」載《中國地名》第一期，2002年，頁44。

〔註81〕曹允源等纂，《吳縣志》（收《中國方志叢書》，台北：成文出版社，民國59年），頁561。

雖在孩提，不煩保母。天寶初，始造衡山南寺。寺之東有石狀如臺，乃結
庵其上，杼載絕岳，眾仰之，號曰「石頭和尚」焉。……廣德（764）二
年，門人請人下於梁端。自江西主大寂〔註82〕，湖南主石頭，往來憧憧，
不見二大士為無知矣。貞元六年（790）庚午歲十二月二十五日順化，春
秋九十一，僧臘六十三。〔註83〕

傳中並無述及希遷至蘇州楓橋建寺之記載。希遷禪師與馬祖道一禪師同時，其卒年應
早於寒山〔註84〕，如何在寒山尚存，作品未被收集流傳，以其名而建寺？再者，若據
姚氏所言，寒山於唐憲宗元和年間（806～820）落腳楓橋，希遷卒年為貞元六年（790），
又怎能以「寒山」之名建寺？顯然姚廣孝所記，純屬無稽之談，不足憑信。而唐元和
中（806～820），寒山曾「縛茆以居」該寺，亦是證據薄弱，無法成立，其目的只為
遷就希遷建寺題匾之說〔註85〕。至《吳縣志》所言「拾得舊止此」事，應是受寒山造
訪寒山寺傳聞影響，為後人所附麗。

　　綜言之，寒山及拾得均未造訪寒山寺，寒山寺亦非因二人而改名，其所產生之
訛傳，乃後世人們喜愛其詩，崇尚其人，所造成之結果〔註86〕。

〔註82〕道一（709～788）什邡（今屬四川）馬氏。世稱馬祖道一。幼依資州唐和尚落髮。
　　　　受具於渝州圓律師。開元中，習定於衡嶽山中，遇懷讓，言下領旨，密受心印。始
　　　　自建陽佛跡嶺遷至臨川，次至南康龔公山，創立叢林法度。大曆中，隸名於鍾陵（江
　　　　西南昌附近）開元寺，四方學子雲集，常以即心即佛之旨示人。入室弟子一百三十
　　　　九人，各為一方宗主，世稱「洪州宗」。寂後權德輿撰塔銘。元和中諡「大寂禪師」。
　　　　振華法師遺稿，《中國佛教人名大辭典》，頁799。
〔註83〕贊寧，《宋高僧傳》，頁208～209。
〔註84〕希遷與馬祖道一禪師為同時期人，而寒山詩中曾引用「磨磚作鏡」的禪宗公案，該
　　　　詩正是南岳懷讓與馬祖道一的故事。這也說明其生活年代當與馬祖同時或晚些，而
　　　　絕非早於馬祖。換言之，寒山亦絕不可能早於希遷禪師。
〔註85〕葉珠紅《寒山子資料考辨》對此有考：「姚廣孝此《記》錯誤不少，元和（806～820）
　　　　為憲宗年號，此時的寒山已是個百歲翁，姚廣孝應是贊成寒山『百歲出天台』之說，
　　　　但與今所公認寒山隱居的正確時間─《仙傳拾遺》：『大曆中（766～779），隱居天台
　　　　山翠屏山。……十餘年，忽不復見』以及各書所記的寒山『遊天台』的時間恰恰相
　　　　反。……若如以余嘉錫所考貞元九年（794），靈祐遇寒山後，其以百歲之齡開逛天
　　　　台，是不可能在元和年間再逛到該寺。姚廣孝認為寒山先到江蘇吳縣再到浙江天台，
　　　　目的是為了符合拾頭希遷的題匾說。」，頁59～60。
〔註86〕錢學烈《寒山拾得詩校評》：「寒山禪寺雖不是因寒山子來此寓居而得名，與唐代隱
　　　　居於天台的寒山子毫無瓜葛。但明清以來，由於寒山詩的流傳，人們喜愛其詩，尊
　　　　崇其人，在蘇州寒山寺為之繪形塑像，供奉禮拜，使寒山寺成為吳中勝地，名揚海
　　　　內外；吳中百姓把寒山、拾得奉為「和合二聖」，看作幸福和睦的化身，幾乎婦孺皆
　　　　知。這已有數百年的歷史，是不可改變也無須改變的事實。」，頁30。

第三節　拾得小傳

　　拾得行實，初見閭丘胤《寒山詩集序》，後有《宋高僧傳》、《景德傳燈錄》、《天台國清禪寺三隱集記》、《拾得錄》等記載。然閭序之作，係爲後人竄亂，致使有關拾得生平素行，誑惑流俗，詿誤後世。加之《宋高僧傳》、《景德傳燈錄》諸作，亦未能盡善。爲求後人能詳其身世，擬以上述所考成果，去誤求眞，鎔裁成篇，彙整拾得小傳如次：

　　拾得，唐天台山國清寺詩僧。其狀如貧子，又似風狂。俗姓、籍貫皆不可考。約生於唐玄宗開元至天寶年間（737～754年），卒於唐文宗大和至武宗會昌（827～844年）。年十歲，豐干禪師遊松徑，徐步於赤城道路側〔註87〕，聞其啼聲，遂攜歸養於寺中，取名「拾得」。及長，爲沙門靈熠攝受，並令其爲「知食堂香燈」，主責廚房雜役事。

　　時有寒山者，亦不知名氏，形貌枯悴，世謂「風狂子」、「風顚漢」。大歷年間隱居天台翠屏山（又稱寒巖、寒山），故名「寒山子」。常往國清寺，會晤拾得、豐干。拾則齋畢之時，澄濾食渣，以筒盛之，寒來，即使負而去。寒、拾二者可謂糺合相親，同類爲求。且二人晤語，潛聽者多不得其解。一日，拾得掃地，寺主問：「汝名拾得，豐干拾得汝歸，汝畢竟姓箇甚麼？在何處住？」拾得放下掃帚，叉手而立。寺主罔測。寒山搥胸云：「蒼天，蒼天！」拾得卻問：「汝作什麼？」曰：「豈不見道，東家人死，西家助哀。」二人作舞，哭笑而出。其言行怪誕，笑罵無常，殆可想見。

　　唐德宗貞元九年（793），有溈山靈祐禪師，俗姓趙，福州長溪縣人也。年二十三，游江西，禮百丈禪師，曾仗錫天台，遇一逸士，向前執手，大笑而言：「余生有緣，老而益光。逢潭則止，遇溈則住。」逸士者，乃寒山子也。至國清寺，拾得唯喜重於一人。主者呵嘖偏黨，拾得曰：「此是一千五百人善知識，不同常矣」。

　　又趙州從諗禪師，曹州（山東縣西北）郝氏人。於唐憲宗元和九年（814）至文宗太和元年（827）行腳七省，遍參南、北二宗禪師，嘗至天台國清寺，訪寒山、拾得。曰：「久嚮寒山、拾得，到來只見兩頭水牯牛。」寒山、拾得二人便作牛鬥狀。趙州則云：「叱叱！」寒山、拾得咬齒相看。後從諗便歸堂。二人來堂問曰：「適來因緣作麼生？」趙乃呵呵大笑。一日，寒山、拾得問趙州禪師：「什麼處去來？」曰：「禮拜五百尊者來。」二人又云：「五百頭水牯牛聻尊者。」趙對曰：「爲什麼作五百頭牛牯去？」寒山云：「蒼天！蒼天！」從諗聞之，則呵呵大笑。

〔註87〕今傳國清寺山門往西北三里之赤城山路上，有一山嶺，名爲「拾得嶺」，據聞爲拾得被拾之處。

　　傳聞爲菩薩應身，屢現神跡。寺中附近有護伽藍神廟，僧常參奉，每日所供之物，爲烏鳥所取。拾得便以杖扑土偶三二下，罵曰：「汝食不能護，安護伽藍乎？」是夕，神附夢予寺僧曰：「拾得打我。」明日，諸僧說夢同符，全寺嘩然，知非常人也。又於寺莊牧牛，歌詠呼天。當寺僧布薩〔註88〕時，拾得驅牛至僧集堂前，倚門撫掌而笑曰：「悠悠者聚頭。」時持律首座咄曰：「風人，何以喧礙說戒？」拾得曰：「我不放牛也，此羣牛多是此寺之僧事人。」拾得各呼亡僧法號，牛各應聲而過，舉眾錯愕，咸思改往修來，感菩薩垂跡度脫。晚歲，唐文宗大和年間〔註89〕，遂與寒山相攜出松門，離國清寺，隱居於寺附近之祥雲峰〔註90〕，後便入滅該處〔註91〕。

　　拾得詩作，多題於土地堂壁。取材內容以宣揚佛教義理，勸諭世人爲主，亦有吟詠山林逸興。詩歌形式不重聲律，形式自由；語言淺顯、質樸自然。後人輯錄爲一卷〔註92〕，凡五十餘首，多爲五言、七言，附錄《寒山子詩集》末，有與寒山詩重出者。今有項楚《寒山詩注·附拾得詩》、錢學烈《寒山拾得詩校評》等本。

〔註88〕布薩，梵語（upavāsa），即「長齋」。意爲清靜、淨住，原是寺院中僧團的"說戒"制度。僧尼每半個月舉行一次集會，讀誦戒律，懺悔罪過，却惡增善。參見李明權，《佛門典故》（上海：漢語大辭典出版社，2001年7月），頁85。

〔註89〕案：其出寺之時，是據所考卒年『約唐文宗大和至武宗會昌（827～844年）』推判，得知拾得最早離寺爲唐文宗大和前。

〔註90〕「祥雲峰」爲天台山國清寺附近五座山峰之一。徐靈府〈天台山記〉：「國清寺在縣北十里……寺有五峰：一八桂峰，二映霞峰，三靈芝峰，四靈禽峰，五祥雲峰。」引自項楚《寒山詩注》注釋，頁506。

〔註91〕據宋·陳耆卿，《嘉定赤城志》卷三十五，頁900。有載：「寒山隱寒石山，拾得隱祥雲峰，遺跡可考，獨豐干不知所終。」又釋志南《天台國清禪寺三隱集記》曰：「後有僧採薪南峰，距寺東南二里，遇一梵儀，持錫入巖，挑鑷子骨曰：『取拾得舍利。』乃知入滅於此，因號巖爲『拾得』。」可知拾得入滅之地爲「祥雲峰」，後人改稱「拾得巖」。

〔註92〕有關集詩問題，請參見第三章第一小節。

第參章 拾得詩集之流傳與研究

第一節 拾得詩集流傳情形

　　拾得詩流傳民間已久，且歷代禪宗高僧對其作品多樂與稱道。今日所見拾得詩，主要依據民間私人印行之《寒山詩集》單行本。宋元時其與寒山詩遠播日本、朝鮮，直至清代，拾得詩集善本已達數十種。然今人對《拾得詩集》版本流傳情形，著墨甚少，故本章重點乃探究拾得詩集編纂緣起與流布情形。

一、有關僧道翹集詩之問題

　　關於輯錄拾得詩者爲僧道翹之舊聞，《閭丘序》、《宋高僧傳》、《景德傳燈錄》、《三隱集記》均已揭露。然而僧道翹是否爲據「拾得於土地堂壁上書言偈，並纂集成卷」者？《四庫提要辨證》嘗考：

　　　　所謂僧道翹者，子虛烏有之人也，安得輯寒山之詩。〔註1〕

余氏考得閭丘胤事乃屬誣妄後，另迤將道翹及集寒、拾詩之事一併否定。但所下「所謂僧道翹者，子虛烏有之人也」之斷語，似乎有失公允，實未加深考。因日本京都大學入史義高〈關於寒山〉〔註2〕，已指出唐代李邕〈國清寺碑〉並序中，曾提及道翹〔註3〕。既然此人存在，如據李邕（678～747）〔註4〕時代推算，其於天寶六載

〔註1〕余嘉錫，《四庫提要辨證》，頁1262。
〔註2〕該文爲入史義高《寒山》卷首，岩波書店，1984年2月出版，引述羅時進《唐詩演進論》，頁119。
〔註3〕李邕碑文今存《全唐文》卷二百六十二，其序曰：「寺主道翹，都維那首那法師法忍等，三歸法空，一處心淨，景式諸子，大濟群生。」可見道翹眞有其人。（台北：大通書局，民國64年4月初版），頁3365。
〔註4〕李邕，（678～747）字泰和，揚州江都（今江蘇揚州）人，世稱"李北海"。邕以文

（747）前尚存，時寒山尚未入天台隱居，拾得亦未入滅，集詩之說，不攻自破。故道翹乃後人捏構閭丘胤訪寒山、拾得事時，另假托爲二人集詩之人物。

另外，余氏考述寒山詩集版本源流時，指出晚唐曹洞宗開創者曹山本寂〔註5〕禪師所注《對寒山子詩》〔註6〕中，已見拾得詩，並斷定本寂爲集詩者，其曰：

> 《仙傳拾遺》敘寒山事，無一語涉及豐干、拾得，則二人之詩自非徐本〔註7〕所有。據《宋高僧傳》〈拾得傳〉，本寂所注，實兼有拾得詩，不知寂何從得之，豈本寂所搜求附入歟？〔註8〕

本寂禪師《對寒山子詩》七卷是以徐靈府編本注釋而成。然靈府序本，是否收錄拾得詩，已無從考證〔註9〕，但可肯定《對寒山子詩》，必定有拾得詩。於是，余季豫認爲本寂禪師是托名閭丘胤，並爲《寒山詩集》作序之始作俑者〔註10〕，進而斷定《對寒山子詩》中拾得詩，可能「本寂所自搜求附入」。

假設余氏所言屬實，則曹山本寂禪師反成纂集拾得詩者。但爲何曹洞禪籍卻隻字未記？且《宋高僧傳》卷十九中，也只言注詩，與集詩無涉。顯然，余氏說法，無法成立。

既然本寂禪師非集詩者，究竟何人才是？葉珠紅《寒山子資料考辨》碩士論文揭櫫：

> 在拾得對群牛說出：「前生不持戒，人面而畜心。汝今招此咎，怨恨於何人。佛力雖強大，汝辜於佛恩」〔註11〕大眾驚訝之餘乃「集語」，也

名，尤長於碑頌，時中朝衣冠及海內寺觀多持金帛往求其文。

〔註5〕 本寂（840～901）字耽章，莆田（今屬福建）黃氏。少業儒，年十九出家於福州靈石山。二十五受戒。至高安謁洞山良价，依止十餘年，价付以《寶鏡三昧》。被請住臨川曹山，復遷荷玉山，二處法席鼎盛，求道者盈室。與師合稱曹洞宗，爲五家七宗之一。寂諡元證禪師，塔曰：「福圓」。有《註寒山子詩》及《語錄》。《中國佛教人名大辭典》，頁141。

〔註6〕 《對寒山子詩》共七卷，今佚。《新唐書·藝文志》五十九卷及《崇文總目》卷四「釋書類」、《景德傳燈錄》卷二十七〈天台寒山子〉皆著錄。

〔註7〕 徐本即唐天台道士「桐柏征君」徐靈府，以「好事者」採編本爲基礎，裒集寒山詩並爲之撰序之集本，共三卷，收詩三百餘首，爲最早寒山詩序集本，今已散佚。

〔註8〕 余嘉錫，《四庫提要辨證》卷二十，頁1263。

〔註9〕 徐靈府序錄《寒山子詩》，杜光庭《仙傳拾遺》並沒有明言該本中有無拾得詩，加之徐本已佚，是否收有拾得詩已無法稽考。

〔註10〕《四庫提要辨證》卷二十有云：「《唐志》所載《對寒山子詩》，有《閭丘胤序》而無靈府之序，疑本寂得靈府所編寒山詩，喜其多言佛理，足爲彼教張目，惡靈府之序而去之，依託閭丘，別作一序以冠其首，謬言集爲道翹所輯，爲之作注，於是閭丘遇三僧之說盛傳於世，不知何時其注爲人所削？」，頁1263。

〔註11〕此乃拾得顯化神蹟之一，用以示化眾生。《拾得錄》云：「尊宿出堂打驅拾得，令驅

就是爲拾得作「語錄」。按：「集語」中有些句子與拾得詩幾近全同，……

可看出集拾得「集語」者，是拾得詩共五十四首的收集者。〔註12〕

是故，葉珠紅以爲替拾得「集語」者，就是詩集收集者。此分析頗爲合理。不過，在無直接文獻證實下，該論點仍有待進一步考證。

總言之，道翹與本寂禪師均非集錄拾詩者；而拾得作品最早出現且有文獻根據之版本就屬本寂注釋之《對寒山子詩》。

二、從歷代目錄看《拾得詩》之版本及其集流傳情況

自拾得詩隨《寒山詩集》流傳後世，至今已千餘載。其間出現多種版本，但這些版本未必皆能完整保存。今日所能見《拾得詩集》版本，只屬曾存在之一部份。因此，透過現存版本進行研究，是無法全面說明拾得詩版本詳細情況。所以，惟有另覓其他途徑，才是可行之道。而從目錄學以考察歷代書目之著錄《拾得詩集》，則是其中一條重要途徑。從歷代書目檢索拾得詩著錄情形，對於今存拾得詩版本研究有相當大之助益，其不僅提供拾得詩在分類、書名、分卷、編刻等方面之差異，亦能藉此窺知詩集流傳之崖略。清王鳴盛於《十七史商榷》嘗道：「目錄之學，學中第一緊要事，必從此問途，方能得其門而入。」故檢查歷代書目之著錄是瞭解《拾得詩》版本脈絡第一要務。以下即據唐代以降歷代史志目錄、官府藏書目錄、私人藏書目錄及國內外圖書館書目等〔註13〕，將所輯《拾得詩》版本條目，詳錄於後，並藉以探討《拾得詩》之流傳情況。

（一）五代宋元目錄中之《拾得詩》

《拾得詩》大概輯成於中晚唐時期。但因集詩者未明言，以及無記載最早版本出現何時，導致無法曉悉《拾得詩》在五代、宋代通行情況。最早有文獻記載版本，是由曹山本寂禪師所注《對寒山子詩》七卷，不過此注本至宋已不復見。今所能掌握，是該本中確有拾得詩，其餘如卷數、詩數等均無法知悉。

現所曉悉者，乃《新唐書·藝文志》〈道家·釋類〉著錄《對寒山子詩》七卷、

牛出去。拾得言：『我不放牛也，此羣牛皆是前生大德知事人，咸有法號，喚者皆認。』時拾得一一喚牛云：『前生律師弘靖出。』時一白牛作聲而過。又喚：『前生典座光超出。』時一黑牛作聲而過。……大眾驚訝茫然，……咸嘆菩薩來於人世，聊纂實錄，貴不墜爾。兼於土地堂壁上書語數聯，貴示後人。」《拾得錄》收於《四部叢刊初編》集部《寒山子詩·附拾得詩》，頁26。

〔註12〕葉珠紅，《寒山子資料考辨》，頁33。

〔註13〕除檢視相關藏書目錄外，另參研錢學烈《寒山拾得詩校評》、項楚《寒山詩注》二書後所附資料，及陳耀東，〈《寒山詩集》傳本敘錄〉、李鍾美，〈從歷代目錄看《寒山詩》的流傳〉（載於《古籍整理研究學刊》第三期，2003年5月）二文。

《崇文總目》卷四〈釋書類〉與鄭樵《通志‧藝文略‧釋家類》著錄《寒山子詩》七卷〔註14〕。但宋代私家目錄如晁公武《郡齋讀書志》與陳振孫《直齋書錄解題》均未著錄，疑爲《對寒山子詩》七卷本至南宋已亡佚有關。

總之，五代與宋代有關拾得詩版本記錄甚尠，歸究原因，可能拾得詩本寄附寒山詩後，故記載疏略。其次，從上可知五代與宋代乃屬拾得詩流傳之發軔期；所著錄拾得詩者，亦僅有曹山本寂禪師《對寒山子詩》之注本。

而元代僅見元脫脫《宋史‧藝文志》卷七〈集部‧別集類〉所著錄僧道翹《寒山拾得詩》一卷〔註15〕。

據上所考，則五代、宋、元時期之《拾得詩》並無太多版本，其中較明確記載者僅有《宋史‧藝文志》所著錄之一卷本。

（二）明清以來目錄著錄之《拾得詩》

明清兩代，學人輩出，私家藏書蔚然成風，涌現許多藏書家及藏書樓。且此兩代學者在藏書之餘，多專注古籍之整理，無論是輯佚、校勘、目錄、彙刻叢書等方面均取得較高成就。也因明清爲古典目錄學編撰鼎盛時期，故載錄《拾得詩》之目錄亦較宋元爲夥。

1. 明　代

《寒山拾得詩》七卷	焦竑《國史經籍志》卷四釋家類著錄
《寒山子詩》七卷〔註16〕	胡震亨《唐音癸籤》卷三十集錄一著錄
《寒山拾得豐干詩》五卷	徐𤊹《徐氏家藏書目》卷三釋類著錄
《寒山詩》一卷，《拾得詩》，《豐干長老詩》〔註17〕	高儒《百川書志》卷十四著錄
《三聖詩集》	晁瑮《晁氏寶文堂書目》佛藏著錄〔註18〕

〔註14〕《新唐書‧藝文志》與《崇文總目》所錄七卷本，均爲本寂注解本。其中差異，余嘉錫曾指出：「《對寒山子詩》者，本寂注解之名也。寂蓋以其頗含玄理，懼人不解，遂敷衍其義，與原詩相應答，如《天問》之有《天對》，故謂之對。《新志》置之不言，又不出本寂之名，殊爲疏略。《崇文總目》釋書類有《寒山子詩》七卷，當即本寂注解之本，故卷數相同。」《四庫提要辨證》卷二十，頁1257。

〔註15〕宋刻本。案：此刻本早於釋志南之國清寺刊本。原刻本未見流傳，但明清之際尚有影宋抄本傳世。

〔註16〕焦竑《國史經籍志》及胡震亨《唐音癸籤》著錄之七卷本，與《崇文總目》著錄版本同。

〔註17〕並注云：「三集爲天台國清禪寺三隱之作也」。

〔註18〕該本另著錄《寒山子詩集》、《寒山詩》二種刊本。

《三聖詩集》二卷　　　　　　　　朱睦㮮《萬卷堂書目》卷三釋家類著錄

《三聖詩和集》，未著卷數　　　　《近古堂書目》卷上子釋家類著錄

　　明代著錄之《拾得詩》，就卷數與書名而言，都較元前爲複雜，已有七卷、五卷、二卷之分；書名則有《寒山拾得詩》、《寒山拾得豐干詩》、《三聖詩集》、《三聖詩和集》之別。反映出明代《拾得詩》卷數及書名均呈現多樣化，版本種類也日益增多。

　　2. 清代、民國

《寒山拾得詩》一卷　　　　　　　錢曾《述古堂藏書目》卷二詩集著錄

《寒山拾得詩》一卷　　　　　　　錢曾《讀書敏求記》卷四詩集著錄

《寒山拾得詩》一卷〔註19〕　　　黃丕烈《蕘圃藏書題識》卷七集類著錄

《寒山拾得詩》一卷〔註20〕　　　陳揆《稽瑞樓書目》著錄

《寒山子詩集》一卷附《豐干拾得詩》　徐乾學《傳是樓書目》子部釋家（一本）
　一卷　　　　　　　　　　　　　　　著錄

《三隱詩》一本　　　　　　　　　徐乾學《傳是樓書目》集部著錄

《二聖詩》一本〔註21〕　　　　　徐乾學《傳是樓宋元本書目》著錄

《寒山子詩集》一函一冊〔註22〕　彭元瑞《欽定天祿琳琅書目後編》著錄

《寒山子詩集》二卷附《豐干拾得詩》　《欽定四庫全書總目》卷一四九集部別集
　一卷〔註23〕　　　　　　　　　　　類著錄

《寒山子詩集》二卷附《豐干拾得詩》　《欽定四庫全書簡明目錄》卷十五集部別
　一卷　　　　　　　　　　　　　　　集類著錄

〔註19〕影宋鈔本。案：此版本爲明刻高麗覆宋本，原爲黃丕烈（1763～1825）度藏，轉爲陳揆（1780～1825）「稽瑞樓」收藏，復爲瞿紹基（1772～1836）、瞿鏞父子得之（藏「鐵琴銅劍樓」），今藏北京圖書館。請參閱陳耀東《〈寒山詩集〉傳本敘錄》，頁39～41。

〔註20〕高麗舊刻本。請參見註20。

〔註21〕此本爲元刻本，並注曰：「寒山拾得」。

〔註22〕《欽定天祿琳琅書目後編》卷六：「《寒山子詩集》一函一冊，唐釋寒山子撰。寒山子，天台廣興縣僧，居寒巖，時還往國清寺。書一卷，計詩三百十三首，前有閭丘允（胤）序，附豐干詩二首，拾得詩五十六首，皆國清寺僧，亦有閭丘允（胤）錄，宋時所稱《三隱集》也。是書明新安吳明春有刻本。宋諱闕筆，雕手古雅，汲古閣所藏。」（收於《清人書目題跋叢刊》第十集，北京：中華書局，1995年8月第一版，頁307）。

〔註23〕清浙江巡撫採進本。

《寒山子詩集》一卷《豐干拾得詩》一卷〔註24〕	陸心源《皕宋樓藏書志》卷六十八別集類著錄
《寒山子詩集》二卷附《豐干拾得詩》一卷〔註25〕	莫友芝《邵亭知見傳本書目》卷二十集部別集類著錄
《寒山子詩集》一卷附《豐干拾得詩》一卷〔註26〕	丁日昌《持靜齋書目》卷四集部別集類著錄
《寒山子詩集》二卷附《豐干拾得詩》一卷	邵懿辰撰、邵章續錄《增訂四庫簡明目錄標注》卷十五集部二別集類著錄
《寒山子詩集》二卷附《豐干拾得詩》一卷	孫星衍《孫氏祠堂書目內編》卷四別集類著錄
《景宋鈔寒山拾得詩》一本	孫從添《上善堂宋元版本精鈔書目》著錄
《寒山詩》一卷，《豐干拾得詩》一卷，附《慈受擬寒山詩》一卷〔註27〕	瞿鏞《鐵琴銅劍樓藏書目錄》卷十九著錄
《寒山子詩》一卷附《豐干拾得詩》一卷	葉德輝《觀古堂藏書目》卷四集部別集類著錄
《寒山詩集》一卷附《豐干拾得詩》〔註28〕	董康《書舶庸譚》卷三著錄

〔註24〕 明毛（晉）氏影宋本。案：陸心源《皕宋樓藏書志》卷六十八《別集類》：「《寒山子詩集》一卷《豐干拾得詩》一卷，毛氏影宋本。……案：此汲古閣影宋本也。」（《皕宋樓藏書志・續志》，台北：廣文書局，民五十七年三月初版，頁3006。）陸心源，字剛甫，號存齋，清歸安人。其宋元刊名及名人手鈔手校者，儲之「皕宋樓」；明以後刊及尋常鈔帙，藏諸「守先閣」。著有《皕宋樓藏書志》、《儀顧堂集》等。歿後，其後嗣於清光緒三十四年（1907）將其「皕宋樓」、「十萬卷樓」、「守先閣」全部藏書售與日本靜嘉堂文庫，《寒山詩集》爲其中一部。

〔註25〕 另錄有「明天台僧永樂丙申重刻宋淳熙巳酉沙門志南編本題《天台三聖詩集》」。

〔註26〕 《持靜齋書目》亦著錄：「一題《寒山詩集》一卷附《豐干拾得詩》一卷，一題曰《三（天）台三聖詩集》二卷」與莫友芝《邵亭知見傳本書目》卷二十著錄版本相同，陳耀東《寒山詩集》傳本敘錄）（頁34）則考二者著錄版本屬志南「國清寺本」嫡系系統。案：「國清寺本」乃宋淳熙十六年（1189）天台國清僧志南編刻於國清寺，故名。今雖未見原刻本，但在志南刊印之後，南宋和明清有多種刊本似皆以其爲藍本，或增補付刻，或廣和重梓。

〔註27〕 請見註19。

〔註28〕 宋槧本。《書舶庸譚》著錄刻本屬於「國清寺本」嫡系之「宋釋無我慧身刻本」（俗稱「無我慧身本」），其卷三有云：「宋槧，冊子裝裱，四周欄俱切去。板高六寸八分強，寬五寸。中縫上記字數，每半頁八行，每行十四字。前有七古一首〔每半頁六行，每行十二字〕。後有『曩閱東皋寺《寒山集》缺此一篇，適獲聖制右〔古〕文，命工刊梓，以全其璧。觀音比丘無我慧身敬書。』題記兩行。」（《書舶庸譚》台北：

《寒山子詩》一卷《豐干拾得詩》一　　日本河田羆編《靜嘉堂秘籍志》著錄
卷〔註29〕

　　清代與近代，關於《拾得詩》之著錄，就卷數觀之，與明代無多大差異，只有
一卷本，或爲一本及一冊。就書名而言，多爲同書異名。其中除《三隱詩》、《二聖
詩》之外，並未超越明代所著錄。另外，自清初錢曾《讀書敏求記》著錄宋刻摹寫
本《寒山拾得詩》一卷後，經由黃丕烈、紀昀、陸心源、董康等人續覓、著錄、收
藏等，才使寒山、拾得及豐干作品爲世人知悉，並廣傳海內外〔註30〕。可見自清以
降，這些學者對於《拾得詩》版本著錄，除提供後人曉悉其詩相關資訊外，亦顯示
拾得流傳詩本已見繁富。

（三）國內外圖書館書目著錄所藏《拾得詩》

　　國內外圖書館藏有不少拾得詩善本，且有些版本在歷代公私文翰目錄未曾見
錄。因此，爲明白拾得詩版本詳細內容，國內外圖書館藏書目錄，亦應一併檢索。
以下即據國內外圖書館書目著錄實況，列示如下：

《寒山詩一卷附豐干禪師錄拾得詩》三　　台灣大學圖書館編《國立臺灣大
冊〔註31〕　　　　　　　　　　　　　　學善本書目》集部別集類著錄

《寒山詩集》一卷附《豐干拾得詩》一　　台灣國立中央圖書館編《國立北
冊〔註32〕　　　　　　　　　　　　　　平圖書館善本書目》著錄

《寒山子詩集》一卷附《拾得詩》及《豐　　台灣國立中央圖書館編《國立中
干詩》一冊〔註33〕　　　　　　　　　　央圖書館善本書目》著錄

《豐干寒山拾得詩集》合一本　　　　　　江南圖書館編《江南圖館書目》
　　　　　　　　　　　　　　　　　　　集一著錄

廣文書局，民五十六年八月初版，頁179）；案：在宋代以國清寺爲底本而翻刻、重
刻者有二：一刻於南宋理宗紹定二年（1229）東皋寺本；再刻於宋（具體年代不詳）
無我慧身本，董康所指即該版本。
〔註29〕參見註24。
〔註30〕關於國外書目所錄之拾得詩，李鍾美文中另提及：「法國莫里斯・庫蘭（Maurice
Courant）有《韓國書志》、日本前間恭作有《古鮮冊譜》，此二目均著錄《三隱詩》
二冊。前間氏乃參考《韓國書志》而著錄。庫蘭編著此書時，所見到之《寒山詩》，
即稱《三隱詩》，所謂三隱者，應指寒山、豐干、拾得而言。此可以說明韓國流傳之
《寒山詩》，除寒山詩外，也包含豐干和拾得詩。」，頁67。
〔註31〕日本寬文十一年（1671）江戶戶惣兵衛刊本。
〔註32〕明嘉靖四年（1525）天臺國清寺釋道會刊本。
〔註33〕明刊白口八行本。

《寒山拾得詩》〔註34〕一冊	《河南省圖書館中文古籍書目》集部著錄
《寒山拾得詩》存一冊〔註35〕	《日本九州大學文學部書庫漢籍目錄》著錄
《寒山子詩集》一卷附《豐干拾得詩》一卷〔註36〕	武漢華中理工大學編《館藏古籍搞本提要》著錄
《寒山詩一卷附豐干拾得詩一卷‧慈受擬寒山詩一卷》共一冊〔註37〕	北京大學圖書館編《北京大學圖書館藏古籍善本書目》集部著錄
《寒山子詩一卷‧拾得詩一卷》共一冊〔註38〕	同前書
《天台三聖詩集和韻》不分卷〔註39〕	《香港中文大學圖書館古籍善本書錄》著錄
《寒山子詩集》一卷，《豐干拾得詩》一卷〔註40〕	《美國哈佛大學哈佛燕京圖書館中文善本書志》著錄
《寒山詩集》一卷附《豐干拾得詩》一卷〔註41〕共一冊一函	北京清華大學《清華大學圖書館藏善本書目》著錄
《寒山詩一卷‧豐干拾得詩一卷》〔註42〕	天津圖書館編《稿本中國古籍善本書目書名索引》集部別集類著錄
《寒山子詩集一卷‧豐干拾得詩一卷》〔註43〕	同前書
《寒山子詩一卷‧豐干拾得詩一卷》〔註44〕	同前書
《寒山子詩集一卷‧豐干拾得詩一卷》〔註45〕	同前書

〔註34〕清光緒二年（1876）揚州藏經院刻本。
〔註35〕清光緒十一年（1885）金陵經處刊本。
〔註36〕清光緒孔氏「嶽雪樓」影鈔文瀾閣四庫全書本。
〔註37〕朝鮮刻本。
〔註38〕明萬曆三十八年（1610）重刻本。
〔註39〕清康熙十一年（1672）嘉興楞嚴寺經坊刻本。
〔註40〕明萬曆刻本。
〔註41〕日本島田翰校，日本明治三十八年（1905）民友社鉛印本。
〔註42〕宋刻本。
〔註43〕明萬曆刊本。
〔註44〕明萬曆三十八年比丘明吾刊本。
〔註45〕明刻本。

《寒山子詩集一卷・豐干拾得詩一卷》　　同前書
〔註46〕

《寒山子詩集一卷・豐干拾得詩一卷》　　同前書
〔註47〕

《寒山子詩集二卷・豐干拾得詩一卷》　　同前書
〔註48〕

《寒山詩集五卷・豐干拾得詩一卷》　　同前書
〔註49〕

　　觀國內外圖書館所藏書目著錄拾得詩情形，書名與卷數大都不出歷代書目之範疇，多屬「《寒山詩集》一卷附《豐干拾得詩》一卷」之型態，另一則以寒山、豐干、拾得三者合稱方式呈現。不過，檢索圖書館所藏書目，其優點在於能詳細記錄詩集刻本年代與刊者等資料。這些資料除方便後人查閱詩集收藏處所外，對版本源流之考察，亦有相當之裨益。

（四）書目所列示版本之歸納與分析

　　據以上之著錄，可歸納出以下面幾點：

1. 書　名

　　《拾得詩》在書目中有以下六種不同名稱：

（1）稱「寒山拾得詩」者，有《宋史・藝文志》、《國史經籍志》、《述古堂藏書目》、《讀書敏求記》、《蕘圃藏書題識》、《稽瑞樓書目》、《上善堂宋元版本精鈔書目》、《河南省圖書館中文古籍書目》、《日本九州大學文學部書庫漢籍目錄》。

（2）稱「三隱詩」者，有《傳是樓書目》集部、《韓國書志》、《古鮮冊譜》。

（3）稱「天台三聖詩集」者，有《邵亭知見傳本書目》、《香港中文大學圖書館古籍善本書錄》。

（4）稱「三聖詩集」者，有《晁氏寶文堂書目》、《萬卷堂書目》。

（5）稱「寒山拾得豐干詩合編本」，有《徐氏家藏書目》、《百川書志》、《傳是樓書目》子部、《欽定四庫全書總目》、《欽定四庫全書簡明目錄》、《持靜齋書目》、《皕宋樓藏書志》、《增訂四庫簡明目錄標注》、《孫氏祠堂書目

〔註46〕明末吳明春刻本；又錄宋釋志南撰《天台山國清禪寺三隱集記》一卷。
〔註47〕清乾隆十八年（1753）淨心道人抄本，蟄庵居士跋。
〔註48〕明萬曆七年（1597）計謙亨刻本。
〔註49〕明萬曆二十七年（1599）朱世椿刻本。

內編》、《鐵琴銅劍樓藏書目錄》、《觀古堂藏書目》、《書舶庸譚》、《靜嘉堂秘籍志》、《國立台灣大學善本書目》、《國立北平圖書館善本書目》、《國立中央圖書館善本書目》、《江南圖館書目》、《北京大學圖書館藏古籍善本書目》、《稿本中國古籍善本書目書名索引》。

（6）雖僅稱寒山詩，而附有拾得詩者，有《對寒山子詩》、及《新唐書·藝文志》、《唐音癸籤》、《崇文總目》、《通志·藝文略》《欽定天祿琳琅書目後編》等著錄。

從上六點又可歸納為三類：（1）僅提寒山者，如《寒山子詩集》；（2）寒山、拾得並提者，如《寒山拾得》、《二聖詩》等；（3）寒山、拾得及豐干並提，如《三隱詩》、《三聖詩集》等。

2. 卷　數

《拾得詩》之卷數主要有一卷、二卷、五卷、七卷及卷數不明幾種情形：

（1）一卷：

如《宋史·藝文志》、《述古堂藏書目》、《讀書敏求記》、《欽定四庫全書總目》、《持靜齋書目》、《皕宋樓藏書志》、《邵亭知見傳本書目》、《增訂四庫簡明目錄標注》、《孫氏祠堂書目內編》、《鐵琴銅劍樓藏書目錄》、《觀古堂藏書目》、《靜嘉堂秘籍志》等所著錄。

（2）二卷：

有《萬卷堂書目》所著錄。

（3）五卷：

有《徐氏家藏書目》所著錄。

（4）七卷：

有：《國史經籍志》、《唐音癸籤》所著錄。

（5）卷數不明者：

如《百川書志》、《晁氏寶文堂書目》、《近古堂書目》、《欽定天祿琳琅書目後編》、《上善堂宋元版本精鈔書目》、《國立北平圖書館善本書目》、《江南圖館書目》所著錄。

由上可見，以著錄一卷本和卷數不明者為最多。其次為二卷本、五卷本，分別為朱睦㮮《萬卷堂書目》、徐𤊹《徐氏家藏書目》提及。至於七卷本主要是曹山本寂禪師所注之七卷本。

3. 版　本

《拾得詩》版本因隨寒山詩廣泛流傳，以致於歷代出現許多不同刻本，其大概

具體如下：

（1）唐本：

　　有曹山本寂禪師所注之《對寒山子詩》七卷、《新唐書・藝文志》著錄《對寒山子詩》七卷、《崇文總目》卷四〈釋書類〉與鄭樵《通志・藝文略・釋家類》著錄《寒山子詩》七卷等。

（2）宋本：

　　有《宋史・藝文志》卷七〈集部・別集類〉著錄僧道翹《寒山拾得詩》一卷、錢曾《述古堂藏書目》卷二〈詩集〉與《讀書敏求記》卷四〈詩集〉著錄《寒山拾得詩》一卷、董康《書舶庸譚》卷三著錄《寒山詩集》一卷附《豐干拾得詩》、天津圖書館編《稿本中國古籍善本書目書名索引・集部・別集類》著錄《寒山詩一卷・豐干拾得詩一卷》等。

（3）元本：

　　有徐乾學《傳是樓宋元書目》著錄《二聖詩》一本。

（4）明本：

　　有陸心源《皕宋樓藏書志》卷六十八〈別集類〉《寒山子詩集》一卷《豐干拾得詩》一卷、日本河田羆編《靜嘉堂秘籍志》著錄《寒山子詩》一卷《豐干拾得詩》一卷、台灣國立中央圖書館編《國立北平圖書館善本書目》著錄《寒山詩集》一卷附《豐干拾得詩》一冊、台灣國立中央圖書館編《國立中央圖書館善本書目》著錄《寒山子詩集》一卷附《拾得詩》及《豐干詩》一冊、北京大學圖書館編《北京大學圖書館藏古籍善本書目》〈集部〉著錄《寒山詩一卷附豐干拾得詩一卷・慈受擬寒山詩一卷》、《美國哈佛大學哈佛燕京圖書館中文善本書志》著錄《寒山子詩集》一卷，《豐干拾得詩》一卷、天津圖書館編《稿本中國古籍善本書目書名索引・集部・別集類》著錄《寒山子詩集一卷・豐干拾得詩一卷》、《寒山詩集五卷・豐干拾得詩一卷》、《寒山子詩集二卷・豐干拾得詩一卷》。

（5）清本：

　　有《欽定四庫全書總目》卷一四九〈集部・別集類〉著錄《寒山子詩集》二卷附《豐干拾得詩》一卷、《欽定四庫全書簡明目錄》卷十五〈集部・別集類〉著錄《寒山子詩集》二卷附《豐干拾得詩》一卷、天津圖書館編《稿本中國古籍善本書目書名索引》〈集部・別集類〉著錄《寒山子詩集一卷・豐干拾得詩一卷》、《河南省圖書館中文古籍書目》〈集部〉

著錄《寒山拾得詩》一冊、《日本九州大學文學部書庫漢籍目錄》著錄《寒山拾得詩》存一冊、《香港中文大學圖書館古籍善本書錄》著錄《天台三聖詩集和韻》不分卷。

（6）其它國外版本

1. 朝鮮：黃丕烈《蕘圃藏書題識》卷七〈集類〉《寒山拾得詩》一卷、陳揆《稽瑞樓書目》著錄《寒山拾得詩》一卷、瞿鏞《鐵琴銅劍樓藏書目錄》卷十九著錄《寒山詩》一卷,《豐干拾得詩》一卷,附《慈受擬寒山詩》一卷、北京大學圖書館編《北京大學圖書館藏古籍善本書目・集部》著錄《寒山詩一卷附豐干拾得詩一卷・慈受擬寒山詩一卷》一冊。

2. 日本：台灣大學圖書館編《國立台灣大學善本書目・集部・別集類》著錄《寒山詩一卷附豐干禪師錄拾得詩》三冊、北京清華大學《清華大學圖書館藏書本書目》著錄《寒山詩集》一卷附《豐干拾得詩》一卷。

（五）小　結

綜上言,《拾得詩》自宋代以降,流傳廣泛,影響深遠。不僅在書名、卷數及版本之不同日趨繁多,由此可見拾得詩所受重視不亞於寒山。另外,從歸納歷代書目及圖書館藏書目錄中記載覽之,拾得詩集僅在書名稱謂、卷數以及版本三方面,已相當複雜。或許因歷代刻書未必全按前代版本,即使用同一底本,其卷數、題名、行格仍會有些許差異。本小節從相關目錄分析《拾得詩》版本資料,所獲結果,對《拾得詩》版本系統詳細化或助益甚微,但對其版本系統之確定及流傳情況之瞭解則應有所幫助。

第二節　項楚《寒山詩注》校注本之校勘與補闕

寒山、拾得詩為唐代詩苑之奇葩,在禪林獲得高評價外,亦有不少文人墨士研讀、評點及擬作。二十世紀後,在研治寒、拾興盛氛圍下,出現不少有關詩集之注釋本。其中以四川大學項楚教授所著《寒山詩注》最為學人稱許。項書主要針對寒山、拾得詩進行校勘、注釋、箋證之綜合整理研究。其中校勘部分除大量搜求清歷代詩集版本、注本外,對於日本現存集子亦予參校,為當今寒、拾詩最完整之校注本。然而,拾得詩集版本繁多,在「版本不同就有異文,有異文就影響內容」觀念

下，爲求更加瞭解詩歌內涵，就必須進行更縝密之校勘工作。茲即據項楚《寒山詩注》所收拾得詩，以爲底本，校以其他善、注本，以詳其詩原貌。

一、所據《拾得詩集》善本、校本形式之說明

今現存《拾得詩集》刻本尤多，無論在台灣、中國大陸、香港、韓國、日本等皆有藏本，無法全面寓目，故要搜羅詩集全部刻本，殊爲困難。致使前人校勘詩集，不免有遺珠之憾，無法盡善盡美。爲求詩集內容更臻完備，本節即就國內圖書館所藏善本，以及錢學烈《寒山拾得詩校評》，進行拾得詩之覆校。

其版本形式說明如下：

（一）日本宮內廳書陵部〔註50〕藏宋版《寒山詩集》附豐干拾得詩〔註51〕

版欄：上下單欄、左右雙欄。

版框：21.1×13.3 公分。

版心：白口、單黑魚尾。題：「版刻字數／（葉）幾」。

行格：寒山子長篇序詩每半葉六行、行大十二字。閭序九行，行大十五字。本文八行，行大十四字。朱、陸二帖皆以行書手蹟摹刻。

次序：書首載寒山子長篇序詩、觀音比丘無我慧身補刻文、閭丘胤〈寒山子詩集序〉、〈朱晦庵與南老帖〉、〈陸放翁與明老帖〉。書末載沙門志南〈天台山國清禪寺三隱集記〉、南宋紹定已丑可明跋。

卷首題：《寒山詩集（佔二行）／豐干／拾得詩附》。

避諱：玄、胤、恒、貞、殷、朗避宋諱缺末筆。

刊者：無我慧身補刻文云：「曩閱東皋寺《寒山集》缺此一篇，適獲聖制古文，命工刊梓，以全其璧。」

刊年：具體年代不詳，但當晚刻於南宋理宗紹定二年（1229）之「東皋寺本」，而早於宋寶祐乙卯三年（1225）行果之「寶祐本」〔註52〕。

〔註50〕宮內廳書陵部爲日本皇家藏書機構。創建於公元七〇一年（日本文武天皇大寶元年），原稱「圖書寮」，隸屬中務省。一八八四年改稱「宮內省圖書寮」，一九四九年更名「宮內廳書陵部」。內藏中國宋元版本古籍，數量甚夥，爲國外度藏中國古籍機構之冠。

〔註51〕即宋釋無我慧身刻本。本章所據善本爲 2001 年 12 月由北京線裝書局出版《日本宮內廳書陵部藏宋元版漢籍影印叢書》第一輯。

〔註52〕朴魯玹《寒山詩集及其版本之研究》（國立政治大學中文研究所碩士論文）第三章「寒山詩之版本」有以下說明：「按無我慧身補刻文，本槧據乎東皋寺本，當刻於南宋理宗紹定二年以後。又本文次序以豐干詩加於拾得詩之上，未加更易，疑成於寶祐本豐、拾詩互調之前。」，頁 49。

詩數：其所錄詩篇，以寒山、豐干、拾得詩爲次；計有：寒山詩三百五首（包括拾遺二首），不分五、七言，豐干詩二首，拾得詩四十九首。

所藏：日本宮內廳書陵部，今有影印本。

（1）卷冊：寒山、拾得、豐干共一卷一冊。

（2）鈐：「暢春堂圖書記」、「霞亭珍藏」、「植村書屋」、「無／範」白文方印、「慶福院」朱文長印。

（二）《四部叢刊》初編集部《寒山子詩》附拾得詩（上海商務印書館縮印建德周氏影宋本）

印年：台灣商務印書館民五十六年臺二版〔註53〕縮印建德周氏影宋本〔註54〕。

版框：8.5×6.6 公分。

封面：《寒山子詩附拾得詩／四部叢刊初編集部》。

木記：有「上海商務印書館縮印建德周氏影宋本」之無欄二行。

次序：書首有閭丘胤《寒山子詩集序》，寒山詩後接〈豐干禪師錄〉、〈拾得錄〉

詩數：其所錄詩篇，以寒山、豐干、拾得詩爲次；計有：寒山詩三百五首（包括三言詩六首，拾遺二首），不分五、七言，豐干詩二首，拾得詩五十四首。

（三）《寒山詩集》不分卷附豐干拾得詩（上海有正書局影印本）

此版本爲民初上海望平街有正書局據日藏「無我慧身本」覆刻之《宋版寒山詩集》〔註55〕。

書名：《宋版寒山詩集》。

版欄：上下單欄、左右雙欄。

版心：白口、單黑魚尾。題：「版刻字數／（葉）幾」。

行格：每半葉八行、行大十四字。

〔註53〕民國八年由上海印書館初印收於《四部叢刊初編》即一版，十八年有二版。又二十五年將其版式縮小爲《四部叢刊初編縮本》，即三版。至印館遷徙來臺，五十五年再印，爲臺一版縮本，後續又印臺二、三版縮印。

〔註54〕「周氏影宋本」即周暹（1891～1984），字叔弢，據南宋孝、寧年間之《寒山詩集》原刻本影印刊成。此宋刻本原由明末毛晉（1598～1659）汲古閣所藏，後歸清宮秋府，爲乾隆帝所欣賞。清末由周氏購得，1924 年即據此本影印刊行，題曰：「《景宋本寒山子詩》」。原刻本今藏北京圖書館善本部。

〔註55〕魏子雲〈寒山子識小錄〉云：「日本慶福院收藏的那部宋版《寒山詩集》，清朝末葉，吳興張氏擇是居，曾將該版翻刻……。民初之上海有正書局，曾據該本石印流傳」，語見錢學烈，《寒山拾得詩校評》，頁 43。

次序：書首載觀音比丘無我慧身補刻文、閭丘胤〈寒山子詩集序〉、〈朱晦庵與
　　　南老帖〉、〈陸放翁與明老帖〉。卷末載沙門志南〈天台山國清禪寺三隱集
　　　記〉、南宋紹定已丑可明跋。

詩數：其所錄詩篇，以寒山、豐干、拾得詩爲次；計有：寒山詩三百五首，不
　　　分五、七言，豐干詩二首，拾得詩四十九首。

（四）《寒山詩集》一卷附豐干拾得詩（明嘉靖四年（1525）天臺國清寺釋道會刊本）〔註56〕

版欄：上下單欄、左右雙欄。

版框：19.8×12.0公分

版心：白口、單黑魚尾。題：「寒山／（葉）幾」。

行格：序、本文每半葉九行、行大二十一字。朱、陸二帖皆以行書眞跡刻雕。

次序：卷首載閭丘胤〈寒山詩序〉、〈朱晦庵南老索寒山子詩帖〉、〈陸放翁與明
　　　老改正寒山子詩〉。書末載沙門志南〈天台山國清禪寺三隱集記〉。

卷首題：《寒山詩集（佔二行）／豐干／拾得詩附》。

木記：沙門志南〈三隱集記〉末有「嘉靖四年六月□日國清寺住持道金〔註57〕，
　　　信士賈石溪同助，化局道人智能刊行」之無欄兩行牌記。

刻工人名：木槧刻工人名多書於葉首或末行空白之處，如范上金、盧上金，方
　　　　　延佩、范同選、明魁、明習、徐世清、潘會之、陸世重、明沼、普
　　　　　淨等。

詩數：其所錄詩篇，以寒山、豐干、拾得詩爲次；計有：寒山詩三百三首，不
　　　分五、七言，豐干詩二首，拾得詩四十九首。

所藏：台灣故宮博物院藏北平圖書館舊藏本〔註58〕

　　（1）卷冊：三隱詩共一卷一冊。

　　（2）鈐：「壽祺經眼」白文方印。

（五）《寒山子詩集》一卷附豐干拾得詩（明刊白口八行本）〔註59〕

〔註56〕此本乃據宋釋無我慧身本刻印而成。陳耀東《寒山詩集》傳本敘錄〉指出：「早在
　　　我國明代，已有一種據無我慧身本而刻印的本子，這就是明嘉靖四年（1525）國清
　　　寺僧道會刊行的本子，一冊，不分卷。」，頁38。

〔註57〕案：該藏本題作「國清寺住持道會」，此作「道金」，疑「金」字爲「會」字之誤，
　　　當據改。

〔註58〕今國家圖書館藏有微型膠卷。

〔註59〕此本爲依寶祐本刻印而成。「寶祐本」，即宋寶祐乙卯三年（1225）行果就江東漕司
　　　之重刻本；日本島田翰〈刻宋本寒山詩集序〉云：「又有寶祐乙卯行果就江東漕司本

版欄：四周單欄。

版框：19.2×12.5 公分。

版心：白口，單白魚尾，中題：「寒山子詩集／（葉）幾」。

行格：序、文每半葉八行，行大十七字。

次序：卷首載〈寒山詩序〉閭丘胤。

卷末題：寒山詩集終。

詩數：其所錄詩篇，先寒山，次拾得，後豐干；錄寒山詩三百七首，拾得詩四
　　　十八首，豐干詩二首。

所藏：台灣中央圖書館（今國家圖書館）

　　（1）卷冊：寒山、拾得、豐干共一卷一冊。

　　（2）鈐：「消沈文字校」白文長方印、「法門無盡誓願學」白文方印。

（六）永樂大典《寒山詩集》

　　《永樂大典》為奉明成祖朱棣之命，勞三千學者，費時四年，於永樂六年（1408）修纂完畢，計 22877 卷、11095 冊之大型類書。《寒山詩集》主要載於《永樂大典》卷九百三「支」韻二「詩」部，今《永樂大典》影印本〔註60〕第 8554 頁至 8562 頁。《永樂大典》中《寒山詩集》，似乎未引起學者們注意〔註61〕，因此極具校勘之價值。

版欄：四周雙欄。

版心：題：「永樂大典卷九百三／（葉）幾」。

行格：每半葉八大行，又分二小行，行五十六小字。

次序：僅題《寒山詩集》，其餘則無。

詩數：其所錄詩篇，不分寒山、拾得、豐干，共計三百四十三首。寒山詩二百
　　　八十八首，拾得詩五十首，豐干詩五首〔註62〕。

來源：其第 107 首拾得詩之〈可笑是林泉〉末句「留將妻與子」後有一段案語：

所重鐫者，至茲始分七言於五言外（寒山詩），又以拾得加於豐干之上。」陳耀東，
　　《〈寒山詩集〉傳本敘錄》，頁 39。

〔註60〕《永樂大典》第九冊（北京：中華書局，1986 年 6 月第一版）。

〔註61〕如錢學烈、項楚皆未引用此本進行校勘。

〔註62〕大典本《寒山詩集》共 343 首，只題寒山，而無拾得、豐干。拾得詩主要為第 90 首
　　　至第 109 首、第 188 首至 198 首、第 201 首至第 210 首、第 216 首、第 287 首至第
　　　289 首、第 296 首、第 300 首至第 302 首，第 319 至第 320 首，共 50 首。第 319 首
　　　至第 323 首，則為豐干詩，共五首。

「按《三隱詩》山中舊本〔註63〕如此，不復校正，博古君子，兩眼如月，
正要觀"雪中芭蕉"畫耳。〔註64〕」

（七）《拾得詩》（清康熙年間編訂增補之《全唐詩》）

《全唐詩》清彭定求等奉旨編纂，又稱《御定全唐詩》。清康熙四十四年（1705）
三月，聖祖命江寧織造曹寅於揚州開局修纂，至次年（1706）十月書成奏上。全書
九百卷，所採凡二千二百餘家，得詩四萬九百餘首，蒐羅精密，隻字抄遺，是迄今
影響最廣古典詩歌總集之一。此據北京中華書局增訂重印之《全唐詩》本（1999 年
第一版），凡十五冊，拾得詩爲第八○七卷（第十二冊），詩五十四首（含別本增入
一首），另第十四冊《全唐詩續拾》（陳尚君輯校）卷一四補詩二首。

次序：書首載拾得略傳，後錄其詩。

來源：本書乃從明末毛氏汲古閣舊藏宋刻本出〔註65〕。

（八）《景印文淵閣四庫全書》集部《寒山詩集》附豐干拾得詩。

印年：民國七十五年七月初版，台灣商務印書館《影印文淵閣四庫全書》。

版欄：四周雙欄。

版框：22.2×15.1 公分。

版心：白口，單黑魚尾。題：「欽定四庫全書／寒山子詩集／（葉）幾」。

行格：序、本文每半葉八行，行大二十一字。

次序：書首載《欽定四庫全書提要》，次閭丘胤〈寒山詩集原序〉及沙門志南
　　　〈寒山詩集天台山國清禪寺三隱集記〉。

卷首題：「欽定四庫全書／寒山詩集」。

來源：《欽定四庫全書提要》節錄：「案寒山子，貞觀中天台廣興縣僧，居於寒
　　　巖，時還往國清寺。豐干、拾得則皆國清寺僧也。世傳台州刺史閭邱允

〔註63〕所謂「山中舊本」，鍾仕倫〈永樂大典本《寒山詩集》論考〉中有考：「《永樂大典》
　　　本《寒山詩集》源於屬"山中舊本"的《三隱詩》，其刊者者不詳，而"山中舊本"
　　　恐爲一獨立系統，即有別於至今了解的另一"宋刻本"，其上限不會早於宋大觀
　　　（1107～1110）年間，其下限似應爲"國清寺本"刊刻時間，即淳熙十六年
　　　（1189）。」，頁 115。

〔註64〕《永樂大典》，頁 8556。

〔註65〕陸心源《皕宋樓藏書志》卷六十八《別集類》：「《寒山子詩集》一卷《豐干拾得詩》
　　　一卷，毛氏影宋本。……案：此汲古閣影宋本也，每頁二十二行，行十八字。光緒
　　　巳卯五年（1879），以番銀五枚得之吳市，蓋何心耕博士舊藏也。端陽前五日，以舊
　　　藏廣州刊本及《全唐詩》校一過。《全唐詩》即從此本出。」（《皕宋樓藏書志・續志》，
　　　頁 3006。

遇三僧事，蹤蹟甚怪，蓋莫得而考證也。其詩相傳即允令寺僧道翹尋寒山平日於竹林木石壁上及人家廳壁所書，得三百餘首，又取捨得土地堂壁上所書偈言，竝纂集成卷。豐干則僅存房中壁上詩二首。允自爲之序。宋時又名《三隱集》，見淳熙十六年沙門道南所作記中。《唐書・藝文志》載《寒山詩》入釋家類，作七卷。今本併爲一卷，以捨得、豐干詩別爲一卷附之，則明新安吳明春所校刻〔註66〕也。〔註67〕」

詩數：錄寒山詩三百九首（包括拾遺二首），分五言、七字、三字、豐干詩二首，拾得詩四十九首，以五言、七字爲次〔註68〕。

（九）《寒山詩集》一卷附豐干拾得詩一卷（擇是居本）

版式、行款及次序：悉依日本宮內省藏無我慧身本，爲書末多載張鈞衡跋。

印年：此本應是 1926 年刊刻《擇是居叢書初集》本〔註69〕，收於《叢書集成續編》第一六三冊，臺北：新文豐出版，民七十八年臺一版。

封面題：「寒山子詩集一卷／用慶福院藏本重雕／丙辰秋仲／吳昌碩篆」，旁有吳氏二鈐。

本記：封面後有「吳興張氏擇居叢書之六」之無欄三行書牌。又卷末有「烏程張鈞衡石銘據景寫宋尹家本開」之雙欄單行，旁有「黃岡陶子麟刊」之無欄單行。

來源：張鈞衡後跋云：「寒山詩集，豐干、拾得詩附。影宋寫本，每半葉八行，行十四字，……是書藏之有年，日本島田翰字寄一冊云：『出自內府（慶福院）宋本，與此本同出一源（即無我慧身本）。惜島田只摹半葉，余即舊寫本覆刻，而以日本排印本校之，亦可謂下眞蹟一等矣。〔註70〕』

〔註66〕案，《總目》後雖言「明新安吳明春所校刻」，但卻未注明吳刻本年代與版本來源。不過，陳耀東則將其歸爲宋寶祐乙卯三年（1225）行「寶祐本」之系統，參見〈《寒山詩集》傳本敍錄〉，44～45。

〔註67〕《欽定四庫全書提要》收於《影印文淵閣四庫全書集部四・別集類》第 1065 冊，（台北：台灣商務印書館，民國 75 年 7 月初版），頁 29。

〔註68〕今藏北京圖書館承德避暑山莊「文津閣」《四庫全書》手抄本《寒山子詩集》，拾得詩是在豐干詩之前，與「文淵閣」略有不同。

〔註69〕《擇是居叢書初集》爲民國十五年由張鈞衡所作，其叢書括有本槧、影宋刊《尚書註疏》二十卷、影宋鈔孫諫議《唐史記論》三卷等，共十九種五十六冊。「擇是居」，張氏書室名，自藏書中較珍貴古書，每卷首葉上端皆鈐有此朱文橢圖印記。張鈞衡（1872～1927），字石銘，號適園主人，吳興人。自少立志藏書，南北各地蒐購，爲清末民初之大藏書家。

〔註70〕《叢書集成續編》，頁 169。

　　詩數：其所錄詩篇，以寒山、豐干、拾得詩為次；計有：寒山詩三百四首，不
　　　　　分五、七言，豐干詩二首，拾得詩四十八首。

（十）《寒山詩集》附豐干、拾得、楚石、石樹原詩（漢聲出版社影印民國二十
　　　年上海法藏寺比丘興慈刊《合天台三聖二和詩集》本）

　　版欄：上下單欄、左右雙欄。

　　書名：寒山詩集／附豐干、拾得、楚石、石樹原詩。

　　版心：白口，無魚尾。題：「合訂天台寒山子詩集／（葉）幾」。

　　印年：民國六十年二月漢聲出版社影印民國二十年上海法藏寺比丘興慈刊《合
　　　　　天台三聖二和詩集》本。

　　行格：序、文每半葉十行，行大二十一字。

　　次序：書首載目錄、元梁楷恭繪「寒山拾得水墨畫像」、鍾玲〈寒山在東方和西
　　　　　方文學界的地位〉、陳鼎環〈寒山子的禪鏡與詩情〉、鄭龍采〈寒山唱和
　　　　　序〉、許宸翰〈合刻楚石石樹二大師和三聖詩集序〉等。

　　卷首題：合訂天台三聖二和詩集／唐寒山、豐干、拾得三聖原詩／明四明楚石
　　　　　　梵琦／明西吳石樹濟岳載和。

　　詩數：其所錄詩篇，先寒山，次豐干，後拾得；錄寒山詩三百七首，豐干詩二
　　　　　首，拾得詩四十九首。

　　木記：比丘興慈跋後有「上海法藏寺募刻揚州藏經院藏版」之無欄小行書碑。

（十一）錢學烈《寒山拾得詩校評》（天津古籍出版社，1998 年 7 月）

　　錢學烈《寒山拾得詩校評》是稍早項楚《寒山詩注》刊行之校注本。該本主要
由錢氏六年前出版之《寒山詩校注》〔註71〕（廣東高等教育出版社，1991 年）改訂
而成，為研讀寒、拾得詩另一重要文本。其校評囊括寒山詩三百一十三首，拾得詩
五十五首，以及二人佚詩共十首（寒山八首，拾得二首），所據版本，該書「凡例」
有云：

〔註71〕羅時進《唐詩演進論》對於該注本曾介紹：「錢學烈的《寒山詩校注》是在其碩士論
　　　文《寒山詩語言研究》的基礎上，進一步擴充、提高而行成的成果。此著的特點是：
　　　（1）利用版本比較全面，校勘用力較勤。對於國內版本，作者收集了其中十一種，
　　　在此基礎上考鏡源流，校訂異同。（2）注釋較詳。對詩中語典及涉及內典處，注解
　　　較為切當，引證較廣，不少注解能見功力。（三）附錄資料。書後附錄了有關事蹟、
　　　典故校勘、王安石擬寒山詩、歷代評論、版本題跋五類資料，這些雖然只是歷代寒
　　　山研究資料中的極少一部份，但畢竟在此著之前尚很少有人作較為系統的整理，故
　　　仍可資利用，可作津梁。此著底本採用的是元朝鮮刻本《寒山詩》（影印本），實未
　　　可稱最善。」，頁 101。

　　本書校評之寒山詩、拾得詩，以《天祿琳琅續編》所錄之宋版本《寒
山子詩一卷、豐干拾得詩一卷》（以下簡稱「《天祿》宋本」、《四部叢刊初
編集部》縮印建德周氏影宋本《寒山子詩集》（寒山子詩附拾得詩）（以下
簡稱「《四部叢刊》影宋本」）爲底本，以元朝鮮本之影印本《寒山詩》（以
下簡稱「朝鮮本」）、《四部叢刊初編集部》影印上海涵芬樓借常熟瞿氏鐵
琴銅劍樓高麗刊本《寒山詩一卷、豐干拾得詩一卷附慈受擬寒山詩一卷》
（以下簡稱「《四部叢刊》影高麗本」）爲校本，並參考明嘉靖國清寺僧刻
本《寒山詩集》（以下簡稱「嘉靖本」）、張氏《擇是居叢書》本《寒山子
詩集一卷》（以下簡稱「《擇是居叢書》本」）、清康熙揚州詩局本《全唐詩》
（以下簡稱「《全唐詩》」）、明萬曆計謙亨刻本《寒山子詩集》（以下簡稱
「明計本」）、清程德全宣統刻本《寒山子詩集》（以下簡稱「清程本」）進
行校勘。〔註72〕

據此，錢氏《寒山拾得詩校評》所引拾得詩集版本大致完善，有不少難見之善本，
極具參考價值。

二、項楚注本與其他拾得詩集善本、注本之校勘

　　本小節將以項楚《寒山詩校注》爲底本，共計拾得詩五十七首，佚詩六首，進
行補校，其凡例說明如後：

　　一、凡校改之處皆注明所依版本，如有異體字、俗字、避諱字等，加註說明。

　　二、拾得詩原無標題及編號，故所用詩之稱引與次序皆以項本爲準。如有脫漏、
混淆或詩句分合不一者，另說明之。

　　三、校勘後，如遇無補充之詩者，則不再贅引。

　　四、文中出處版本之簡稱：日本宮內廳書陵部本宋版《寒山詩集》（簡稱宮內
本）、《四部叢刊》初編集部《寒山子詩》附拾得詩（簡稱四部本）、上海有正書局
影印《寒山詩集》不分卷附豐干拾得詩（簡稱上海有正本）、明嘉靖四年（1525）
天臺國清寺釋道會刊刻《寒山詩集》一卷附豐干拾得詩（簡稱道會本）、國家圖書
館庋藏明刊白口八行本（簡稱白口八行本）、永樂大典《寒山詩集》（簡稱大典本）、
《全唐詩》《拾得詩》（簡稱全唐詩本）、《景印文淵閣四庫全書》集部《寒山詩集》
附豐干拾得詩（簡稱四庫本）、張鈞衡《擇是居叢書初集》《寒山詩集》一卷附豐
干拾得詩一卷（簡稱擇是居本）、漢聲出版社影印上海法藏寺比丘興慈刊《合天台
三聖二和詩集》（簡稱漢聲影印本）、錢學烈《寒山拾得詩校評》（簡稱錢校評本）。

〔註72〕語見錢學烈，《寒山拾得詩校評》——「凡例」，頁1。

（一）諸佛留藏經

諸佛留藏經，只為人難化。不唯賢與愚，箇箇心搆架。

造業大如山，豈解懷憂怕。那肯細尋思，日夜懷奸詐。

【校勘】

> 箇箇心搆架，「搆」，宮內本、上海有正本、白口八行本、大典本、擇是居
> 本、全唐詩本、漢聲影印本、錢校評本作「構」。
> 豈解懷憂怕，「懷憂怕」，大典本作「憂懷怕」。
> 那肯細尋思，「肯」，白口八行本作「肎」，同。
> 日夜懷奸詐，「奸」，白口八行本、全唐詩本作「奸」，宮內本、上海有正本、
> 道會本、大典本、四庫本、擇是居本、漢聲影印本、錢校評本作「姦」，同。

（二）嗟見世間人之一

嗟見世間人，箇箇愛喫肉。椀楪不曾乾，長時道不足。

昨日設箇齋，今朝宰六畜。都緣業使牽，非干情所欲。

一度造天堂，百度造地獄。閻羅使來追，合家盡啼哭。

鑪子邊向火，鑊子裏澡浴。更得出頭時，換却汝衣服。

【校勘】

> 更得出頭時，「出」，大典本作「山」。

（三）出家要清閑

出家要清閑，清閑即為貴。如何塵外人，却入塵埃裏。

一向迷本心，終朝役名利。名利得到身，形容已顦顇。

況復不遂者，虛用平生志。可憐無事人，未能笑得尔〔註73〕。

【校勘】

> 形容已顦顇，「顦顇」，全唐詩本、錢校評本作「憔悴」，同。
> 未能笑得尔，「尔」，宮內本、上海有正本、道會本、白口八行本、大典本、
> 四庫本、擇是居本、漢聲影印本作「汝」，全唐詩本夾注「一作汝」。

（四）養兒與娶妻

養兒與娶妻，養女求媒娉。重重皆是業。更殺眾生命。

聚集會親情，總來看盤飣。目下雖稱心，罪簿先注定。

【校勘】

〔註73〕「尔」同「爾」。

　　總來看盤飣，「總」，四部本作「揔」，同〔註74〕。

（五）得此分段身

　　得此分段身，可笑好形質。面貌似銀盤，心中黑如漆。

　　烹豬又宰羊，誇道甜如蜜。死後受波吒，更莫稱冤曲。

【校勘】

　　得此分段身，「段」，宮內本、四部本、上海有正本、道會本、白口八行本、
大典本、四庫本、擇是居本作「叚」〔註75〕。

　　更莫稱冤曲，「更」，四庫本作「遮」；「冤曲」，各本皆作「冤屈」。

（六）佛哀三界子

　　佛哀三界子，總是親男女。恐沈黑暗阬，示儀垂化度。

　　盡登無上道，俱證菩提路。教汝癡眾生，慧心勤覺悟。

【校勘】

　　俱證菩提路，「菩提」，錢校評本作「菩薩」。

（八）嗟見世間人之二

　　嗟見世間人，永劫在迷津。不省這箇意，修行徒苦辛。

【校勘】

　　不省這箇意，「這」，道會本、白口八行本作「者」；另大典本則作「遮」。

（九）我詩也是詩

　　我詩也是詩，有人喚作偈。詩偈總一般，讀時須子細。

　　緩緩細披尋，不得生容易。依此學修行，大有可笑事。

【校勘】

　　讀時須子細，「時」，全唐詩本夾注「一作者」。

（十）有偈有千萬

　　有偈有千萬，卒急述應難。若要相知者，但入天台山。

　　巖中深處坐，說理及談玄。共我不相見，對面似千山。

【校勘】

　　有偈有千萬，「有偈」，白口八行本作「我偈」。

　　但入天台山，「山」，道會本作「岩」。

〔註74〕案：「揔」，「總」之俗字。

〔註75〕案：古「假」字。

（十二）男女為婚嫁

男女爲婚嫁，俗務是常儀。自量其事力，何用廣張施。
取債誇人我，論情入骨癡。殺他雞犬命，身死墮阿鼻。

【校勘】

男女爲婚嫁，「爲」，大典本作「有」。

（十三）世上一種人

世上一種人，出性常多事。終日傍街衢，不離諸酒肆。
爲他作保見，替他說道理，一朝有乖張，過咎全歸你。

【校勘】

終日傍街衢，「街」，宮內本、上海有正本、道會本、大典本、四庫本、擇
是居本作「行」。

（十四）我勸出家輩

我勸出家輩，須知教法深。專心求出離，輒莫染貪淫。
大有俗中士，知非不愛金。故知君子志，任運聽浮沉。

【校勘】

知非不愛金，「愛」，宮內本、上海有正本、道會本、白口八行本、大典本、
四庫本、擇是居本、漢聲影印本作「受」，全唐詩本夾注「一作受」。

（十五）寒山住寒山

寒山住寒山，拾得自拾得。凡愚豈見知，豐干却相識。
見時不可見，覓時何處覓。借問有何緣，向道無爲力。

【校勘】

寒山住寒山，「住」，宮內本、上海有正本、道會本、白口八行本、大典本、
四庫本、擇是居本、漢聲影印本作「自」，全唐詩本夾注「一作自」。

（十六）從來是拾得

從來是拾得，不是偶然稱。別無親眷屬，寒山是我兄。
兩人心相似，誰能徇俗情。若問年多少，黃河幾度清。

【校勘】

從來是拾得，漢聲影印本作「自」。
誰能徇俗情，「徇」，白口八行本、四庫本作「狥」，同〔註76〕。

〔註76〕案：狥，「徇」之俗字。

（十七）若解捉老鼠

若解捉老鼠，不在五白貓。若能悟理性，那由錦繡包。

眞珠入席袋，佛性止蓬茅。一羣取相漢，用意總無交。

【校勘】

那由錦繡包，「那由」，大典本作「那有」。

（十八）運心常寬廣

運心常寬廣，此則名爲布。輟己惠於人，方可名爲施。

後來人不知，焉能會此義。未設一庸僧，早擬望富貴。

【校勘】

未設一庸僧，「設」，漢聲影印本作「供」。

（十九）獼猴尚教得

獼猴尙教得，人何不憤發。前車既落阬，後車須改轍。

若也不知此，恐君惡合殺。比來是夜叉，變即成菩薩。

【校勘】

獼猴尚教得，「尚」，白口八行本作「狗」。

人何不憤發，「何」，上海有正本、四庫本、擇是居本、漢聲影印本作「可」，全唐詩本夾注「一作可」。

比來是夜叉，「比」，四部本、全唐詩本作「此」，下有注語「一作比」，應從項本〔註77〕。

（二十）君不見三界之中紛擾擾

君不見三界之中紛擾擾，只爲無明不了絕。

一念不生心澄然，無去無來不生滅。

【校勘】

只爲無明不了絕，「了絕」四庫本作「自了」。

一念不生心澄然，「澄然」四庫本作「路絕」。

詩末全唐詩本夾注「一本以上二首合作一首」〔註78〕。

（二十二）自笑老夫筋力敗

〔註77〕「比來」從前，本來之意。《祖堂集》卷十八《趙州和尚》：「比來請上堂，這個是如來梵。」故按詩意作「比來」較妥。

〔註78〕案：「一本以上二首合作一首」是指拾得第四十五《自從到此天台寺》（前首）與《君不見三界之中紛擾擾》合成一首。大典本即將此兩首合爲一首。

自笑老夫筋力敗，偏戀松巖愛獨遊。

可歎往年至今日，任運還同不繫舟。

【校勘】

偏戀松巖愛獨遊，「巖」，道會本作「岩」，同。

（二十三）一入雙溪不計春

一入雙溪不計春，鍊暴黃精幾許斤。鑪竈石鍋頻煮沸，土甑久烝氣味珍。

誰來幽谷餐仙食，獨向雲泉更勿人。延齡壽盡招手石，此樓終不出山門。

【校勘】

延齡壽盡招手石，「招手石」，全唐詩本夾注「一作拍手去」。

（二十四）躑躅一羣羊

躑躅一羣羊，沿山又入谷。看人貪博簺，且遭豺狼逐。

元不出孳生，便將充口腹。從頭喫至尾，餒餒無餘肉。

【校勘】

看人貪博簺，「博簺」，各本皆作「竹塞」〔註78〕，同；「博簺」，亦作「博塞」，古代一種賭博之戲。

且遭豺狼逐，「逐」，四部本作「牧」。

便將充口腹，「腹」，四庫本作「腸」〔註80〕。

從頭喫至尾，「喫」，四庫本作「喚」。

（二十五）銀星釘稱衡

銀星釘稱衡，綠絲作稱紐。買人推向前，賣人推向後。

不顧他心怨，唯言我好手。死去見閻王，背後插掃箒。

【校勘】

銀星釘稱衡，「稱衡」，宮內本、上海有正本、道會本、白口八行本、大典本、擇是居本、漢聲影印本、錢校評本作「秤衡」，同；下句「稱紐」之「稱」亦是，另擇是居本「紐」字作「細」〔註81〕。

不顧他心怨，「心」，四庫本作「人」，全唐詩本夾注「一作人」。

（二十六）閉門私造罪

〔註78〕關於其他版本爲何作「竹塞」，項本有注：「各本作『竹塞』者，或是脫去『博』字，此句遂缺一字，乃分『簺』爲『竹塞』二字，以湊足五字耳。」頁869。

〔註80〕案：腸，「膓」之俗字。

〔註81〕案：擇是居本「紐」作「細」字，爲形誤所致。

閉門私造罪，準擬免灾殃。被他惡部童，抄得報閻王。

縱不入鑊湯，亦須臥鐵床。不許雇人替，自作自身當。

【校勘】

　　不許雇人替，「雇」，大典本、四庫本作「顧」。

（二十七）悠悠塵裏人

悠悠塵裏人，常樂塵中趣。我見塵中人，心多生憨顧。

何哉憨此流，念彼塵中苦。

【校勘】

　　常樂塵中趣，四部本、全唐詩本作「常道塵中樂」，後夾注「一作常樂塵中趣」。心多生憨顧，「多生」，全唐詩本作「生多」，後夾注「一作多生」；「憨顧」，全唐詩作「憨顧」，宮內本、上海有正本、道會本、白口八行本、大典本、四庫本、擇是居本、漢聲影印本、錢校評本作「憫顧」，並同〔註82〕。

（二十八）無去無來本湛然

無去無來本湛然，不居內外及中間。一顆水精絕瑕翳，光明透滿出人天。

【校勘】

　　不居內外及中間，「居」，宮內本、道會本、白口八行本、大典本、四庫本、擇是居本作「拘」。

　　光明透滿出人天，「滿」，漢聲影印本作「漏」。

（二十九）少年學書劍

少年學書劍，叱馭到荊州。聞伐匈奴盡，婆娑無處遊。

歸來翠巖下，席草酰清流。壯士志未騁，獼猴騎土牛。

【校勘】

　　叱馭到荊州，「荊州」，宮內本、上海有正本、道會本、白口八行本、大典本、四庫本、擇是居本、漢聲影印本作「京」，全唐詩本夾注「一作京」。

　　婆娑無處遊，「婆娑」，宮內本、上海有正本、道會本、白口八行本、大典本、四庫本、擇是居本作「娑婆」。

　　席草酰清流，「酰」清流，全唐詩本夾注「一作枕」，宮內本、上海有正本、白口八行本、大典本、四庫本、漢聲影印本、錢校評本作「枕」字，應據

〔註82〕案：「憨」字同「憨」、「憫」。

改〔註83〕。

壯士志未騁，「未騁」，宮內本、上海有正本、道會本、白口八行本、大典本、擇是居本、漢聲影印本作「朱綬」〔註84〕，全唐詩本夾注「一作朱綬」。

（三十）三界如轉輪

三界如轉輪，浮生若流水。蠢蠢諸品類，貪生不覺死。

汝看朝垂露，能得幾時子。

【校勘】

浮生若流水，「若」，大典本作「入」。

（三十一）閑入天台洞

閑入天台洞，訪人人不知。寒山為伴侶，松下噉靈芝。

每談今古事，嗟見世愚癡。箇箇入地獄，早晚出頭時。

【校勘】

早晚出頭時，「早晚」，宮內本、上海有正本、道會本、白口八行本、大典本、四庫本、漢聲影印本、錢校評本作「那得」，全唐詩本夾注「一作那得」。

（三十二）古佛路淒淒

古佛路淒淒，愚人到却迷。只緣前業重，所以不能知。

欲識無為理，心中不掛絲。生生勤苦學，必定覩天師。

【校勘】

必定覩天師，「天」，宮內本、上海有正本、道會本、白口八行本、大典本、四庫本、擇是居本、漢聲影印本作「吾」，全唐詩本夾注「一作吾」。

（三十三）各天有真佛

各天有真佛，號之為寶王。珠光日夜照，玄妙卒難量。

盲人常兀兀，那肯怕灾殃。唯貪婬洪業，此輩實堪傷。

【校勘】

那肯怕灾殃，「灾」，四庫本作「災」，同。

唯貪婬洪業，「洪業」，白口八行本、錢校評本作「佚業」，同；另漢聲影

印本作「佚樂」。

（三十四）出家求出離

出家求出離，哀念苦眾生。助佛為揚化，令教選路行。

何曾解救苦，恣意亂縱橫。一時同受溺，俱落大深阬。

【校勘】

恣意亂縱橫，「意」，白口八行本作「氣」。

（三十五）常飲三毒酒

常飲三毒酒，昏昏都不知。將錢作夢事，夢事成鐵圍。

以苦欲捨苦，捨苦無出期。應須早覺悟，覺悟自歸依。

【校勘】

以苦欲捨苦，「捨」，漢聲影印本作「招」。

（三十六）雲山疊疊幾千重

雲山疊疊幾千重，幽谷路深絕人蹤。碧澗清流多勝境，時來鳥語合人心。

【校勘】

雲山疊疊幾千重，「重」，四庫本作「尋」。

幽谷路深絕人蹤，四庫本作「路絕人蹤隱自深」。

（三十七）後來出家子

後來出家子，論情入骨癡。本來求解脫，却見受驅馳。

終朝遊俗舍，禮念作威儀。博錢沽酒喫，翻成客作兒。

【校勘】

却見受驅馳，「却見」，白口八行本、四庫本作「如何」，全唐詩本夾注「一
作如何」。

（三十八）若論常快活

若論常快活，唯有隱居人。林花常似錦，四季色常新。

或向巖間坐，旋瞻見桂輪。雖然身暢逸，却念世間人。

【校勘】

若論常快活，「若論」，四庫本作「無事」：「若論常」，白口八行本作「無
事閒」，全唐詩本夾注「一作無事閒」。

林花常似錦，「常」，宮內本、四部本、上海有正本、道會本、白口八行本、
大典本、四庫本、擇是居本、漢聲影印本作「長」。

旋瞻見桂輪，「見桂輪」，宮内本、上海有正本、道會本、白口八行本、大典本、四庫本、擇是居本、漢聲影印本、錢校評本作「丹桂輪」〔註85〕。應據改。

却念世間人，「却」，白口八行本、四庫本作「猶」，全唐詩本夾注「一作猶」。

（三十九）我見出家人

我見出家人，總愛喫酒肉。比合上天堂，却沈歸地獄。

念得兩卷經，欺他道鄽俗。豈知鄽俗士，大有根性熟。

【校勘】

比合上天堂，「比」，除錢校評本外，各本皆作「此」，應從項本改〔註86〕。

欺他道鄽俗，「道」，除四部本外，各本皆作「市」。

豈知鄽俗士，「鄽俗士」，大典本作「市鄽俗」；「士」，宮内本、上海有正本、道會本、白口八行本、四庫本、擇是居本、漢聲影印本作「人」。

（四十）我見頑鈍人

我見頑鈍人，燈心柱須彌。蟻子齧大樹，焉知氣力微。

學咬兩莖葉，言與祖師齊。火急求懺悔，從今輒莫迷。

【校勘】

燈心柱須彌，「柱」，上海有正本、道會本、白口八行本、大典本、四庫本、擇是居本作「拄」，全唐詩本夾注「一作挂」。

（四十一）君見月光明

君見月光明，照燭四天下。圓暉掛太虛，瑩淨能瀟灑。

人道有虧盈，我見無衰謝。狀似摩尼珠，光明無晝夜。

【校勘】

君見月光明，「君」，四庫本作「屢」，全唐詩本作「若」；「明」，大典本作「照」。圓暉掛太虛，「暉」，上海有正本、道會本、白口八行本、大典本、四庫本、擇是居本、漢聲影印本作「輝」；「太虛」，四庫本作「大」，應從項本。

〔註85〕對此錢本有云：「按：『丹桂輪』指明月。"見"疑爲"丹"字形近而誤。」，頁490；另項本亦曰：「別本作『丹桂輪』者，『丹桂』即桂樹之一種，本詩之『丹桂』亦指月中之桂。」，頁893。

〔註86〕此「比」字與拾得詩十九首：「比來是夜叉」均指本來、原本之意。故用「比」字較妥。

（四十二）余住無方所

余住無方所，盤泊無爲里。時陟涅槃山，或翫香林寺。

尋常只是閑，言不干名利。東海變桑田，我心誰管你。

【校勘】

余住無方所，「住」，大典本作「往」。

盤泊無爲里，「泊」，上海有正本、道會本、白口八行本、大典本、四庫本、擇是居本、漢聲影印本作「礴」，全唐詩本夾注「一作礴」；「無爲里」，除宮內本外，各本皆作「無爲理」，應從項本改〔註87〕。

時陟涅槃山，「陟」，四庫本、漢聲影印本作「涉」；「槃」，四部本、道會本、白口八行本、大典本作「盤」。

（四十三）左手握驪珠

左手握驪珠，右手執慧劍。先破無明賊，神珠自吐燄。

傷嗟愚癡人，貪愛那生猒。一墮三途間，始覺前程險。

【校勘】

先破無明賊，「破」，全唐詩本夾注「一作射」。

神珠自吐燄，「自吐」，上海有正本、道會本、白口八行本、大典本、四庫本、擇是居本、漢聲影印本作「吐光」，全唐詩本夾注「一作吐光」。

貪愛那生猒，「猒」，上海有正本、道會本、白口八行本、大典本、四庫本、擇是居本、全唐詩本、漢聲影印本作「厭」，同。

（四十四）般若酒冷冷

般若酒冷冷，飲多人易醒。余住天台山，凡愚那見形。

常遊深谷洞，終不遂時情。無思亦無慮，無辱也無榮。

【校勘】

無思亦無慮，「思」，宮內本、上海有正本、道會本、白口八行本、大典本、四庫本、擇是居本、漢聲影印本作「愁」。

〔註87〕項楚對此句考證尤詳，其曰：「『無爲理』雖與各種版本之拾得詩相同，但皆應作『無爲里』。蓋拾得此詩首句云：『余住無方所』，言其居處實無具體處所，故下云：『無爲里』、『涅槃山』、『香林寺』等，雖有處所之名，實無處所之實，不過是將佛理術語處所化而已。」，頁 902。項楚所言甚是，「無爲」乃涅槃之異譯，而「里」即村坊民居，此處是將佛教術語中「無爲」化作具體場所之用，故「無爲理」應改作「無爲里」才妥當。

全唐詩本詩後有注文：「此下〔註88〕與寒山詩大同小異，語意相涉」。

（四十五）自從到此天台寺

自從到此天台寺，經今早已幾多春。山水不移人自老，見却多少後生人。

【校勘】

自從到此天台寺，「到此」，大典本作「我到」。

全唐詩本詩後有注文：「一作寒山詩」。

（四十七）嗟見多知漢

嗟見多知漢，終日枉用心。歧路逞嘍囉，欺謾一切人。

唯作地獄滓，不修來世因。忽爾無常到，定知亂紛紛。

【校勘】

不修來世因，「來世」道會本作「求世」，應從項本改。

（四十八）迢迢山徑峻

迢迢山徑峻，萬仞險隘危。石橋莓苔綠，時見白雲飛。

瀑布懸如練，月影落潭暉。更登華頂上，猶待孤鶴期。

【校勘】

萬仞險隘危，「隘」，四庫本作「厄」。

時見白雲飛，「白」，宮內本、上海有正本、道會本、白口八行本、大典本、四庫本、擇是居本、漢聲影印本作「片」，全唐詩本夾注「一作片」。

月影落潭暉，「暉」，宮內本、上海有正本、道會本、白口八行本、大典本、四庫本、擇是居本、漢聲影印本作「輝」。

猶待孤鶴期，「孤鶴期」，錢校評本作「孤鶴飛」。〔註89〕

（四十九）松月冷颼颼

松月冷颼颼，片片雲霞起。唘匝幾重山，縱目千萬里。

谿潭水澄澄，徹底鏡相似。可貴靈臺物，七寶莫能比。

【校勘】

松月冷颼颼，「月」，全唐詩本夾注「一作風」。

唘匝幾重山，「唘」，宮內本、上海有正本、道會本、白口八行本、大典本、

〔註88〕「此下」是指《自從到此天台寺》。原全唐詩中《般若酒冷冷》後非《自從到此天台寺》，而是第四十六首《平生何所憂》。今項楚、錢學烈二本皆更正其次序。

〔註89〕此句項楚並未說明所據原因，僅言此句是「謂企望駕鶴歸」；錢本則據寒山〈閒遊〉詩中「閒遊華頂上……白雲同鶴飛」句意，改用「飛」字。

四庫本、擇是居本、全唐詩本、漢聲影印本作「匚」;「匝」漢聲影印本作「币」,並同。

可貴靈臺物,「靈」,大典本作「玉」。

(五十) 世有多解人

世有多解人,愚癡學閑文。不憂當來果,唯知造惡因。

見佛不解禮,覷僧倍生瞋。五逆十惡輩,三毒以為鄰。

死去入地獄,未有出頭辰。

【校勘】

見佛不解禮,「不解禮」,錢校評本作「不禮佛」。

死去入地獄,「去」,宮內本、上海有正本、道會本、白口八行本、大典本、四庫本、擇是居本、漢聲影印本作「定」。

(五十一) 人生浮世中

人生浮世中,箇箇願富貴。高堂車馬多,一呼百諾至。

吞併他田宅,準擬承後嗣。未逾七十秋,冰消瓦解去。

【校勘】

吞併他田宅,「他田宅」,全唐詩本作「田地宅」。

(五十二) 水浸泥彈丸

水浸泥彈丸,思量無道理。浮漚夢幻身,百年能幾幾。

不解細思維,將言長不死。誅剝壘千金,留將與妻子。

【校勘】

浮漚夢幻身,「漚」,宮內本、上海有正本、道會本、白口八行本、大典本、四庫本、擇是居本、漢聲影印本作「泡」。

百年能幾幾,「能幾幾」,大典本「能有幾」。

將言長不死,「長」,漢聲影印本作「常」。

(五十三) 雲林最幽棲

雲林最幽棲,傍澗枕月谿。松拂盤陁石,甘泉涌淒淒。

靜坐偏佳麗,虛巖曚霧迷。怡然居憩地,日斜樹影低。

【校勘】

日斜樹影低,此句四部本、全唐詩本僅有「日」字,後並夾注:「以下缺」。

(五十四) 可笑是林泉

可笑是林泉，數里少人煙。雲從巖嶂起，瀑布水潺潺。

猨啼暢道曲，虎嘯出人間。松風清颼颼，鳥語聲關關。

獨步繞石澗，孤陟上峯巒。時坐盤陀石，偃仰攀蘿沿。

遙望城隍處，惟聞鬧喧喧。

【校勘】

數里少人煙，「少」，宮內本、上海有正本、道會本、大典本、四庫本、擇
是居本作「勿」。

猨啼暢道曲，「暢道曲」，白口八行本、全唐詩本、錢校評本作「唱道曲」，
應從項本改〔註90〕。

詩末，全唐詩本有注文：「此首係別本增入」。

（五十六）我見世間人

我見世間人，箇箇爭意氣。一朝忽然死，祇得一片地。

闊四尺，長二丈。汝若會出來爭意氣，我與汝立碑記。

【校勘】

長二丈，「二丈」，大典本作「丈二」。

（五十七）家有寒山詩

家有寒山詩，勝汝看經卷。書放屏風上，時時看一徧。

【校勘】

時時看一徧，「徧」，大典本作「遍」，同。

佚　詩〔註91〕

一、無瞋是持戒

無瞋是持戒，心淨是出家。我性與汝合，一切法無差。

【校勘】

無瞋是持戒，「瞋是持戒」，全唐詩續拾夾注「《五燈會元》作"瞋即是"」。

〔註90〕項楚有注：「『暢道曲』是歌唱禪悅生活的歌曲，『暢道』爲詞，如敦煌遺書斯五六九
二《山僧歌》：『獨隱山，實暢道，更無諸事亂相撓。』」，頁433。

〔註91〕項本收拾得佚詩共六首，扣除最末《喧靜各有路》非拾得詩外，僅剩五首。然就所
引之校本，除《全唐詩》與錢學烈《寒山拾得詩校評》各著錄兩首佚詩外（全唐詩
是前兩首；錢本則是第三首《昨夜得一夢》、《身貧未是貧》，校勘後皆無誤），其餘
各本皆未見，故佚詩部分僅列示前兩首。另可參閱本章第三小節之說明。

心淨是出家，「是」，全唐詩續拾夾注「《五燈會元》作"即"」。

我性與汝合，「汝」，全唐詩續拾夾注「《五燈會元》作"你"」。

詩末，全唐詩續拾有注文：「見吳越釋延壽《宗鏡錄》卷二十四、宋普濟《五燈會元》卷二」。

二、東陽海水清

東陽海水清，水流復見底。靈源流法泉，斫水刀無痕。

我見頑愚士，燈心拄須彌。寸樵煮大海，足抹大地石。

蒸沙成飯無，磨磚將爲鏡。說食終不飽，直須著力行。

恢恢大丈夫，堂堂六尺士。枉死埋塚下，可惜孤標物。

【校勘】

全唐詩續拾後有注文：「同前書卷三十三〔註92〕。此條承陳允吉師告知」。

第三節　拾得詩之匡補與重出問題

由於寒山、拾得詩結集過程甚爲特殊，加上初編本與注本早已散佚，致使二人作品實際數目無法得知。也因如此，拾得詩中有不少與寒山詩羼雜互見，需要進一步考證與釐清。

一、拾得詩補遺之概況

南宋以來拾得詩，有四十九首、五十四首、五十五首等不同詩數之分別。因此，今日學者對其佚詩匡補相當重視，如陳尚君、陳耀東、錢學烈、項楚等人，皆對詩之輯佚與考證，用力甚多，使今日能見拾得作品可達六十幾首。以下便以學者所輯佚詩成果，說明其詩補遺概況。

（一）陳尚君輯錄《全唐詩續拾》〔註93〕

陳尚君《全唐詩續拾》卷十四「拾得」條輯錄二首〔註94〕：

〔註92〕案：此指釋延壽《宗鏡錄》。

〔註93〕收見陳尚君輯校，《全唐詩補編》，（北京：中華書局出版，1992 年 10 月第一版）。該書分爲《全唐詩外編》和《全唐詩續拾》兩部分。《外編》是 1982 年之修訂本，包括王重民《補全唐詩》、《補全唐詩拾遺》、孫望《全唐詩補逸》、童養年《全唐詩續補遺》；《續拾》爲陳尚君新輯，凡六十餘卷，收唐逸詩四千三百餘首，作者逾千人。

〔註94〕陳尚君，《全唐詩續拾》，頁 870～871。

其一

　　無瞋是持戒，心淨是出家。

　　我性與汝合，一切法無差。〔註95〕

其二

　　東陽海水清，水清復見底。靈源流法泉，斫水刀無痕。

　　我見頑愚士，燈心拄須彌。寸樵煮大海，足抹大地石。

　　蒸沙成飯無，磨磚將爲鏡。說食終不飽，直須著力行。

　　恢恢大丈夫，堂堂六尺士。枉死埋塚下，可惜孤標物。

　《續拾》所輯二首詩，其一是見於吳越釋延壽《宗鏡錄》卷二十四、宋普濟《五燈會元》卷二及《萬首唐人絕句補》卷十。童養年據《萬首唐人絕句補》作爲寒山詩，陳尚君則據《宗鏡錄》、《五燈會元》補爲拾得詩。其二則以《宗鏡錄》卷三十三：「一乘歸於宗鏡，若初心入已，須冥合眞空，唯在心行，非從口說。直下步步著力，念念相應，如大死人，永絕餘想。若非懇志，曷稱丈夫；但有虛言，終成自誑。如天台拾得頌云：『東陽海水清，水清復見底。靈源流法泉，斫水刀無痕。我見頑愚士，燈心拄須彌，寸樵煮大海，足抹大地石。蒸沙成飯無，磨磚將爲鏡，說食終不飽，直須著力行。恢恢大丈夫，堂堂六尺士，枉死埋塚下，可惜孤標物。』〔註96〕」中相關詩句採擷而成。

（二）陳耀東〈寒山、拾得佚詩拾遺〉、〈寒山、拾得佚詩考釋〉

　　陳耀東〈寒山、拾得佚詩拾遺〉，補詩二首〔註97〕：

其一

　　昨夜得一夢，夢見一團空。

　　朝來擬說夢，舉頭又見空。

　　爲當空是夢，爲復夢是空。

　　想計浮生裡，還同一夢中。

其二

　　身貧未是貧，神貧始是貧。

　　身貧能守道，名爲貧道人。

　　神貧無智慧，果受餓鬼身。

　　餓鬼比貧道，不如貧道人。

〔註95〕下有按語，《全唐詩續補遺》卷二誤收此首爲寒山詩。

〔註96〕引自項楚《寒山詩注》，頁924。

〔註97〕陳耀東，〈寒山、拾得佚詩拾遺〉，頁116。

此二佚詩首乃陳耀東據日本寬文十一年（1617）古刊本《首書寒山詩》、寬文十二年（1672）交易和尚《寒山子詩集管解》、寬保元年（1741）白隱禪師《寒山詩闡提記聞》、文化十一年（1814）大鼎老人《寒山詩索賾》及明治四十年（1907）釋清潭《寒山詩新釋》補入。而錢學烈《寒山拾得詩校評》亦徵引這兩首爲拾得佚詩〔註98〕。

至於〈寒山、拾得佚詩考釋〉則錄詩五首，四首重複，一首新見。重複者分別爲陳尚君《續拾》所輯「無瞋是持戒」、「身貧未是貧」及上述「昨夜得一夢」、「身貧未是貧」四首；新見佚詩則是：

> 前生不持戒，人面而畜心。
>
> 汝今招此咎，怨恨於何人？
>
> 佛力雖然大，汝辜於佛恩。

此乃陳氏於2003年據北京中國國家圖書館藏宋刻本（《寒山子詩》一卷附《豐干拾得詩》一卷之《拾得錄》）錄出。

（三）項楚〈寒山拾得佚詩考〉

項楚〈寒山拾得佚詩考〉原載《周紹良先生欣開九秩慶壽文集》〔註99〕（北京：中華書局出版，1997年），其中收拾得佚詩七首〔註100〕，並逐首考辨，是收考拾得佚詩最詳贍者。

其一

> 閒自訪高僧，青山與白雲。
>
> 東家一稚子，西舍眾羣羣。
>
> 五峰聳雲漢，碧落水澄澄。
>
> 師指令歸去，日下一輪燈。

其二

> 無瞋是持戒，心淨是出家。
>
> 我性與汝合，一切法無差。

其三

> 東陽海水清，水清復見底。靈源流法泉，斫水刀無痕。
>
> 我見頑愚士，燈心挂須彌。寸樵煮大海，足抹大地石。
>
> 蒸沙成飯無，磨磚將爲鏡。說食終不飽，直須著力行。

〔註98〕錢學烈，《寒山拾得詩校評》，頁515。

〔註99〕該文又收入項楚所著《柱馬屋存搞》（北京：商務印書館，2003年7月第一版），頁153～165。

〔註100〕載於項楚〈寒山拾得佚詩考〉，339～342。

恢恢大丈夫，堂堂六尺士。枉死埋塚下，可惜孤標物。

其四

昨夜得一夢，夢見一團空。

朝來擬說夢，舉頭又見空。

爲當空是夢，爲復夢是空。

想計浮生裡，還同一夢中。

其五

身貧未是貧，神貧始是貧。

身貧能守道，名爲貧道人。

神貧無智慧，果受餓鬼身。

餓鬼比貧道，不如貧道人。

其六

井底紅塵生，高山起波浪。

石女生石兒，龜毛數寸長。

欲覓菩提路，但看此牓樣。

其七

喧靜各有路，偶隨心所安。縱然在朝市，終不忘林巒。

四皓將衣拂，二疏能挂冠。牕前隱逸傳，每日時三看。

靳尙那可論，屈原亦可歎。至今黃泉下，名及青雲端。

松牖見初月，花間禮古壇。何處論心懷，世上空漫漫。

頭首乃據日本正中年間刊本增入﹝註101﹞，認爲「蓋據寒山詩增益而成者﹝註102﹞」；於此視爲佚詩，而《寒山詩注》則納入捨得第五十五首詩。二、三、四、五首分別先由陳尙君與陳耀東輯入，項楚除援引外，另有考證。如第三首「東陽海水清」，項楚考出該首爲後人采擷寒、拾詩句鎔鑄而成，不可視爲拾得之作﹝註103﹞。其六《五燈會元》卷十五與《天聖廣燈錄》卷二十三著錄爲寒山詩，《首書寒山詩》、《寒山子

﹝註101﹞ 另《首書寒山詩》、交易和尙《寒山子詩集管解》、白隱禪師《寒山詩闡提記聞》亦載此詩爲拾得詩。〈寒山拾得佚詩考〉，頁339。

﹝註102﹞ 項楚〈寒山拾得佚詩考〉，曰：「此首詩二句與末二句與寒山詩"閑自訪高僧"（《四部叢刊》景宋本寒山詩第一六六首）相似，蓋據寒山詩增益而成者。」，頁同上。

﹝註103﹞ 項楚〈寒山拾得佚詩考〉，云：「楚按，此處所引『拾得頌』，實非拾得之作，而是宋本《寒山子詩集》所載《拾得錄》中『集語』之前十六句。……這段『集語』乃是《拾得錄》的作者采擷寒山詩與拾得詩中的一些語句，加以改造、串聯、補充而成，並非拾得手筆。延壽因其出自《拾得錄》，遂以爲是拾得頌，實出於誤解。」，頁925。

詩集管解》、《寒山詩闡提記聞》、《寒山詩索賾》卻視爲拾得詩，孰是孰非，仍待商榷〔註104〕。末首，則因釋正勉、釋性通所輯《古今禪藻集》體例關係，誤將唐‧釋護國《歸山作》嫁作拾得詩〔註105〕。

以上是項楚對拾得詩之增補與考證。從中得知，前人所補佚詩，並非全然屬實，有些經細緻考究後，應予以刪棄；而其判定情形，可歸納爲三類：一、出處明確，可直接判定者。如第一、四、五首，均載見較早之佛教典籍，固爲可信。二、出處不明，難定歸屬者。又細分爲二：1. 詩句與寒山詩相似。如第六首，僅詩句不同，內容卻無異〔註106〕。2. 分別載見不同佛教典籍，如第二首，無法眞正斷定爲寒山或拾得之作，只能姑且錄之，有待詳考。三、後人誤作拾得詩者。如第三、七首者。

（四）小　結

今所增補之拾得佚詩，其主要來源有兩方面：一是佛教典籍，二爲海外不同《寒山詩》之刊本。另外，從佚詩辨僞成績觀之，就屬項楚用力最深，無論佚詩之搜求，抑或考證結論之精當邃密，皆見功力。拾得詩作之補闕，在上述幾位學者努力下，已見成果，但匡補工作本屬繁複，除要細檢古籍亦兼備辨僞，避免僞詩以沙糅金，訛奪滿紙。故輯佚工作仍待後人持續拾掇、考察。

二、拾得詩重出問題之探析

拾得詩重出問題，歷來爲學者們矚目。因今存之拾得詩與寒山有不少類似乃至雷同，造成混淆。其詩例，不勝枚舉，有意旨、境界相近，詩句次序顛倒等情形，這些問題須一一明究，以下分兩點說明：

（一）模仿、增益寒山詩者

拾得身世、經歷皆異於寒山，文學造詣亦遠不及之。所作五十餘首詩，有不少模仿或增改寒山者，甚至僅有用字差別，內容完全一致。然而這類詩作，多屬無法判定，只能暫爲存錄，有待日後進一步考究。茲略舉數首，並以寒詩對照比較，以悉梗概：

〔註104〕案：項楚《寒山詩注》將該詩歸爲拾得佚詩第五首，寒山佚詩第二首。二者僅文字微略差異，疑拾得擬寒山之作。

〔註105〕項楚〈寒山拾得佚詩考〉有考：「按《古今禪藻集》體制，凡同一作者之若干首詩排列在一起時，只在第一首下注明作者名氏。而護國《歸山作》接於拾得詩後，由於詩題下遺漏了作者護國的名氏，遂承上誤作拾得詩矣。」，頁342。

〔註106〕寒山佚詩第二首：「井底生紅塵，高峰起白浪。石女生石兒，龜毛寸寸長。若要學菩提，但看此模樣。」，《寒山詩注》，頁798。

1. 自從到此天台【寺】，經今早【已】幾冬春。山水不移人自老，見却多
   少後生人（拾四五）。〔註107〕

   自從到此天台【境】，經今早【度】幾冬春。山水不移人自老，見却多
   少後生人（寒二一二）。〔註108〕

2. 『松月冷颼颼，片片雲霞起。唇匝幾重山』，縱目千萬里。谿潭水澄澄，
   徹底鏡相似。【可貴靈臺物，七寶莫能比】（拾四九）。〔註109〕

   【可貴一名山，七寶何能比】。『松月冷颼颼，片片雲霞起。唇匝幾重
   山』，迴還多少里，谿澗靜澄澄，快活無窮已（寒二六四）。〔註110〕

3. 【世有多解人，愚癡學閑文。不憂當來果，唯知造惡因】。見佛不解禮，
   覷僧倍生瞋。『五逆十惡輩，三毒以爲鄰』。死去入地獄，未有出頭辰
   （拾五十）。〔註111〕

   【世有多解人，愚癡徒苦辛。不求當來善，唯知造惡因】。『五逆十惡
   輩，三毒以爲親』。一死入地獄，長如鎮庫銀（寒九一）。〔註112〕

前兩首，經對照後發覺只有「寺」與「境」、「已」與「度」之差別，其餘幾乎完全
一致〔註113〕。至於後兩組，一是前後句顛倒，稍加更改而成；另一則是采擷相關詩
句，只有遣詞用字不同之差別。

（二）實爲寒山詩，卻屬入拾得詩者

　　上述爲詩作相似者，另一類則是原屬寒山詩，卻誤植爲拾得詩。

　　拾得〈少年學書劍〉詩，云：

　　　　少年學書劍，叱馭到荊州。聞伐匈奴盡，婆娑無處遊。

　　　　歸來翠巖下，席草翫清流。壯士志未騁，獼猴騎土牛（拾二九）。〔註114〕

此首描寫詩人壯志未酬，後歸隱山林之事。從內容研判應非出自拾得手筆，反似寒

〔註107〕《寒山詩注》，頁907。

〔註108〕同上，頁543。

〔註109〕《寒山詩注》，頁911。

〔註110〕同上，頁694。

〔註111〕同上，頁912。

〔註112〕同上，頁245。

〔註113〕《四部叢刊》影宋本中拾得詩〈般若〉後有雙行注文：「此下（指該首）與寒山詩
　　　　大同小異，語意相涉。」；另陳慧劍、錢學烈亦分別提出「這兩首詩，只有兩個字
　　　　差異，全係誤抄，不得謂二人手筆。」（《寒山子研究》，頁93）、「此詩與寒山詩〈自
　　　　從〉只有兩字之差，疑爲寒山詩混入拾得詩中者，或是拾得仿寒山詩之作。」（《寒
　　　　山拾得詩校評》，頁469。）之見解。

〔註114〕《寒山詩注》，頁879。

山自敘詩中之表白〔註115〕。拾得自小生長於國清寺，後皈依佛門，專研佛法，何來「少年學書劍」、「叱馭到荊州」之經歷，更遑論會有「壯士志未騁」之情懷。故此首詩為寒山詩，非拾得詩。

再觀〈一入雙溪不計春〉一首，詩曰：

> 一入雙溪不計春，鍊曝黃精幾許斤。鑪竃石鍋頻煮沸，土甑久烝氣味珍。
> 誰來幽谷餐仙食，獨向雲泉更勿人。延齡壽盡招手石，此棲終不出山門（拾二三）。〔註116〕

此詩是寫深山煉藥得長生而不果，遂遁入佛門參禪修道，以求真正解脫。內容所指「鍊曝〔註117〕黃精〔註118〕幾許斤。」正是道家為求長生不死所用煉丹之術。與寒山曾躬親從事丹爐，祈望長生久世之事〔註119〕甚相吻合，而非拾得所有。所以這首詩亦是寒山所作，卻被錯置成拾得詩。

（三）小　結

綜上言，今日所知拾得作品，未必全然出自拾得之手。只要稍加檢視，便可發現有不少與寒山詩相混；究其因由，可能二人詩作原書於「樹間石上」或「土地堂壁」，又不曾留款，致使抄編者未察而誤收，不分彼此地流傳至今。其次，拾得與寒山過從甚密，在相互影響之下，難免會產生作品竄動互見情形。另外，詩集版本差異，也可能造成此問題原因之一〔註120〕。

〔註115〕如寒山〈一為書劍劍客〉云：「一為書劍客，三遇聖明君。東守文不賞，西征武不勳。學文兼學武，學武兼學文。今日既老矣，餘生不足云。」《寒山詩注》，頁35。詩中所寫之事，正與拾得詩不謀而合。

〔註116〕《寒山詩注》，頁866。

〔註117〕鍊曝：炮製藥物的兩種方法；「鍊」這裡指以火烤炙。「曝」同「曝」，在日光下烤曬。同上註。

〔註118〕黃精：一種藥草，道家以為服之可以延年益壽。《寒山詩注》，頁867。

〔註119〕寒山有首詩，其曰：「久住寒山凡幾秋，獨吟歌曲絕無憂。蓬扉不掩常幽寂，泉涌甘漿長自流。石室地鑪砂鼎沸，松黃栢茗乳香甌。飢餐一粒伽陀藥，心地調和倚石頭。」《寒山詩注》，頁502。正是描寫寒山曾耽溺神仙之術而親身服食丹藥之經歷。

〔註120〕歷來拾得詩集刊本眾多，所據底本亦複雜，造成內容常有出入。故後刊者將拾得詩錯置或誤抄成寒山詩，亦不無可能。

第肆章　拾得詩內涵之分析

第一節　拾得詩之淵源

　　拾得詩形式自由，不求格律，似詩似偈，內容亦多闡揚佛教哲理，其詩偈不分之佛教詩歌，可說受到佛典之偈頌形式影響；而詩中呈現通俗語言調，犀利之筆鋒，對人情世態、出家僧侶予以鞭辟入裏批判、告誡之藝術風格，更是承襲初唐通俗詩派王梵志之風格。

一、受佛典偈頌之影響

　　自佛教東傳，其傳播方式有二：一為僧團傳教活動，二則是靠佛典傳譯與流通。而佛典之漢譯及流傳，正為中國文學創作發展注入一股新流〔註1〕。佛典，俗稱佛經，為佛教創始者釋迦牟尼佛言行之文字記錄，是一種宗教宣傳產物。就其有關文學內容而言，許多佛典語言和表現手法是饒富文學性，不僅展現古印度民間文學創作特質，甚至有些本身就是文學作品，可見佛典本身即是典雅、瑰麗之文學作品。佛典漢譯〔註2〕最初是為介紹一種外來宗教文化而產生。兩晉南北朝，文壇正值駢儷靡華風氣時期，佛典要面對之對象，是生活水平較低之群眾，為容易誦頌，達到宣揚目的，便利用韻文或韻散結合之特殊形式，加之通俗淺近之俗語，創造一種迥

〔註1〕 孫昌武《佛教與中國文學》第三章「佛教與中國文學創作」揭示：「佛典本有具有高度文學性的。佛教在文壇上與民眾中廣泛流傳，就必然影響到中國文學創作實踐與文學觀念。特別是佛典帶有不同於中國流傳的思想內容與表現手法，給予中國文學創作一種強而有力的滋養和補充。」，頁222。

〔註2〕 佛典之漢譯，始於東漢，桓帝元嘉元年（151）安世高翻譯出《明度五十教經》後至宋仁宗慶歷元年（1041）惟淨和孔道輔先後奏請北宋朝廷解散分翻譯經院為止。

異當時駢文之新譯經文體。然而，此一新文體，至唐代，因佛教鼎盛，詩歌興熾，遂演變成與詩歌篇制相近之佛教詩歌，俗稱「詩偈」〔註3〕。

「詩偈」文體源自印度之「偈頌」。「偈」為梵文 Geya、Gāthā 之音意合譯詞，直接音譯則有“祇夜”、“伽陀”、“伽他”等名。與“長行”是相對應之佛經文體：長行代表長篇散文，偈頌則代表短篇韻文。二者在漢譯中又統稱為「偈」、「頌」或「偈頌」，是佛典中最具文學色彩，亦可稱裹上文學外衣之佛理作品。

一般而言，詩偈並無固定格律，亦不講究平仄對仗，形式以五言為主，另有四言、六言、七言等〔註4〕。其內容寓含佛教哲理，及傾向口語化，而這種用語樸實，形式自由之通俗詩偈〔註5〕，在拾得詩中獲得不少借鑒，其詩有云：

> 我詩也是詩，有人喚作偈。詩偈總一般，讀時須子細。緩緩細披尋，不得
> 生容易。依此學修行，大有可笑事。（○九）

顯見拾得詩與佛典偈頌淵源深厚。其用偈之形態改良正統典雅作詩方式，促成詩句多屬詩化之偈語。

總之，拾得詩具備不講究音節、語言修辭，好闡釋佛理之特性，蓋實受佛典偈頌文體影響〔註6〕；也因如此，拾得詩修辭，才能創作出迥別當時文人詩歌作品，

〔註3〕 中唐以後，「偈」體制產生變化，衍生成如律詩般對仗工整之詩歌體。對此，陳尚君《全唐詩補編》有言：「釋氏偈頌，至唐時一變，中唐以降，日趨詩律化，最終與詩歌合流。」，頁1。

〔註4〕 據項楚《寒山詩注》中所說：「偈有兩種，一者別偈，二者通偈。言別偈者，言四言、五言、六言、七言，皆以四句而成，目之為偈，謂別偈也。二者通偈，謂首盧偈，原是胡人數經法也，莫問長行與偈，但令三十二字滿，即便名偈，謂通偈也。」，頁844。

〔註5〕 「詩」與「偈」，在寒山、拾得集中已相混不分，嚴格而論，二者之風格、用度仍有所不同，實為兩種文體。簡言之，詩與偈，僅是外在層面之相混；從功能上看，其本質是不一樣。日本無隱道費《心學典論》卷四〈詩偈〉曾說明二者關係。他認為，詩與偈相同是其貌——“蓋偈亦道人言其志之所之焉者也”；不同是其質——“蓋吾釋氏之為教，嘗皆假中華文字以偈者也。故若夫重頌諷頌之製，弗得不特放於風雅之典。其已放焉，則其一唱一詠，宜當守法度，以協曲調可也”。所謂“法度”、“曲調”，乃指偈頌具有作為口語韻文、哲理韻文之特殊規範。王小盾、孫尚勇，〈唐代佛教詩歌的套式及其來源〉（收於《唐代文學與宗教》香港：中華書局，2004年5月，頁422）。

〔註6〕 太虛〈佛教對於中國文化之影響〉（著錄於張曼濤主編，《佛教中國文化》，上海書屋）曾明示：「詩歌：佛教原始之經典，多不易懂，故後人或作淺顯之詩歌以詠之。如馬鳴菩薩所作之《佛所行讚經》，其於描寫記述方面，無不盡致。梁啟超謂：『我國《孔雀東南飛》之長詩，即受此經影響，或可盡信，又如禪宗之頌古，唐時寒山、拾得深入淺出之新詩，實皆開白樂天與蘇東坡之先河。』」（引自李鮮熙，《寒山其人及其詩研究》，頁234）。說明中國詩歌文學實受佛典影響，另亦道出拾得詩對唐詩發展，

而獨佔唐代詩壇一方。

二、賡續王梵志詩風特色

　　拾得詩最大特質是俗白與宣說佛理，其造成原因，除上述佛典偈頌外，亦與初唐詩僧王梵志關係密切。王梵志乃唐代通俗詩派始祖，所作通俗佛理詩對寒山、拾得影響匪淺。學者多將三人作品視作同一詩派，其中以胡適《白話文學史》爲嚆矢，其云：

> 我總覺得寒山、拾得的詩是在王梵志之後，似是有意模仿王梵志的。
> 梵志生在河南，他的白話詩流傳四方，南方有人繼起，寒山子便是當時學梵志的一個南方詩人。〔註7〕

至於鄭振鐸〈《王梵志詩》跋〉則曰：

> 梵志詩在唐，不僅民間盛傳之，即大詩人們也都受其影響。王維詩《與胡居士皆病寄此詩兼示學人》二首，註云：“梵志體”。……詩僧們，像寒山、拾得，似尤受其影響。〔註8〕

而喬象鍾、陳鐵民主編的《唐代文學史》亦道：

> 王梵志的通俗詩……在佛寺禪門中得到了廣泛傳播，並對佛寺禪門通俗詩的創作產生了直接影響。繼王梵志之後，詩僧寒山、拾得等寫出了許多類似梵志體的通俗詩，從而形成了唐代詩歌王國裡以王梵志爲開山祖師的通俗詩派。〔註9〕

是故，拾得採用通俗語體寫出偈頌式之詩作，就風格而論，確實與王梵志通俗詩一脈相承。就詩內容思想而言，亦與王梵志詩極爲近似。考今所見梵志詩，有勸世、悟道、自然、處世等內容，其撰詩目的，敦煌寫本《王梵志詩集原序》有載：

> 但以佛教道法，無我苦空。知先薄之福緣，悉後微之因果。撰修勸善，誠勗非違。目錄雖則數條，制詩三百餘首。但言時事，不浪虛談。王梵志之貴文，習丁、郭之要義。不受經典，皆陳俗語。非但智士迴意，實易愚夫改容。遠近傳聞，勸懲令善。貪婪之吏，稍息侵漁；屍祿之官，自當廉謹。各雖愚昧，情極愴然！一遍略循，三思無忘。縱使大德講說，不及讀此善文。〔註10〕

所具之地位與貢獻。

〔註7〕胡適，《白話文學史》，頁176。

〔註8〕鄭振鐸，〈《王梵志詩》跋〉（收於張錫厚輯《王梵志詩研究彙錄》，上海古籍出版，1990年8月），頁145。

〔註9〕喬象鍾、陳鐵民主編，《唐代文學史》，頁177。

〔註10〕朱鳳玉，《王梵志詩研究》下冊（臺北：臺灣學生書局，民國75年8月初版），頁1。

據悉，王梵志爲詩目的乃藉「佛教道法」觀念，用以導俗化衆。內容主要爲「但言時事」，大力開拓詩歌之社會寫實功用，將社會下層人民之苦與悲、貧富對立、差科不均、貪贓枉法等現實世態，用「不浪虛談」般簡煉詩句表達，既寫實又發人省思。

然而，王詩既以「佛教道法」爲詩歌思想主軸，必有不少攸關之詩篇。這類作品，多爲勸說修善、宣揚輪迴報應、訓勉世人學道依佛等內容，與捨得詩作有異曲同工之妙，詩云：

> 三界如轉輪，浮生若流水。蠢蠢諸品類，貪生不覺死。
> 汝看朝垂露，能得幾時子。（三十）
> 世有多解人，愚癡學閑文。不憂當來果，唯知造惡因。
> 見佛不解禮，覰僧倍生瞋。五逆十惡輩，三毒以爲鄰。
> 死去入地獄，未有出頭辰。（五十）

另王梵志詩曰：

> 愚人癡杌杌，常守無明窟。沈淪苦海中，出頭還復沒。
> 頂戴神靈珠，隨身無價物。二鼠數相侵，四蛇推命疾。
> 似露草頭霜，見日一代畢。更遇炎風吹，彼此俱無迄。
> 貯得滿堂金，知是誰家物。（一四七）〔註11〕
> 縱得百年活，須臾一向子。彭祖七百歲，終成老爛鬼。
> 託身得他家，隨身作名字。輪迴轉動急，生死不由你。
> 身帶無常苦，長命何須喜。（一五一）〔註12〕

據上內容，皆屬闡發佛教因果輪迴之作，旨在勸人棄惡揚善，早日覺悟修道。拾、王二人將通俗曉白之言語，化爲格言警句，除使人引爲借鑑外，更見詩作風格如出一轍。

簡言之，捨得詩無論在風格與題材方面，確實與王梵志詩一脈相承，造就唐代通俗詩派，由最早王梵志，及稍晚寒山、拾得，承先起後，奠定其不可抹滅之文學地位。〔註13〕。

〔註11〕同前書，頁189。
〔註12〕同上，頁196。
〔註13〕誠如任半塘所講：「王梵志詩的發現，連同寒山、拾得等人的詩作，已能說明通俗詩並非孤立的文學現象，既有深厚的民間土壤，也有其發展過程，在唐代詩歌裡理當佔有一定的歷史地位。」《《王梵志詩校輯》序》〔收錄張錫厚輯《王梵志詩研究彙錄》），頁54。

第二節 拾得詩之題材類型

今觀拾得作品，佛教勸誡詩即佔大半篇幅。其內容題材主要為宣揚佛家生死輪迴、因果報應等思想，藉以誘導世人精進修道，求得解脫，亦有幾首闡述禪理及描寫山林幽棲之作。以下即據所見內容，分類探究拾得詩之題材。

一、宣講基礎佛理

拾得作品風格獨特，但歸根探底仍是為宣揚佛理。孫昌武嘗道：「中國能詩文的僧侶進行創作時，必然要在詩中表現對佛教教義的認識與理解。這樣，就要在詩中大量說理。〔註14〕」僧人寫詩無非是藉文學方式傳教，以收至大之功效。順理成章，身為唐代詩僧拾得亦將佛理與詩趣合而為一，創作不少演繹佛理之作。

所謂佛理詩，就是說理詩。一般以為其宗教性意味較深，內容大都直涉佛家思想、義理，若依藝術審美觀點，常使人有說教成分濃厚，未達「詩者吟詠情性也」之感。然而，此是以詩歌文藝創作角度而論，若以詩僧立場，佛理詩本就是為「勸化眾生」而寫，如同拾得詩自評：「我詩也是詩，有人喚作偈。……依此學修行，大有可笑事。」

依據拾得佛理詩內容大致可分「因果循環，輪迴報應」、「人生無常，生即是苦」、「捨己利人，當行布施」三大思想，茲分述如下：

（一）因果循環，輪迴報應

佛教教法，說苦空，談無我，更講因果。《佛般泥洹經》云：「父有過惡，子不獲殃；子有惡過，父不獲殃，各自生死，善惡殃咎，各隨其身。〔註15〕」蓋佛教以為宇宙一切現象，是相對依存而互為因果。簡言之，即一切眾生之壽夭、貧富、智愚及所處環境違順、苦樂等，皆是自身業力所感招之果報，所謂「自因自果」。然而佛在因果觀念視野是相當廣闊，認為人生苦、樂皆在三界六道輪迴〔註16〕之中，如同佛經中載：「欲知過去因，現在受者是；欲知未來果，現在作者是。」是以今生所受之果報，皆緣前身之業因而起；今生所造之業，又為來生業報之失因，週而復始，無有已時。

〔註14〕孫昌武，《佛教與中國文學》，頁252。

〔註15〕西晉・白法祖譯，《佛般泥洹經》卷下，《大藏經》第一冊「阿含部一」（臺北：新文豐出版，民國72年1月），頁169。

〔註16〕三界：欲界、色界、無色界；六道：天、人、阿修羅、畜生、餓鬼、地獄，此六者是一切眾生乘業而趣向之處，又名六趣。佛家認為眾生從無始以來，即輾轉生死於三界六道之中，如車輪般旋轉，無有脫出之期。

拾得詩中多有因果循環，輪迴報應思想之宣說，略引兩首，以觀其概，詩曰：

銀星釘稱衡，綠絲作稱紐。買人推向前，賣人推向後。

不顧他心怨，唯言我好手。死去見閻王，背後插掃箒。（二五）

閉門私造罪，準擬免災殃。被他惡部童，抄得報閻王。

縱不入鑊湯，亦須臥鐵床。不許雇人替，自作自身當。（二六）

一切眾生均受因果律之支配，故積善業者，恆得善報，造罪業者必嘗惡報。《大寶積經》云：「假使經百劫，所作業不亡，因緣會遇時，果報還自受。〔註17〕」因果報應，絲毫不爽。拾得熟諳此佛理，不厭其煩地勸導眾生，應該「奉行諸善，諸惡莫作」，否則死後墮入地獄，遭受鑊湯〔註18〕、鐵床〔註19〕等刑罰，誰也無法替代。

（二）人生無常，生即是苦

「無常」，即變化不定。梵語為 anitya。佛教認為，世間一切事物生滅遷變，剎那不停，即「無常」。無常可分兩類：即「剎那無常」和「相續無常」。「剎那無常」，是指一切有為法都是念念生滅而不停住，就如瀑布中水滴，時刻都在變化；而「相續無常」則是相續之法經過一段時間，最終還是要歸於壞滅，如人命死亡及燈火熄滅者是。〔註20〕是故，人之生命，本為無常。其身有生、老、病、死之患，其識則有生、住、異、滅之變，即如宇宙，亦莫不有成、住、壞空之現象。宇宙人生，既然無常住現象，吾人對於功名、生死，亦應安時處順，淡然處之。

拾得作品宣講人生無常，為數不少。此類詩作，言詞犀利，說理剴切，多用幽默戲謔之口吻，最為精警耐讀。其曰：

三界如轉輪，浮生若流水。蠢蠢諸品類，貪生不覺死。

汝看朝垂露，能得幾時子〔註21〕。（三十）

嗟見多知漢，終日枉用心。歧路逞嘍囉，欺謾一切人。

唯作地獄滓，不修來世因。忽爾無常到，定知亂紛紛。（四七）

人生浮世中，箇箇願富貴。高堂車馬多，一呼百諾至。

〔註17〕唐·義淨譯，《大寶積經》卷五十七，《大藏經》第十一冊「寶積部上」，頁335。

〔註18〕鑊湯，《受十善戒經》曰：「生鑊湯地獄，百千萬沸肉盡出骨，置銅柱上，自然還活。百千棘刺，化為鐵刀，自割肉食，還落湯中。一日一夜，八萬四千生，八萬四千死。」語見李明權，《佛門典故》（上海：漢語大辭典出版社，2001年7月），頁32。

〔註19〕鐵床，《太平廣記》卷一○三《竇德玄》（出《報應記》）：「王令隨使者往看地獄，……更入一處，鐵床甚闊，人臥其上，燒炙焦黑，形容不辨。」項楚，《寒山詩注》，頁875。

〔註20〕參見陳義孝居士編，《佛學常見詞彙》（台南：和裕出版社，1999年一版），頁17。

〔註21〕「幾時子」，就是「幾時」，「子」為語助詞，不為義。項楚，《寒山詩注》，頁882。

> 吞併他田宅，準擬承後嗣。未逾七十秋，冰消瓦解去。（五一）
>
> 水浸泥彈丸，思量無道理。浮漚夢幻身，百年能幾幾。
>
> 不解細思維，將言長不死。誅剝疊千金，留將與妻子。（五二）

人生無常，朝夕不保，鬼使相催，不容踟躕。是以一切榮華富貴，盡是過眼雲煙。世俗凡人，為滿足慾望，整日庸庸碌碌，用盡心計，吞他田宅，誅剝千金。一旦命歸，縱使家財萬貫，也祇留白骨掩荒丘。《金剛經》「六如偈」有云：「一切有為法，如夢幻泡影，如霧亦如電，應作如是觀。〔註22〕」世上一切色相皆虛妄不實，最忌執迷不悟，唯有悟透此道理，才得早日脫離苦海。

（三）捨己利人，當行布施

大乘佛教提倡「行菩薩道」，「菩薩道」精神就是捨己利人，普渡眾生。其體現方法，即「六度〔註23〕」和「四攝〔註24〕」中之「布施」。布施又分三種：財施、法施與無畏施。財施，即用財物救濟貧苦之人；法施，是以正法勸人修善斷惡；無畏施，則是不顧己身安危解除他人之怖畏。佛教認為布施可招致富貴果報，並且僅有無相而清靜之布施，才能脫離生死苦海。拾得偈云：

> 運心常寬廣，此則名為布。輟己惠於人，方可名為施。
>
> 後來人不知，焉能會此義。未設一庸僧，早擬望富貴。（十八）

首句開宗明義論述「布施」要旨。《大乘義章》卷一二揭櫫：「以己財事，分布與他，名之為布；輟己惠人，目之為施。〔註25〕」；末句「未設一庸僧，早擬望富貴。」則指眾生布施甚微，所望卻奢，故不能如其願也。此首勸人多行布施，廣泛施惠於人，終能善有善報。

二、勸化示眾

拾得詩內容除宣示基礎佛理，亦有不少勸誡世人之作。其中包括「戒殺護生」、「覺悟修道」、「告誡出家者」等內容，目的為誘導人們修福善行，早求解脫。

（一）戒殺護生

佛陀以慈悲為懷，堅決反對「殺生」惡行。一切眾生壽命稱為「命根」，「殺生」

〔註22〕姚秦・鳩摩羅什譯，《金剛般若波羅蜜經》，《大藏經》第八冊，「般若部四」，頁752。

〔註23〕即布施、持戒、忍辱、精進、禪定、般若六種可以從生死苦惱此岸到涅槃安樂彼岸之法門。

〔註24〕四攝：布施攝、愛語攝、利行攝、同事攝。為菩薩濟度眾生，先行之法，使眾生愛我敬我信我，後方能聽我勸導，修行佛道。

〔註25〕項楚，《寒山詩注》，頁858。

即「斷命根」，剝奪眾生生命，是一種殘忍行為。故佛門各種戒律，如五戒〔註26〕、八齋戒〔註27〕、十善戒〔註28〕等，均把「不殺生」列為首條。《大智度論·初品中戒相義》有道：「諸餘罪中，殺業最重；諸功德中，不殺第一。〔註29〕」是以佛教將戒殺護生為諸功德之首，只因眾生生而平等，無有差別。所謂「萬物並育而不相害」是也。拾得洞悉人們為貪圖口腹私慾，殘害生靈，遂有多首告誡世人忌殺生之作。詩云：

　　嗟見世間人，箇箇愛喫肉。椀楪不曾乾，長時道不足。

　　昨日設箇齋，今朝宰六畜。都緣業使牽，非干情所欲。

　　一度造天堂，百度造地獄。閻羅使來追，合家盡啼哭。

　　鑪子邊向火，鑊子裏澡浴。更得出頭時，換却汝衣服。（○二）

　　養兒與娶妻，養女求媒娉。重重皆是業。更殺眾生命。

　　聚集會親情，總來看盤飣。目下雖稱心，罪簿先注定。（○四）

　　得此分段身，可笑好形質。面貌似銀盤，心中黑如漆。

　　烹豬又宰羊，誇道甜如蜜。死後受波吒，更莫稱冤曲。（○五）

　　男女為婚嫁，俗務是常儀。自量其事力，何用廣張施。

　　取債誇人我，論情入骨癡。殺他雞犬命，身死墮阿鼻。（十二）

上舉諸詩，皆陳俗人為滿足私慾，屠宰設宴，大肆鋪張，終因殺生之罪，死墮阿鼻地獄。經云：「殺生之人當墮地獄、餓鬼、畜生。」是故，佛教認為「殺生」將承受下地獄之報應。地獄，為六道中最慘苦階層，又以「阿鼻地獄」為最深重。「阿鼻地獄」梵語 avîci——naraka，意譯「無間地獄」，有五層意義，即「一者日夜受罪，以至劫數，無時間絕，故稱無間。二者一人亦滿，多人亦滿，故稱無間。三者罪器叉棒，鷹蛇狼犬，碓磨鋸鑿，剉斫鑊湯，鐵網鐵繩，鐵驢鐵馬，生革絡首，熱鐵繞身，飢吞鐵丸，渴飲鐵汁，從年盡劫，數那由他，苦楚相連，更無間斷，故稱無間。四者不問男子女人，羌胡夷狄，老幼貴賤，或龍或神，或天或鬼，罪行業感，悉同受之，故稱無間。五者若墮此獄，從初入時，至百千劫，一日一夜，萬死萬生，求一念間暫住不得，除非業盡，方得受生，以此連綿，故稱無間。〔註30〕」可見此報應

〔註26〕五戒為不殺生、不偷盜、不邪淫、不妄語、不飲酒。

〔註27〕八齋戒：一不殺生，二不偷盜，三不淫，四不妄語，五不飲酒，六不塗脂粉、香水、不穿華麗的衣服、不觀玩歌舞妓樂，七不睡臥高大床褥，八不非時食。

〔註28〕即不殺生、不偷盜、不邪淫、不妄語、不兩舌、不惡口、不綺語、不貪、不瞋、不痴。

〔註29〕龍樹造、鳩摩羅什譯，《大智度論》卷十三，《大藏經》二十五冊，「釋經論部上」，頁155。

〔註30〕唐·實義難陀譯，《地藏菩薩本願經》卷上（台北：法光寺倡印），頁38～39。

之可怕，不得不謹慎。

（二）覺悟修道

　　世人癡兀兀，皆因無明起，致使沈淪苦海，煩惱相隨。因此，拾得苦口婆心規勸人不要濫造惡業，早日覺悟，持齋守戒，以達彼岸。詩曰：

> 諸佛留藏經，只爲人難化。不唯賢與愚，箇箇心搆架。
>
> 造業大如山，豈解懷憂怕。那肯細尋思，日夜懷奸詐。（○一）
>
> 佛哀三界子，總是親男女。恐沈黑暗院，示儀垂化度。
>
> 盡登無上道，俱證菩提路。教汝癡眾生，慧心勤覺悟。（○六）
>
> 獼猴尚教得，人何不憤發。前車既落院，後車須改轍。
>
> 若也不知此，恐君惡合殺。比來是夜叉，變即成菩薩。（十九）
>
> 常飲三毒酒，昏昏都不知。將錢作夢事，夢事成鐵圍。
>
> 以苦欲捨苦，捨苦無出期。應須早覺悟，覺悟自歸依。（三五）

世俗凡夫易因貪、嗔、痴而造惡業，致使墮入生死輪迴，猶如身在“苦海”，浮沉不定。然而「苦海無邊，回頭是岸」，如欲脫離苦境，唯有及早覺悟行善。

　　不過，爲盡世間善事尚不能眞正出離苦海，還須皈依三寶。「皈依」即依靠、歸命、信奉。「皈依三寶」乃皈依佛、皈依法、皈依僧。《阿毘達磨大毘婆沙論》卷三四：「諸有歸依佛，及歸依法僧，於四聖諦中，恒以慧觀察，知苦知苦集，知永超眾苦，知八支聖道，趣安隱涅槃。此歸依最勝，此歸依最尊，必因此歸依，能解脫眾苦。〔註31〕」故皈依三寶，才是拾得認爲永離生死輪迴，求取涅槃寂靜之眞正途徑。

（三）告誡出家者

　　出家目的本是爲斷除世俗煩惱，發心救度一切眾生。但有許多出家者，身披袈裟，口念佛陀，心卻與貪瞋痴相應，不得清閑。就此，拾得對不守戒律之出家者，大加抨擊，其曰：

> 出家求出離，哀念苦眾生。助佛爲揚化，令教選路行。
>
> 何曾解救苦，恣意亂縱橫。一時同受溺，俱落大深院。（三四）
>
> 後來出家子，論情入骨癡。本來求解脫，却見受驅馳。
>
> 終朝遊俗舍，禮念作威儀。博錢沽酒喫，翻成客作兒。（三七）

出家者本應超脫塵世，修心悟道，並以弘揚教法，化度眾生爲宗旨。若出家後仍恣意妄爲，未精進修道，死後，必墮入地獄，不得解脫。

〔註31〕唐・玄奘譯，《阿毘達磨大毘婆沙論》卷三十四，《大藏經》二十七冊，「毘曇部二」，頁177。

三、闡說禪理

　　捨得雖未列禪宗法嗣，但有不少禪理之作，無論是述禪理、表禪境，寫來空靈超脫，神韻悠揚，不失為禪詩之瑰寶。

（一）述禪理

　　禪師有意藉詩明禪，而直接將禪理、禪語或禪典鎔鑄詩中，即是「禪理」詩。這類詩作，因似禪師之示法詩，藝術評價不高。然今觀捨得禪理之作，雖說理性質濃厚，但仍具有寓理悠遠與意象鮮明等長處，詩云：

　　　　君不見三界之中紛擾擾，只為無明不了絕。

　　　　一念不生心澄然，無去無來不生滅。（二十）

此首乃闡述禪宗所言「即心是佛」根本禪理。《六祖壇經・行由品第一》有道：「何期自性，本自清淨；何期自性，本不生滅；何期自性，本自具足；何期自性，本無動搖；何期自性，能生萬法。〔註32〕」禪宗主張人皆有佛性，只要自識本心，靈明獨現，即可頓悟成佛。

　　另〈無去無來本湛然〉亦見相同旨趣，云：

　　　　無去無來本湛然，不居內外及中間。

　　　　一顆水精絕瑕翳，光明透滿出人天。（二八）

首句形容心性虛寂不動之貌；下句則為上句意念之具像化，將本心喻為晶瑩無瑕之水精（晶）珠。此詩旨亦與茶陵郁山主〈開悟詩〉相近，其曰：「我有明珠一顆，久被塵勞關瑣，今朝塵盡光生，照破山河萬朵。〔註33〕」世俗之人如能悟透萬物本質，破除妄念，則本心當如絕瑕無翳之水晶，澄澈而明亮。

　　而〈松月冷颼颼〉則用不角度詮釋，曰：

　　　　松月冷颼颼，片片雲霞起。唇匝幾重山，縱目千萬里。

　　　　谿潭水澄澄，徹底鏡相似。可貴靈臺物，七寶莫能比。（四九）

詩中所及松月、空雲、重山、澄溪皆為大自然純淨之表徵，亦同人之本心。而清澄空澈之本心乃彌足珍貴，連西方極樂淨土之七寶〔註34〕都無法與之比況。此詩巧妙地借物顯理，寄寓人們當自識本性，借喻巧妙，使人有「水中著鹽，飲水乃知鹽味」

〔註32〕聖印法師譯，《六祖壇經今譯》（台北：天華出版，民國76年五版），頁29。
〔註33〕引自廖閱鵬，《禪門詩偈三百首》第四輯，頁808。
〔註34〕《阿彌陀經》曾云：「極樂國土，有七寶池，八功德水，充滿其中，池底純以金沙布地。四邊階道，金、銀、琉璃、玻璃合成，上有樓閣，亦以金、銀、琉璃、玻璃、硨磲、赤珠、瑪瑙，而嚴飾之。姚秦・鳩摩羅什譯，《佛說阿彌陀經》，《大藏經》十二冊，頁346～347。

之感。

　　綜上，捨得禪理詩，雖題材略顯呆板，用語俗白，但所闡述之禪理及比興手法，令人印象深刻，而有「嘗鼎一臠，知其餘味矣」。

（二）表禪境

　　前人評禪詩，每每主張無禪語而有禪趣，寓禪理而無理跡。然而，禪趣最佳表現，往往通過禪境之顯現〔註35〕。捨得另有表禪境之佳構，寫來意境高遠，理趣深邃，云：

> 平生何所憂，此世隨緣過。日月如逝波，光陰石中火。任他天地移，我暢
> 巖中坐。（四六）

所謂「心隨萬境轉」，外在景物往往為內心之投射。一旦本心自在，則無所不從容，即使「天地遷移」，依然「暢巖中坐」。全篇無意鍛鍊，通體散行，意境悠遠，有神無跡，詠之餘味無窮矣。

四、幽隱之趣

　　常言「天下名山僧占多」，佛國多處山水名勝，故旖旎山水美景，成為僧詩常用之意象。其認為山水草木蘊含宇宙人生之禪機，一機一境皆法身具體體現。所謂「山林大地皆念佛法」，「青青翠竹，盡是法身，鬱鬱黃花，無非般若」自然界中閑雲孤月，深潭飛泉，翠微碧峰，無不成為釋意佛性之外化。

　　捨得作品題材未稱豐贍，但有少數山水託志之作。對仗工整，文情質樸，頗有文士詩作風格。然觀其內容並非單純描繪山水，其中更寄含詩人欲救度眾生脫離苦海之慈悲情懷，詩曰：

> 雲山疊疊幾千重，幽谷路深絕人蹤。
> 碧澗清流多勝境，時來鳥語合人心。（三六）

此詩藉幽深清遠之山景，抒發閑適靈空之情懷。白雲繚繞，層巒疊嶂，位於其間之幽徑，人煙罕至，未知其深；碧綠之澗流，及眾多勝景，不禁使人心曠神怡，蕩而忘返。有言：「蟬噪林逾靜，鳥鳴山更幽」時來鳥語，平添情趣，更為幽峭雲山、谷壑、澗溪注入盎然生機，無怪乎詩人發出「時來鳥語合人心」之讚語。全詩無斧鑿痕，寫來自然流暢，清逸有致，猶似一幅空靈寂靜、天然渾成之山水墨畫。

　　再引〈雲林最幽棲〉一首，云：

> 雲林最幽棲，傍澗枕月谿。松拂盤陀石，甘泉湧淒淒。

〔註35〕張伯偉，《禪與詩學》（浙江：浙江人民出版社，1992年9月），頁239。

　　　　　靜坐偏佳麗，虛巖曚霧迷。怡然居憩地，日斜樹影低。（五三）
詩旨主要闡述山林隱居之樂。首兩句，乃寫山林幽隱之貌。王維〈桃源行〉：「當時
只記入山深，青溪幾度到雲林。」雲林即幽隱處。煙嵐、翠松、甘泉則織構出悠閒
清靜，不累俗世之山居勝景。下兩句則道出詩人靜坐賞景，怡然自適，不知日斜又
一日之閑適情趣。整首筆調生動，絕塵拔俗，所言山居怡然自適之境，令人心生嚮
往。

　　上兩者純為山水佳構，下兩首則藉景寄情，抒發對芸芸眾生之慈悲情懷，曰：
　　　　　若論常快活，唯有隱居人。林花常似錦，四季色常新。
　　　　　或向巖間坐，旋瞻丹桂輪。雖然身暢逸，卻念世間人。（三八）
首句開門見山指出：「唯有隱居人」才能「常快活」。「唯有」表事情看法與肯定，加
深論述。二、三句則為隱者生活寫照，花團錦簇，四季更迭，美景依舊；閒餘無事，
則依坐山岩，仰望天際皎月，此般生活，真如「山中無曆日，寒盡不知年」，愜意之
至，悠然之極也。結尾處，筆鋒遽轉，道出「雖然身暢逸，卻念世間人」之喟嘆。
顯然，拾得主張大乘佛教修持方法，認為修行要「自他二利」，不僅「自求解脫」，
還得「普渡眾生」，方能證得佛果。地藏菩薩嘗發弘願：「地獄未空，誓不成佛；眾
生度盡，方證菩提」。此種「不為己身求安樂，但願眾生得離苦」之願力，昭然若揭。
全詩藉由暗喻手法，說明修練達至「快活」、「暢逸」境地，仍未足夠，尚該念及眾
生，盡力渡化，才臻修行之目的。

　　再觀一首，曰：
　　　　　可笑是林泉，數裏少人煙。雲從巖嶂起，瀑布水潺潺。
　　　　　猨啼暢道曲，虎嘯出人間。松風清颯颯，鳥語聲關關。
　　　　　獨步繞石澗，孤陟上峯巒。時坐盤陀石，偃仰攀蘿沿。
　　　　　遙望城隍〔註36〕處，惟聞鬧喧喧。（五四）
此詩疑擬寒山之作〔註37〕。可笑，可喜之意；林泉則點明隱居處。駱賓王《疇昔篇》
有言：「自有林泉堪隱棲，何必山中事丘壑。」典化於此。層巒峻谷，懸泉映帶，鳥
鳴喞啾，靈山秀色，彷若身處人間仙境，此時尋幽登峯，遙望遠方城鎮，熱鬧非凡。
整首雖寫山居情趣，卻藉登高遠望，暗托對世俗凡子之關懷，其慈悲為世之胸襟，
灼然見之。

〔註36〕城隍：泛指城池。「城」即城牆，「隍」是城牆外側之護城壕溝。
〔註37〕此首與寒山〈可重是寒山〉語句相似，茲迻錄如下，俾供參照：「可重是寒山，白雲
　　　　常自閑。猿啼暢道內，虎嘯出人間。獨步石可履，孤吟藤好攀。松風清颯颯，鳥語
　　　　聲關關。」

　　綜上，拾得山水之作，未稱聲情並茂，卻也鮮明生動，寓意深遠。詩僧寫境，往往不是寫實，而是寫心，外觀僅是主觀世界之依託，用作譬喻和象徵。拾得此類作品，雖未脫離僧侶本色，但其性靈自然流露，及展現大乘佛教之慈悲胸襟，爲詩作最大之特質。

第伍章　拾得詩歌形式探析

第一節　詩歌之體貌

　　詩外在結構，形相具體，常使人聯想「格法」相類之事物；因此，討論詩歌體貌或許呆板迂腐，卻是用一理性手段剖析作品組織結構，瞭解其形式美之必要途徑。以下即從拾得詩所呈現語言特質、詩偈套式，藉以說明其詩體貌特色。

一、用語特色

　　語言文字乃達意傳情之工具，故悉詩之用語特質，便可詳其內容思想。考拾得詩所用語言，大致可分兩類：一為俚俗口語；二是佛教語彙。然觀此兩種語言特色，其淵源可溯至漢時佛經譯傳。漢末迄隋唐，卷帙浩瀚之梵文佛經，陸續譯成中文，以便人民傳閱。由於當時譯經多賴番僧口譯、信士筆受，為達致宣傳群眾目的，所譯文體力求通俗易懂，促成新白話文體之產生。梁啓超〈翻譯文學與佛典〉曾謂：「若專以文論，則當時諸譯師，實可謂力求通俗。質言之，則當時一種革命的白話新文體也。〔註1〕」可見，拾得用語特質，即承續漢譯佛經風格。

（一）俚俗口語

　　拾得詩多採俚俗口語，不僅易懂，更產生親近貼切之感受。今存拾得作品，所用俗語俚詞，俯拾即是，有名詞、動詞、形容詞、副詞等，除展現其詩通俗性外，更突顯佛教白話詩之風采。試捻數例，以作說明。

　　1. 名　詞

〔註 1〕梁啓超，〈翻譯文學與佛典〉（收於《飲冰室專集》第七冊，臺北：台灣中華書局，民國 76 年 12 月），頁 19。

歸納拾得作品之口語俚詞，主要以名詞爲多，計有：

（1）人物：癡眾生、鄺俗士、出家輩、取相漢、禪客、老夫、看人、惡部童、盲人、客作兒、多知漢……。

（2）器物：銀盤、椀碟、錦繡包、稱衡、稱紐、掃箒、水精珠……。

2. 形容詞

餒餒、黑如漆、甜如蜜……。

3. 動　詞

喫、啼哭、出頭、烹豬、宰羊、鑽入、不省、推、插……。

另外，尚有「這箇意」、「論情」、「大有」、「嗟見」、「火急」、「準擬」、「目下」、「造罪」……等諸多口語俚詞靈活運用，是造成詩呈現淺顯易懂、信口信手隨意拈弄特色之主因。而上述淺近俚語俗諺，同時也爲日後研治唐代白話文學者，提供大量寶貴方言素材〔註2〕。

（二）佛教語彙

詩乃一種語言藝術，詩之創作即語言之創造。要研究詩作風格，絕不可忽略作者使用語言。詩之內涵與語言可謂一體兩面，若僅就詩內涵或語言論詩，是不易得到詩人風格之全貌。正如認識一個人特性，不能單憑其面貌或性情；必總括來看，始能對此人有一正確之認知。〔註3〕故詩內涵愈豐富，所用語言也必如此。拾得爲詩好用口語俚詞，但絕非用語全部，其亦使用大量佛教術語，造成詩歌具有濃厚之宗教色彩。

舉如：

說人愚癡無明，是用：「迷本心」、「役名利」、「癡眾生」、「癡子」、「迷津」、「凡愚」、「無明」、「愚人」、「盲人」、「頑頓人」、「無明賊」。稱人生短暫虛幻，計爲：「浮生」、「夢事」、「如逝波」、「石中火」、「無常」、「浮世」、「浮漚」、「夢幻身」。論因果輪迴報應有：「分段身」、「求出離」、「三界」、「三途」、「來世因」。

至於幽冥鬼界，則爲「地獄」、「閻羅使」、「波吒」、「黑暗坑」、「阿鼻」、「夜叉」、「閻王」、「鑊湯」、「鐵床」等。

另外，論及皈依守誡行儀等，則用：「造業」、「搆架」、「造天堂」、「出家」、「清閑」、「覺悟」、「修行」、「自修」、「布施」等；說佛教器物：「罪簿」、「摩尼珠」、「七寶」。其它諸如「化度」、「無上道」、「菩提路」、「慧心」、「無生」、「無上事」、「因緣」、

〔註2〕如拾得第二十一首〈故林又斬新〉末兩句「借問嵩禪客，日輪何處暾」中所使用「日輪暾」即江南吳人所謂太陽升起之意，可見其詩保存當時南方所用方言。

〔註3〕語見朱鳳玉，《王梵志詩研究》上冊，頁208。

「出性」、「佛性」、「人天」、「天眞佛」、「三毒酒」、「解脫」、「涅槃」、「般若」、「當來」……等佛教專有術語，均是拾得詩常見之佛教語彙。

簡言之，拾得本國清寺僧人，浸淫釋典，故詩中多有佛教用語。其目的是透過佛教語詞，闡述人生無常、輪迴果報、皈依守誡等哲理；同時，藉由描繪地獄情景，如死後受地獄之酷刑責，牛頭鬼使拘捕等，使人震懾，心生畏懼，進而皈依莊嚴神聖之佛法，求取解脫。

二、拾得詩之套式分析

如前述，拾得詩與唐代格律詩體有所不同，是融合詩歌與偈頌之佛教詩歌，又稱「詩偈」。「詩偈」皆有一定使用特殊慣例，該慣例又名「套式」。關於「套式」爲何，今人王小盾、孫尚勇嘗撰〈唐代佛教詩歌的套式及其來源〉〔註4〕說明之，曰：「詩偈爲獨立文體，具有一重要表徵，即擁有一批不同於當時流行詩歌之套式。套式是文學傳播過程中產生的一個普遍現象，通常指文學作品中因承襲與模仿而造成的語言、修辭手段、結構方式以至文體規範的模式。其中因承襲語言而形成的套式可謂"套語"，因承襲結構、修辭、文體而形成的套式則可稱"修辭套式"、"結構套式"和"體裁套式〔註5〕"。這些套式在唐代詩偈中均有表現。〔註6〕」顯然拾得詩中亦見此特質，因此，本小節擬效該文所提分析方法，探析其詩所呈現套式特色。

（一）套　語

有關套語部分，可分成：1. 表情套語　2. 祈使套語　3. 否定套語　4. 敘事套語四類。

1. 表情套語

其功用強調敘述者主體之存在，藉以傳達情感和願望，主要特徵多爲第一人稱。據統計，拾得詩所用"我"字共14次，分見第九首〈我詩也是詩〉：「我詩也是詩，有人喚作偈。」、第十首〈有偈有千萬〉：「共我不相見，對面似千山。」、第十四首〈我勸出家輩〉：「我勸出家輩，須知教法深。」、第十六首〈從來是拾得〉：「別無親眷屬，寒山是我兄。」、第二十五首〈銀星釘稱衡〉：「不顧他心怨，唯言我好手。」、第二十七首〈悠悠塵裏人〉：「我見塵中人，心多生戀顧。」、第三十九首〈我見出家

〔註4〕該文原宣讀於2002年5月香港浸會大學中文系主辦「唐代文學與宗教」學術研討會，後輯入《唐代文學與宗教》論文集，由香港中華書局於2004年5月出版。

〔註5〕有關文中所提「體裁套式」，在拾得詩中並未見，故本小節不列入分析。

〔註6〕前揭文，頁422。

人〉：「我見出家人，總愛喫酒肉。」、第四十首〈我見頑鈍人〉：「我見頑鈍人，燈心柱須彌。」、第四十一首〈君見月光明〉：「人道有虧盈，我見無衰謝。」、第四十二首〈余住無方所〉：「東海變桑田，我心誰管你。」、第四十六首〈平生何所憂〉：「任他天地移，我暢巖中坐。」第五十六首〈我見世間人〉：「我見世間人，箇箇爭意氣……我與汝立碑記。」、佚詩第一首〈無瞋是持戒〉：「我性與汝合，一切法無差。」；"余"字共 2 次。第四十二首〈余住無方所〉：「余住無方所，盤泊無爲里。」與第四十四首〈般若酒冷冷〉：「余住天台山，凡愚那見形」。

由此可見，捨得常用表情套語，以 "我" 字居多，更加證實其詩具備使用當時口語之傾向〔註7〕。

2. 祈使套語

祈使套語作用與表情套語相近，但是將情感和願望訴諸聽眾，且對象由主轉客，其表現特徵爲第二人稱代詞之使用。捨得詩第二人稱代詞計有："汝"字 6 次，如第二首〈嗟見世間人〉：「更得出頭時，換却汝衣服。」、第六首〈佛哀三界子〉：「教汝癡眾生，慧心勤覺悟。」、第三十首〈三界如轉輪〉：「汝看朝垂露，能得幾時子。」、第五十六首〈我見世間人〉：「汝若會出來爭意氣，我與汝立碑記。」、第五十七首〈家有寒山詩〉：「家有寒山詩、勝汝看經卷。」、佚詩第一首〈無瞋是持戒〉：「我性與汝合，一切法無差。」；"爾"字 1 次，爲第三首〈出家要清閒〉：「可憐無事人，未能笑得爾。」；"你"字 2 次，第十三首〈世上一種人〉：「一朝有乖張，過咎全歸你。」、第四十二首〈余住無方所〉：「東海變桑田，我心誰管你」。

顯見捨得喜好使用 "汝" 字之祈使套語。不過，"汝"字並非唐代口語常用之 "你" 字，疑與當時佛教僧侶慣用字有關〔註8〕。

3. 否定套語

否定套語用於強化語氣，亦有通過否定來強化肯定效果。其詞有：未能、莫稱、不要、不許等。詩例如第十一首〈世間億萬人〉：「但自修己身，不要言他己。」；第二十六首〈閉門私造罪〉：「縱不入鑊湯，亦須臥鐵床。不許雇人替，自作自身當。」

〔註7〕 據王、孫文中（頁445）引吳福祥《敦煌變文語法研究》之說明：「唐五代口語中的第一人稱代詞已完全統一於 "我"，"吾" 則是保留了文言影響的代詞。」從中可證，捨得詩確實具有使用當時口語之傾向。

〔註8〕 據〈唐代佛教詩歌的套式及其來源〉文末註解12（頁445）所言：「在唐代口語中，"你" 已取代 "爾" 成爲最流行的第二人稱代詞；至於北宋後期則進一步取代 "汝" 字，成爲口語第二人稱代詞的唯一形式。但佛教文獻中的口語代詞仍以 "汝" 爲多，例如《六祖壇經》使用 "汝" 字85次、"你" 字1次，《神會和尚語錄》使用 "汝" 字7次、"你" 字0次，《祖堂集》使用 "汝" 字742、"你" 字361次。」之語研判，捨得詩用「汝」字多於「你」字特性，與唐五代僧侶用字習慣有關。

皆使用否定套語，強調所要表達之要旨。

4. 敘事套語

即用講故事習慣口吻，陳述事實，例如從來、自從等。捨得第十六首〈從來是捨得〉：「從來是捨得，不是偶然稱。別無親眷屬，寒山是我兄」；第四十五首〈自從到此天台寺〉：「自從到此天台寺，經今早已幾多春。」均運用敘事套語，說明生平相關情事。

（二）修辭套式

善用詩歌修辭技巧，能提昇言語表達效用，豐潤作品藝術特質。捨得為詩，屏絕藻繢，旨遠意真，無論描摹世態人情、山水景物及警世宣佛，皆準確翔實、鮮明生動，可謂發乎性情，含蓄天成。而此「自然渾成」之詩歌，所用修辭技巧，以重複、對比、白描與譬喻為主。

1. 重　複

即「反覆」。反覆是指同一說法，重複出現，是民間文學常見修辭技巧。反覆目的，通常為強調思想主題或某種特殊韻味，具有方便記憶之功能，其類別有四：字之反覆、詞之反覆、句之反覆、情節反覆等。其中以「詞之反覆」為捨得常用。

所謂「詞之反覆」，是指同一詞彙分別出現於前句尾與後句首，又稱之為「頂真」。使用「頂真」最遠可溯至《詩經》時代，為樂府、古詩等民間文學作品常用之修辭法。其又分兩類：一是聯珠格，通常使用於同段語文中，連續或不連續之句子。另一連環體，則運用於段與段之間，兩者僅「句」、「段」大小之差別。〔註9〕而捨得使用「頂真」法，是屬前者，後者幾乎未見。茲舉〈出家要清閒〉，略作說明：

> 出家要<u>清閒</u>，<u>清閒</u>即為貴。如何塵外人，却入塵埃裏。
>
> 一向迷本心，終朝役<u>名利</u>。<u>名利</u>得到身，形容已顦頓。
>
> 況復不遂者，虛用平生志。可憐無事人，未能笑得爾。

據上，句中「清閒」與「名利」，使用聯珠格。其用意強調出家要「清閒」外，亦將對比之「名利」予以點明，使人產生強烈對照。再者，捨得第三十五首〈常飲三毒酒〉云：「常飲三毒酒，昏昏都不知。將錢作<u>夢事</u>，<u>夢事</u>成鐵圍。以苦欲<u>捨苦</u>，<u>捨苦</u>無出期。應須早<u>覺悟</u>，<u>覺悟</u>自歸依。」顯然，捨得好用此修辭技巧，藉以加深主題與方便記誦。

2. 對　比

「對比」指兩相對立、矛盾之事物，以對照方法敘述，使其形象和特徵更為鮮明。

〔註9〕黃慶萱，《修辭學》，頁693。

拾得亦善用此手法，用以發揮、深化主題。

如第二首〈嗟見世間人〉節錄：

> 昨日設箇齋，今朝宰六畜。都緣業使牽，非干情所欲。
>
> 一度造天堂，百度造地獄。閻羅使來追，合家盡啼哭。

以天堂與地獄爲對比，主要告誡眾生，殺生食肉，卒後將入地獄受難。

又第十四首〈我勸出家輩〉，云：

> 我勸出家輩，須知教法深。專心求出離，輒莫染貪淫。
>
> 大有俗中士，知非不愛金。故知君子志，任運聽浮沉。

則用出家輩與俗中士作對照，訓誡出家者莫染貪淫，而隨世俗沉浮。

3. 白 描

白描，乃鋪陳其事，不務雕琢，如抒胸臆。換言之，即言語上不假修飾地明說，且能緊扣要旨，使形容之事物，形象具體鮮明，議論之道理，深刻易懂。拾得詩以通俗淺顯見長，故詩作使用白描之例，舉目皆是。茲撮取數例，以詳其賅：

> 人生浮世中，箇箇願富貴。高堂車馬多，一呼百諾至。
>
> 吞併他田宅，準擬承後嗣。未逾七十秋，冰消瓦解去。（五一）

旨在諷諭世人貪圖富貴，終不免一死。人生如幻化，功名富貴，皆過眼煙霞，苦苦營求，徒增一己之困惑與傷感耳。全首使用白話般口吻敘述，使讀者一目了然，印象深刻。

再看下三首：

> 我見出家人，總愛喫酒肉。比合上天堂，卻沈歸地獄。
>
> 念得兩卷經，欺他道鄽俗。豈知鄽俗士，大有根性熟。（三九）
>
> 我勸出家輩，須知教法深。專心求出離，輒莫染貪淫。
>
> 大有俗中士，知非不愛金。故知君子志，任運聽浮沈。（十四）
>
> 出家要清閒，清閒即爲貴。如何塵外人，卻入塵埃裏。
>
> 一向迷本心，終朝役名利。名利得到身，形容已顦顇。
>
> 況復不遂者，虛用平生志。可憐無事人，未能笑得爾。（〇三）

以上均告誡出家者須清淨修道。三首全以通俗暢達之言論，娓娓道出當時出家人醜態，並用對比烘托及寫實語調，懇勸其應專注修行，以求早日脫離苦海。

綜上，拾得善用貼切之生活語言，白描鋪述其對佛教戒律之遵從與對世人眞諄之教誨，雖言詞質樸無華，但說理透闢，發人省思，不失通俗議論詩之特質。

4. 譬 喻

譬喻又稱「比喻」，乃「借彼喻此」之修辭法，「譬喻」最早是見《墨子‧小取》，

其曰：「辟也者，舉也物而以明之也。〔註 10〕」「辟」是譬喻；「也物」即他物，墨子認為譬喻是以他物說明此物。適當運用譬喻，能令語言形象化，難理解事物、道理淺顯化。如設喻巧妙，更可使讀者於恍然大悟中，心生驚佩，從而增添作品藝術效果。至於「譬喻」結構及類型，今人黃慶萱《修辭學》闡述甚詳，其曰：

> 「譬喻」句式，是由「事物本體」和「譬喻語言」兩大部分構成。所謂「事物本體」是指要說明的事物本身，簡稱「本體」。所謂「譬喻語言」則為譬喻說明此一事物本體的語言，又包括：「喻體」，拿來作比方的另一事物；「喻詞」，是連接本體和喻體的語詞；有時更添增「喻旨」，把譬喻的意義所在也點出。……所以譬喻可分：明喻、隱喻、較喻、略喻、借喻、詳喻、博喻等。〔註11〕

據悉，譬喻概由「本體」、「喻體」與「喻詞」三要素構成，從中衍化多種不同類型。

　　歸納拾得詩所用譬喻技巧，計有明喻、隱喻及借喻三者。

　　（1）明　喻

　　明喻即以性質、形態、動作、功用等相類之事物，用為比擬。其中可見「似」、「如」、「若」、「猶之」等喻詞之使用。例如：

> 造業大如山，豈解懷憂怕。（○一）
> 面貌似銀盤，心中黑如漆。
> 烹豬又宰羊，誇道甜如蜜。（○五）
> 共我不相見，對面似千山。（十）
> 三界如轉輪，浮生若流水。（三十）
> 狀似摩尼珠，光明無晝夜。（四一）
> 瀑布懸如練，月影落潭暉。（四八）

由上知悉，拾得詩多以「如」、「若」、「似」喻詞為用，且並無太多新鮮感與獨創性，可能與詩務求通俗平易有關。

　　（2）隱　喻

　　「隱喻」亦稱「暗喻」，乃將明喻之「喻詞」省去，而以「是」、「為」、「作」、「當成」等「繫詞」及「準繫詞」替代。例如〈銀星釘稱衡〉，詩曰：

> 銀星釘稱衡，綠絲作稱紐。買人推向前，賣人推向後。
> 不顧他心怨，唯言我好手。死去見閻王，背後插掃箒。（二五）

〔註10〕李漁叔註譯，《墨子今註今譯》（臺北：臺灣商務印書館，民國 77 年 4 月），頁 317。
〔註11〕黃慶萱，《修辭學》（臺北：三民書局，2002 年 10 月第三版），頁 327。

此詩諷刺世人錙銖必較，不顧死後入地獄受罰。頭兩句以秤桿〔註12〕之衡量暗喻世人爲名利斤斤計較之態；結尾處，「背後插掃箒〔註13〕」則暗比死後所受輪迴之苦。相似例子，不乏舉見，如以三毒酒暗喻世俗煩惱之貪、瞋、癡〔註14〕；大深阬則是地獄惡道等。

（3）借　喻

至於借喻，其結構僅剩「喻體」而無「本體」、「喻詞」。此修辭捨得詩較鮮見，僅觀得：五十二首〈水浸泥彈丸〉：「水浸泥彈丸，思量無道理。」；十七〈若解捉老鼠〉「若能悟理性，那由錦繡包。」二首。首例「水浸泥彈丸」以泥丸入水，不復成團，代指世俗一切，虛幻不實，生滅無常；後者「錦繡包」則用比作衣著華麗。

從上可知，捨得好以設喻方式，以助解詩中難懂事物與道理，且所用題材，多與佛教經義相關〔註15〕。不僅富漢語詞彙〔註16〕，更見其獨創性。

（三）結構套式

結構套式是按固定程式而成之詩組，其包括時序套式、事序套式〔註17〕、重句套式三種，其中又以重句套式較常見。

重句套式是由多首詩偈組成，其特色爲同組間有若干相同之文字。〔註18〕今檢捨得詩，並無時序、事序二種套式，但有兩首尚可歸納爲重句套式，分別爲第二、八首之〈嗟見世間人〉，詩云：

嗟見世間人，簡簡愛喫肉。椀楪不曾乾，長時道不足。

昨日設簡齋，今朝宰六畜。都緣業使牽，非干情所欲。

一度造天堂，百度造地獄。閻羅使來追，合家盡啼哭。（○二）

〔註12〕 銀星：是指嵌在秤桿上表示量度之金屬圓點，以其色白如銀，故名之。稱鈕：即秤鈕，繫在秤桿前端以便懸提秤桿的繩扣。

〔註13〕 所謂「背後插掃箒」是指投生爲畜生，「掃箒」比喻畜生尾巴。見項楚，《寒山詩注》，頁872。

〔註14〕 貪是貪愛五欲；瞋是瞋恚無忍；癡是於癡無明。因貪、瞋、癡能毒害人們身命與慧命，故名三毒。

〔註15〕 「譬喻」爲佛教施教方式之一，使深奧的佛理易於人知曉。在佛教經典中據說有「大喻八百，小喻三千」，顯然此種修辭方法，在佛教運用相當普及。今觀捨得所用喻詞，多引佛典中事物，如上揭示外，另有「智慧劍」、「無名賊」等，此種富有宗教色彩之喻詞，除爲漢語詞彙注入一股新流外，亦可說是捨得詩最大特質。

〔註16〕 梁曉虹曾曰：「佛教和佛經本身的特點決定了佛經中多用譬喻的現象，從詞彙學角度觀察，其結果是使漢語增加一大批具體、形象、生動的詞語，增強漢語的表現力」《佛教與漢語詞彙》（臺北：佛光文化，民國90年8月），頁287。

〔註17〕 有關「時序套式」、「事序套式」之說明，請參閱該文，頁426～427。

〔註18〕 前揭文，頁428。

　　嗟見世間人，永劫在迷津。不省這箇意，修行徒苦辛。（○八）
以上兩首原排序並非相連，不過從首句均為「嗟見世間人」及內容研判，似乎為一組套詩，後者為前者內容之重申，疑此二詩應是使用重句套式，目的為求加強「嗟見世間人」議題之用。

（四）小　結

　　總之，拾得詩呈現之套式，無論是套語、修辭及結構皆見其特點，此也說明為何有人將其視作「偈」，而不言「詩」。然觀上述分析結果，拾得所用修辭技巧或不及當時文人，但所作特殊文體之詩偈，對中國口語文學，及詩歌發展歷史皆具一定地位與影響。

第二節　聲律特色

　　詩是一種音樂化之語言，誦時金聲玉振，聽時抑揚悅耳。考清沈德潛《說詩晬語》有云：

> 詩以聲為用者也，其微妙在抑揚抗墜之間，讀者靜氣按節，密詠恬吟，覺前人聲中難寫，響外別傳之妙，一齊俱出。〔註19〕

據悉，聲音抑揚抗墜正是詩歌音律表現。而詩歌音律外在表現，不外有三：一、同音相成之「重疊」；二、異音相續之「錯綜」；三、同韻相協之「呼應」〔註20〕，即疊字、雙聲、押韻。今檢拾得詩聲律特色，以疊字、用韻為主，以下就二者探述之。

一、疊　字

　　疊字，亦稱重言，是相同兩字重疊使用，古時又稱「複字」、「雙字」。關於疊字起源和修辭功用，南朝劉彥和《文心雕龍·物色篇》有明示，曰：

> 是以詩人感物，聯類不窮。流連萬象之際，沈吟視聽之區；寫氣圖貌，既隨物以宛轉；屬采附聲，亦與心而徘徊。故「灼灼」狀桃花之鮮，「依依」盡楊柳之貌，「杲杲」為出日之容，「瀌瀌」擬雨雪之狀，「喈喈」逐黃鳥之聲，「喓喓」學草蟲之韻；皎日嘒星，一言窮理，參差沃若，兩字窮形；並以少總多，情貌無遺矣。雖復思經千載，將何易奪？〔註21〕

〔註19〕清·沈德潛，《說詩晬語》（收於《叢書集成續編》第一一九冊，臺北：新文豐，民國78年），頁331～332。
〔註20〕黃永武，《中國詩學·鑑賞篇》，頁168。
〔註21〕黃叔琳注、李詳補注，《增訂文心雕龍校注》（北京：中華書局，2000年8月一版），

此段話不僅對疊字起源和功用，評述詳盡，對其能產生神奇效果，亦予以高度讚頌。疊字既雙聲，又疊韻；用於修辭言語文字，能眞實表達思想感情，反映事物具體形象；亦可促進音調修辭鏗鏘，增強音韻美和藝術形象立體感，使人深化印象，提昇趣味。

今觀拾得詩之疊字修辭，無論表達詩歌情感，具體描摹事物等，皆見巧思，茲簡述如下：

（一）描摹事物的聲音〔註22〕

即所謂「疊音詞」。「疊音詞」是借用兩個相同之字構詞，以描摹某一種聲音，或形容某一種狀態，和字的本來意義無關〔註23〕。分別有：

　　雲從巖嶂起，瀑布水潺潺。（潺潺，流水聲。）（拾五四）
　　松風清颯颯，鳥語聲關關。（颯颯，風聲；關關，鳥鳴聲。）（同上）
　　遙望城隍處，惟聞鬧喧喧。（喧喧，喧鬧之聲。）（同上）
　　松月冷颼颼，片片雲霞起。（颼颼，風聲。）（拾四九）

所引詩例均屬描摹自然界事物各種聲音，以達如聞其聲之修辭效果，其中多爲形容詞。

（二）表示概括性和強調的意味

漢語語法中，名詞或數量詞重疊後有「任一」或「每一」之意時，即對詞語產生概括或強調之作用。例如：

　　不唯賢與愚，箇箇心攢架。（拾○一）
　　嗟見世間人，箇箇愛喫肉。（拾○二）
　　生生勤苦學，必定覲天師。（拾三二）
　　松月冷颼颼，片片雲霞起。（拾四九）

上舉諸例，皆是藉單音節字之重疊，形成獨立意義之新複合詞。如「箇箇」是「每個」；「生生」爲「每一生」；「片片」則是「每片」，其最大優點可使語調錚錚有聲，用詞更爲洗鍊與助人聯想。

（三）加重表達的語氣

此類疊字拾得詩爲數較夥，舉如：

　　頁 566。
〔註22〕其分目乃據高平平，〈疊字的修辭功用〉（刊載《中國語文》第 498 期，民國 87 年 12 月）文中所分。
〔註23〕語見竺家寧，《漢語詞彙學》（台北：五南圖書出版社，民國 88 年），頁 280。

緩緩細披尋，不得生容易。（緩緩，慢也。）（拾○九）

古佛路淒淒，愚人到却迷。（淒淒，淒涼貌。）（拾三二）

常飲三毒酒，昏昏都不知。（昏昏，知覺不清貌。）（拾三五）

雲山疊疊幾千重，幽谷路深絕人蹤。（疊疊，多層之意。）（拾三六）

般若酒冷冷，飲多人易醒。（冷冷，清涼貌。）（拾四四）

谿潭水澄澄，徹底鏡相似。（澄澄，水靜而清澈貌。）（拾四九）

全是借用重疊效果加重語氣。如「緩緩細披尋」，「緩緩」表極慢之意；「昏昏」則給人一種強烈昏沈和愚昧無知之感。

　　據悉，拾得因詩運用疊字修辭，不僅提昇作品立體感與深度，同時也反映其對詩歌音律之認知。

二、用　韻

　　韻是詩歌基本要素，使用韻，就能造成悠揚和諧、循環往復之音樂美。用韻，係指收音相同之字，一再重疊出現於各句句末，促成詩歌前後呼應之效果，即劉勰《文心雕龍・聲律篇》所謂「同聲相應謂之韻〔註24〕」者是。

　　拾得為詩不求典雅，不拘格律，用韻亦同，不受韻書之束縛。綜觀歷來拾得詩韻研治論述，僅得若凡〈寒山子詩韻（附拾得詩韻）〉與苗昱《王梵志詩寒山詩（附拾得詩）用韻比較研究》碩士論文〔註25〕。若文因撰文時間較早，有不少拾得詩作未能納入整理〔註26〕；苗昱則因底本較佳〔註27〕，資料、評論皆較若凡齊備。不過，二文皆未將寒、拾詩韻分出，使人有混淆不清之感。故本小節擬以上述研究成果，重新梳理拾得詩韻，以詳用韻情形。

（一）拾得詩韻

　　其凡例說明如後：

　　1. 韻字來源及詩序，皆以項楚《寒山詩注（附拾得詩注）》為底本〔註28〕。

〔註24〕同註21，頁431。

〔註25〕苗昱，《王梵志詩寒山詩（附拾得詩）用韻比較研究》蘇州大學漢語文字學所碩士論文，2002年4月。

〔註26〕若凡發表該文時，許多寒山、拾得詩集之校注本（如錢學烈、項楚等）尚未出版，因此，其以《四部叢刊》與《全唐詩》所收寒、拾作品，理當是詩集最善本。但自項楚著述出版後，其歸納成果，顯明不足，尚需補充。

〔註27〕該文是以項楚《寒山詩注》為據，所歸納詩韻，殊為完善。

〔註28〕但二十三首〈一入雙溪不計春〉、二十九首〈少年學書劍〉與佚詩第二首〈東陽海水清〉因考證為非拾得之作，故不列入歸韻。

2. 體例分三部份：（1）韻字（2）韻譜（3）韻例。

3. 全文以攝為綱，下則依體例所分條例按序排列。異攝通押則附每攝之後，並以星號隔開。

4. 韻譜下之韻字前"〈 〉"裡，前為詩名，後數目字表詩次序，佚詩前加"佚"字；韻字旁小字，為所屬韻字。

通　攝

（1）韻　字

東董送屋韻

平聲東韻：空、中

上聲董韻：

去聲送韻：

入聲屋韻：谷、哭、服、腹、肉、逐、畜、熟

鍾腫用燭韻

平聲鍾韻：蹤

上聲腫韻：

去聲用韻：

入聲燭韻：俗、曲、獄、欲、浴、足

（2）韻　譜

東韻獨用

〈昨夜得一夢・佚三〉：空、中

屋韻獨用

〈躑躅一羣羊・二四〉：谷、逐、腹、肉

屋燭同用

〈嗟見世間人之一・二〉：肉屋、足燭、畜屋、欲燭、獄燭、哭屋、浴燭、服屋

〈我見出家人・三九〉：肉屋、獄燭、俗燭、熟屋

＊　＊＊

鍾韻與深攝侵韻通用

〈雲山疊疊幾千重・三六〉：蹤鍾、心侵

（3）韻　例

1. 平、入聲分押，無上、去聲為韻之字。

2. 鍾韻與深攝侵韻通用，凡一例。

止　攝

（1）韻　字

支紙寘韻

　　平聲支韻：彌、知、馳、施、兒、儀、危

　　上聲紙韻：此、是、尔

　　去聲寘韻：義、易

脂旨至韻

　　平聲脂韻：師

　　上聲旨韻：比、死、水

　　去聲至韻：利、頓、地、二、次、肆、鼻、至

之止志韻

　　平聲之韻：絲、癡、芝、時、期

　　上聲止韻：你、里、理、裏、子、似、己、起

　　去聲志韻：寺、嗣、事、志、記

微尾未韻

　　平聲微韻：依、飛、微、暉、圍

　　上聲尾韻：幾

　　去聲未韻：氣、貴

（2）韻　譜

支之同用

　　〈閑入天台洞・三一〉：知支、芝之、癡之、時之；〈後來出家子・三七〉：癡之、馳支、儀支、兒支

支之微同用

　　〈常飲三毒酒・三五〉：知支、圍微、期之、依微；〈迢迢山徑峻・四八〉：危支、飛微、暉微、期之

支之至同用

　　〈男女爲婚嫁・十二〉：儀支、施支、癡之、鼻至

止紙同用

　　〈世間億萬人・十一〉：似止、此紙、是紙、己止

旨止同用

　　〈三界如轉輪・三十〉：水旨、死旨、子止；〈松月冷颼颼・四九〉：起止、里止、似止、比旨

止旨尾同用

〈水浸泥彈丸‧五二〉：理止、幾尾、死旨、子止

紙止未至志同用

　　〈出家要清閑‧三〉：貴未、裏止、利至、頷至、志志、尔紙

至志未同用

　　〈我見世間人‧五六〉：氣未、地至、二至、記志

止至志同用

　　〈佛捨尊榮樂‧七〉：子止、事志、次至、寺志；〈世上一種人‧十三〉：事志、
　　肆至、理止、你止；〈余住無方所‧四二〉：里止、寺志、利至、你止

　　　　＊　＊＊

止攝至志未與遇攝御韻通用

　　〈人生浮世中‧五一〉：貴未、至至、嗣志、去御〔註29〕

止攝支真未與遇攝暮韻通用

　　〈運心常寬廣‧十八〉：布暮、施支、義真、貴未〔註30〕

（3）韻　例

　　1. 支脂之微四部同用比例甚多。

　　2. 平聲獨用，上、去聲有獨用亦有混用。

　　3. 與遇攝韻字通用有二例。

遇　攝

（1）韻　字

魚語御韻

　　平聲魚韻：

　　上聲語韻：女

　　去聲御韻：去

虞麌遇韻

　　平聲虞韻：

　　上聲麌韻：

　　去聲遇韻：趣

模姥暮韻

　　平聲模韻：

〔註29〕「去」字是「離去」意思，《廣韻》御韻爲“丘倨切”。此字於捨得口語裡可能已讀
　　　　同止攝。〈寒山子詩韻（附捨得詩韻）〉，110頁。

〔註30〕「布」、「施」二字疑不入韻。〈寒山子詩韻（附捨得詩韻）〉，110頁。

上聲姥韻：苦

去聲暮韻：顧、度、路、悟、布

（2）韻　譜

語暮同用

〈佛哀三界子‧六〉：女語、度暮、路暮、悟暮

姥遇暮同用

〈悠悠塵裏人‧二七〉：趣〔註31〕遇、顧暮、苦姥

（3）韻　例

1. 上去聲同用。

2. 遇攝魚、虞、模三部份，同用比例甚多，主要爲上去聲，有語暮同用，亦有姥遇暮同用。

蟹　攝

（1）韻　字

齊薺霽韻

平聲齊韻：迷、低、凄、齊、谿

上聲薺韻：

去聲霽韻：細

祭泰夬廢韻

去聲祭韻：偈

去聲泰韻：

去聲夬韻：

去聲廢韻：

（2）韻　譜

齊韻獨用

〈雲林最幽棲‧五三〉：谿、凄、迷、低

＊　＊＊

齊韻與止攝支微韻通用

〈我見完鈍人‧四十〉：彌支、微微、齊齊、迷齊

齊韻與止攝支脂之通用

〔註31〕「趣」字，若凡因以《四部叢刊》、《全唐詩》爲底本，而作「樂」字。其韻譜成爲「姥暮二韻與宕攝鐸韻通用」，並說明：「宕攝鐸韻"樂"字押入遇攝是極特殊的情況。」〈寒山子詩韻（附拾得詩韻）〉，頁 104。

〈古佛路淒淒·三二〉：迷_齊、知_支、絲_之、師_脂

祭霽二韻與止攝眞志通用

　　〈我詩也是詩·九〉：偈_祭、細_霽、易_眞、事_志

（3）韻　例

　　1. 平聲獨用。

　　2. 齊韻獨用，唯霽韻與祭韻同用一見。

　　3. 齊部字與止攝字通用有三例，除〈古佛路淒淒〉一首外，可視作換韻
　　　情況〔註32〕。

臻　攝

（1）韻　字

真軫震質韻

　　平聲眞韻：貧、鄰、津、辛、新、瞋、身、辰、人、因

　　上聲軫韻：

　　去聲震韻：

　　入聲質韻：蜜、漆、質

諄準稕術韻

　　平聲諄韻：輪、春

　　上聲準韻：

　　去聲稕韻：

　　入聲術韻：

文吻問物韻

　　平聲文韻：紛、文、曇、雲

　　上聲吻韻：

　　去聲問韻：

　　入聲物韻：物

魂混慁沒韻

　　平聲魂韻：墩

　　上聲混韻：

　　去聲慁韻：

〔註32〕例如〈我詩也是詩〉：「我見頑鈍人，燈心柱須彌。蟻子齧大樹，焉知氣力微。學咬
　　　兩莖葉，言與祖師齊。火急求懺悔，從今輒莫迷。」前四句一韻（支微同用），後四
　　　句一韻（齊韻獨用），是屬換韻情況。

入聲沒韻：

痕很恨韻

平聲痕韻：痕

上聲很韻：

去聲恨韻：

（2）韻　譜

真韻獨用

〈嗟見世間人之二・八〉：人、津、辛

〈身貧未是貧・佚四〉：貧、人、身、人

真諄同用

〈若論常快活・三八〉：人真、新真、輪諄、人真

〈自從到此天台寺・四五〉：春諄、人真

真文同

〈世有多解人・五十〉：文文、因真、瞋真、鄰真、辰真

真文魂同用

〈故林又斬新・二一〉：人真、津真、雲文、暾魂

＊　＊＊

真文兩韻與深攝侵韻通用

〈嗟見多知漢・四七〉：心侵、人真、因真、紛文

文韻與曾攝蒸登韻通用

〈閑自訪高僧・五五〉：雲文、羣文、澄蒸、燈登

質韻與通攝燭韻通用

〈得此分段身・五〉：質質、漆質、蜜質、曲〔註33〕燭

（3）韻　例

1. 真部字入韻最多，各部上去聲無入韻之字。

2. 臻攝一般不與他攝韻字通押，而拾得詩則見三例，其中〈閑自訪高僧〉
可視為換韻。

山　攝

（1）韻　字

寒旱翰曷韻

〔註33〕若文則作「屈」字，押入物韻，韻譜則成「質物同用」。〈寒山子詩韻（附拾得詩韻）〉，
頁119。

平聲寒韻：難

上聲旱韻：

去聲翰韻：

入聲曷韻：薩

桓緩換末韻

平聲桓韻：巒

上聲緩韻：

去聲換韻：

入聲末韻：

刪潸諫鎋韻

平聲刪韻：關

上聲潸韻：

去聲諫韻：

入聲鎋韻：

山產襉黠韻

平聲山韻：潺、山、間

上聲產韻：

去聲襉韻：

入聲黠韻：殺

元阮願月韻

平聲元韻：喧

上聲阮韻：

去聲願韻：

入聲月韻：發

仙獮線薛韻

平聲仙韻：沿、然

上聲獮韻：

去聲線韻：卷

入聲薛韻：滅、轍、絕

先銑霰屑韻

平聲先韻：天、煙、玄

上聲銑韻：

　　去聲霰韻：徧

　　入聲屑韻：

（2）韻　譜

　寒山先同用

　　　〈有偈有千萬·十〉：難寒、山山、玄先、山山

　山仙先同用

　　　〈無去無來本湛然·二八〉：然仙、間山、天先

　山刪桓仙先元同用

　　　〈可笑是林泉·五四〉：煙先、潺山〔註34〕、間山、關刪、彎桓、沿仙、喧元

　線霰同用

　　　〈家有寒山詩·五七〉：卷線、徧霰

　薛韻獨用

　　　〈君不見三界之中紛擾擾·二十〉：絕、滅

　月薛黠曷同用

　　　〈獼猴尚教得·十九〉：發月、轍薛、殺黠、薩曷

（3）韻　例

　　　1. 平聲、去聲、入聲韻基本分押；上聲韻無入韻之字。

效　攝

（1）韻　字

　宵小笑韻

　　　平聲宵韻：貓

　　　上聲小韻：

　　　去聲笑韻：

　肴巧效韻

　　　平聲肴韻：包、茅、交

　　　上聲巧韻：

　　　去聲效韻：

（2）韻　譜

　宵肴同用

〔註34〕原句為「瀑布水潺潺」。「潺」字，《廣韻》兩讀，一為山韻，潺湲水流；一為仙韻，潺湲流水貌，此應入山韻。《新校宋本廣韻》（台北：弘道文化出版，民國60年8月），頁129、138。

〈若解捉老鼠・十七〉：貓肴、包肴、茅肴、交肴

（3）韻　例

　　1. 平聲獨用，無上去聲入韻字。

果　攝

（1）韻　字

　戈果過韻

　　平聲戈韻：

　　上聲果韻：坐、火

　　去聲過韻：過

（2）韻　譜

　過果同用

　　〈平生何所憂・四六〉：過過、火果、坐果

（3）韻　例

　　1. 上去聲同用。

假　攝

（1）韻　字

　麻馬禡韻

　　平聲麻韻：差、家

　　上聲馬韻：灑、下

　　去聲禡韻：怕、詐、架、謝、夜、化

（2）韻　譜

　麻韻獨用

　　〈無瞋是持戒・佚一〉：家、差

　禡韻獨用

　　〈諸佛留藏經・一〉：化、架、怕、詐

　馬禡同用

　　〈君見月光明・四一〉：下馬、灑馬、謝禡、夜禡

（3）韻　例

　　1. 平、去聲獨用，唯〈君見月光明〉是上去聲同用。

宕　攝（附江攝）

（1）韻　字

　陽養漾藥韻

平聲陽韻：量、牀、傷、殃、王

上聲養韻：長〔註35〕

去聲漾韻：樣

入聲藥韻：

唐蕩宕鐸韻

平聲唐韻：當

上聲蕩韻：

去聲宕韻：浪

入聲鐸韻：

江講絳覺韻

（2）韻　譜

陽韻獨用

〈各天有眞佛・三三〉：王、量、殃、傷

陽唐同用

〈閉門私造罪・二六〉：殃陽、王陽、牀陽、當唐

養漾宕同用

〈井底紅塵生・佚五〉：浪宕、長養、樣漾

（3）韻　例

　　1. 無韻字押入江攝。

　　2. 平聲獨用，上去聲混用。

梗　攝

（1）韻　字

庚梗映陌韻

平聲庚韻：生、行、阬、橫、兄、榮

上聲梗韻：

去聲映韻：命、鏡

入聲陌韻：

清靜勁昔韻

平聲清韻：清、情

上聲靜韻：

〔註35〕「長」，廣韻有二讀，一爲陽韻指久、遠、常之意，直良切；一爲養韻，大也，直張
　　　切，此歸入養韻。《新校宋本廣韻》，頁 174、313。

去聲勁韻：娉

入聲昔韻：石

青迴徑錫韻

平聲青韻：形

上聲迴韻：醒

去聲徑韻：釘、定

入聲錫韻：覓

（2）韻　譜

庚韻獨用

〈出家求出離・三四〉：生、行、橫、阬

映徑勁同用

〈養兒與娶妻・四〉：娉_勁、命_映、釘_徑、定_徑

青清迴庚同用

〈般若酒冷冷・四四〉：醒_迴、形_青、情_清、榮_庚

（3）韻　例

1. 上聲字入韻者少。

2. 平、去二聲分押，僅有一例上聲迴韻與平聲庚清青同用。

曾　攝

（1）韻　字

蒸拯證職韻

平聲蒸韻：澄、稱

上聲拯韻：

去聲證韻：

入聲職韻：力、識

登等嶝德韻

平聲登韻：

上聲等韻：

去聲嶝韻：

入聲德韻：德

（2）韻　譜

＊　＊＊

蒸韻與梗攝庚清韻同用

〈從來是拾得・十六〉：稱蒸、兄庚、情清、清清

職德韻與梗攝錫韻同用

　　〈寒山住寒山・十五〉：得德、識職、覓錫、力職

（3）韻　例

　　1. 曾攝韻字與梗攝韻字通用，凡二見。

流　攝

（1）韻　字

　　尤有宥韻

　　　　平聲尤韻：遊、舟

　　　　上聲有韻：紐、箒、手

　　　　去聲宥韻：

　　侯厚候韻

　　　　平聲侯韻：

　　　　上聲厚韻：後

　　　　去聲候韻：

（2）韻　譜

　　尤韻獨用

　　　　〈自笑老夫筋力敗・二二〉：遊、舟

　　厚有同用

　　　　〈銀星釘稱衡・二五〉：紐有、後厚、手有、箒有

（3）韻　例

　　1. 流攝尤侯兩部同用，凡一例。

　　2. 無去聲字入韻。

深　攝

（1）韻　字

　　侵寢沁緝韻

　　　　平聲侵韻：沉、深、金、淫、心

　　　　上聲寢韻：

　　　　去聲沁韻：

　　　　入聲緝韻：

（2）韻　譜

　　　　〈我勸出家輩・十四〉：深、淫、金、沉

（3）韻　例

　　1. 平聲獨用。

咸　攝

（1）韻　字

　　鹽琰艷葉韻

　　　平聲鹽韻：

　　　上聲琰韻：險

　　　去聲艷韻：猒、燄

　　　入聲葉韻：

　　嚴儼釅業韻

　　　平聲嚴韻：

　　　上聲儼韻：

　　　去聲釅韻：劍

　　　入聲業韻：

（2）韻　譜

　　琰艷釅同用

　　　〈左手握驪珠・四三〉：劍釅、燄艷、猒艷〔註36〕、險琰

（3）韻　例

　　1. 咸攝各部入韻之字殊鮮，韻例不明。

（二）小　結

　　綜上整理成果，大致反映下列幾點情況：

　　1. 韻攝界限基本仍屬清楚，不同攝之字一般不通押。而各攝有通押情況產生，除為換韻例子外，其餘皆屬少數個例。譬如通攝字押入深攝一例（〈雲山疊疊幾千重・三六〉：蹤鍾、心侵）、押入臻攝一例（〈得此分段身・五〉：質質、漆質、蜜質、曲燭）；遇攝字押入止攝的有二例（〈人生浮世中・五一〉：貴未、至至、嗣志、去御〉、〈運心常寬廣・十八〉：布暮、施支、義實、貴未）；深攝字押入臻攝一例（〈嗟見多知漢・四七〉：心侵、人眞、因眞、紛文）；曾攝字押入梗攝一例（〈從來是拾得・十六〉：稱蒸、兄庚、情清、清清）；梗攝字押入曾攝一例（〈寒山住寒山・十五〉：得德、識職、覓錫、力職）共計七次，約佔全部五十八首詩十分之一。顯然，

〔註36〕「猒」亦作「厭」。《廣韻》「艷韻」條：「厭，論語曰：『食不厭精』，於艷切。」《新校宋本廣韻》，頁443。

這些少數通押現象並未泯滅韻攝間之界限，且也可能反映個別字音於拾得方言口語之情況。

　　2. 就聲調方面，以押平聲韻最多，去聲次之，入聲再次，上聲最少（詳見附錄一）。各攝用韻表呈現一種趨勢；四聲多有獨用之例子，其中以平聲尤多，另外混用情形則以上、去聲居冠，亦有少數如平、去聲混用（如止攝支之至同用）。

　　3. 從上歸納拾得詩韻系統得知，其用韻甚為寬鬆，與唐代功令（此處是以《廣韻》所注獨用同用條例為主）多有牴觸，如《廣韻》「支脂之」同用，「微」獨用，而拾得詩則是「支之微」同用。顯見，拾得詩韻不受當時「官韻」束縛，自由用韻。但非毫無根據入韻，而是依據當時所用口語〔註37〕。

附錄一：拾得詩各攝韻字聲調次數統計表

聲調 韻攝	平	上	去	入
通　　攝	3			14
止　　攝	18	15	16	
遇　　攝		2	7	
蟹　　攝	5		2	
臻　　攝	17			4
山　　攝	12		2	6
效　　攝	4			
果　　攝		2	1	
假　　攝	2	2	6	
宕（江）攝	6	1	2	
梗　　攝	9	1	5	2
曾　　攝	2			3
流　　攝	2	4		
深　　攝	5			
咸　　攝		1	3	
共　　計	85	28	44	29

〔註37〕 於此，若凡有曰：「在兩家詩韻系統中，只有＂齊韻獨用＂符合《切韻》系統和《廣韻》所注的條列。但這只是一種偶合，因為在兩個詩人的語言裡，齊韻很可能就是一個獨立的韻部。這個例子也反映了寒山子和拾得詩韻的同用獨用情況並不是隨意的、沒有根據的。不過他們的根據不是韻書，而是自己的口語。」〈寒山子詩韻（附拾得詩韻）〉，頁130。

第陸章　結　論

第一節　拾得詩之文學地位及其對後代白話詩之影響

　　自王梵志沖破唐初詩壇齊梁「卑靡浮艷」詩風，開拓「不守經典，皆陳俗語」通俗詩派後，拾得可謂繼其步武者。雖說其詩通俗及說教之傾向，與當時詩歌繁榮景象比況，尚顯稚拙粗糙。但在唐代詩歌通俗化歷史進程，能夠出現此質樸渾厚之白話通俗詩，其影響及地位，是無庸置疑。

　　寒山、拾得通俗詩，對後世文學影響匪淺，文人墨客多仿效之，眾多禪門高僧亦將二人詩偈引作上堂示語〔註1〕。對此，覃召文有曰：

　　　　隋唐之際崛起的化俗詩僧對後世產生了不小影響。特別是寒山詩更是成爲後人學習的楷模。不僅文人多仿效之（如白居易、王安石等），在詩僧中也有不少人把寒山當作人格、藝術上的一面旗幟。如五代本寂曾注寒山子詩以饗學人；元朝行端〔註2〕自謂“寒拾里人”，並作有《擬寒山子

〔註1〕例如拾得佚詩〈昨夜得一夢〉，曾被北宋臨濟禪僧釋淨端（1030－1103）上堂時所徵引；項楚嘗考：「按，《吳山淨端禪師語錄》卷上：『眾生流轉於生死，蓋乃日用而不知，未登眞覺，常處夢鄉。古人道：昨夜得箇夢，夢見一團空。今朝擬說夢，舉頭又見空。爲當空是夢，爲復夢是空。料想浮生裡，還同此夢中。』所云『古人道』者，即是此詩也。」《寒山詩注》，頁926。

〔註2〕行端（1255～1341）元僧。字景元，號原叟。臨海（今屬浙江）何氏。年十二得度於餘杭化城院，自稱「寒拾里人」。參藏叟珍於徑山得旨。大德四年（1300），出世湖之資福，名聞於朝，賜號「慧文正辯」。復遷中天竺靈隱。有旨設水陸齋於金山，令師說法，事竣入覲，奏對稱旨，加賜「佛日普照」之號。南歸，盧於良渚西庵，晚主徑山三十年。寂後宭於寂照院，徒眾尊稱「寂照禪師」。有《寒拾里人稿》及《語錄》。《中國佛教人名大辭典》，頁235～236。

詩》；……錢謙益《列朝詩集小傳》稱雪梅和尚"工詩文，自序其詩，以
寒山、拾得自況"。〔註3〕

不僅如此，二人亦備受帝王推崇。如清世宗《雍正御選語錄》卷三「寒山拾得詩」
之序謂：「寒山詩三百餘首，拾得詩五十餘首，唐閭丘太守寫自寒巖，流傳閻浮提
界，讀者或以爲俗語，或以爲韻語，或以爲教語，或以爲禪語，如摩尼珠，體非
一色，處處皆圓，隨人目之所見。朕以爲非俗非韻，非教非禪，眞乃古佛直心直
語也。〔註4〕」影響之深廣，殆可覘之。

　　既然寒山、拾得影響後世至巨，爲何作品未能蔚爲風氣，受到重視？項楚分析
原因有三：

> 白話詩派貫穿整個唐代，並且向上追溯到南北朝時期〔註5〕，向下延
> 續到五代北宋以後。這樣重要的詩歌現象長期未受到應有的關注，原因是
> 多方面的。第一、傳統的文學觀點歷來輕視甚至排斥通俗的白話文學；第
> 二、像王梵志詩這樣的大量唐代白話詩歌大都久佚失傳；第三、最主要的
> 是因爲唐代白話詩派基本上是一個佛教詩派，而傳統的中國文學史上從來
> 就沒有宗教文學，包括佛教文學的地位，這是極不公平的。〔註6〕

項楚所言甚是，唐詩本是中國詩歌發展之頂峰，孕育李白、杜甫等偉大詩人，也開創
眾多流派，如田園詩派、山水詩派、遊俠詩派、邊塞詩派、新樂府運動等，受到學界
持續關注與研究。相較之下，游離主流詩歌外之白話詩派，就顯得遜色。當然 並非
所有白話詩皆屬白話詩派，其有特殊淵源和發展過程，嚴格而論，就是一佛教詩派〔註
7〕。其屬於中國佛教文學，亦佔中國文學重要地位，如將視爲敝屣，實有不當。

　　寒、拾二人爲唐代白話詩派中流砥柱，不僅開創中國佛教文學之新貌，更對後代
通俗文學有推波助瀾之用。然因種種偏隘觀念，認爲詩歌須以「典雅」爲正宗〔註8〕，

〔註3〕覃召文，《禪月詩魂：中國詩僧縱橫談》，頁 55。

〔註4〕清・雍正帝輯錄，《雍正御選語錄》第一冊（台北：自由出版社，民國 56 年 6 月），
　　　頁 1。

〔註5〕僧侶作詩歷史悠久，東晉至隋可謂發軔期。王夫之《薑齋詩話》曾言：「衲子詩"源
　　　自東晉來"。」（丁福保輯，《清詩話》，木鐸出版社，民國 77 年版，頁 20）此時期
　　　能操筆作詩僧侶頗多，如晉康僧淵、支遁、慧遠、帛道猷、竺僧度、釋道寶、竺法
　　　崇、竺曇林；宋楊惠休（後還俗）；齊釋寶月；梁釋寶志、釋智藏、釋慧令，釋法雲；
　　　北周尚法師；陳釋惠標、釋曇瑗、釋洪偃、釋智愷等皆有詩傳名。

〔註6〕項楚，〈唐代的白話詩派〉，載《江西社會科學》，2004 年 2 月，頁 41。

〔註7〕前揭文，頁 36。

〔註8〕詩歌以典雅爲正格，鄙俗粗淺爲大忌。宋崔德符云：「凡作詩，工拙所未論，大要忌
　　　俗而已。」宋・徐度，《却掃編》卷中（載《叢書集成新編》第 84 冊，臺北：新文
　　　豐出版，民國 78 年，頁 710）；嚴羽《滄浪詩話》〈詩法〉亦曰：「學詩先除五俗：

以「清麗」爲懿範，如拾得這類「直寫胸臆」化俗詩作，必然被冷落，此是十分可惜。胡適《白話文學史》曾言：「中國文學史上何嘗沒有代表時代的文學？但我們不應向那"古文傳統史"裡去尋，應該向那旁行斜出的"不肖"文學裡去尋。因爲不肖古人，所以能代表當世。〔註9〕」吾人不可一昧承襲古人舊見，捨棄拾得般之僧詩，但也不可過度讚譽。最重要承認其曾存在事實，於文學史上給予一恰當之位置〔註10〕。當然，不僅限寒山、拾得之通俗詩僧，其餘如靈一、清江、貫休等僧作〔註11〕，亦應等視之。

第二節　本論文研究成果及未來展望

　　唐代白樂天詩因「老嫗能解」，竟成文壇佳話。而對詩歌通俗化貢獻至大之拾得卻因文人們不承認其藝術價值，導致其詩未能綻放芬芳。有鑑於此，本論文前五章便以詩僧生平及其著作爲主要架構，分別對拾得生年及詩歌版本作出新論述與補充；同時賞評其詩獨特藝術風格與文學貢獻，希冀以具體且多面向之研究角度，使往後研究者對其人及其詩，有更全面性認知與瞭解。以下即據本論文研究結果，簡述如後：

一、研究成果

　　綜觀本文各章節，第二章生平探索部分，是先以前人整理寒山生平年代爲初基，及利用拾得遇潙山靈祐禪師、趙州從諗禪師與學人陳慧劍等旁涉文獻，進行考辨，得到拾得生於唐玄宗開元至天寶年間，約 737～754 年，卒於唐文宗大和至武宗會昌年間，約 827～844 年之初步結論。

　　其次，第三章詩集流傳與研究，則側重詩本流傳情形與內容校勘兩方面。詩集流傳部分，本想對詩集作考鏡源流之功夫，將海內外不同詩集版本，一一釐清，但礙於收藏地甚廣客觀因素下，僅能從歷代史志目錄、官府藏書目錄、私人藏書目錄

　　　　一曰俗體，二曰俗意，三曰俗句，四曰俗字，五曰俗韻。」《滄浪詩話校釋》，（台北：里仁書局，民國76年4月），頁108。
〔註 9〕胡適，《白話文學史》，頁3。
〔註10〕就如孫昌武所云：「詩僧是中國文學史上一個不可忽視的現象。……我們研究唐詩，應給這些人一定的位置。經過分析、批判，他們的某些藝術經驗當給予總結、承認。」《唐代文學與佛教》，頁161。
〔註11〕誠如何師課堂所言：「唐代僧人詩之研究，仍屬一有待開拓之園地。《全唐詩》所收之詩僧凡一百零九家，中日學人且有所增補，惟近人所作研究多集中於王梵志、寒山、拾得等諸大家，其餘近百家之僧詩，仍是一未開發之處女地也」。

與國內外圖書館書目著錄情形，進行歸納分析。不過，本小節並非單列書目著錄資料，對其流傳情形、槧本來源、形式等，多有考述，爲欲深入考察其源流者，有一定之貢獻。另外，詩集內容校勘，則以國內所藏詩集善本，與項楚《寒山詩注》進行校勘與補充，其中永樂大典《寒山詩集》、錢學烈《寒山拾得詩校評》兩校本，爲現今校勘拾得詩者所未援引。

第四章與第五章是詩歌評賞與分析。首先，第四章詩歌內涵分析，於淵源部分，可悉其詩與「佛典偈頌」、「王梵志詩風」關係匪淺。而題材探討，本文歸納爲四類。從中發覺其多屬表達基礎佛理與勸誡之內容，顯示拾得詩具備啓發世人之功用。

至於第五章詩歌外在形式分析，在用語方面以俚俗口語、佛教語彙最突出。而靈活運用俚俗詞彙，是造成其詩呈現淺顯易懂、信手拈弄特色之主因。再者，末節聲律特色，主要探究詩作疊字使用與用韻情形。用韻方面，僅搜獲若凡、苗昱二篇相關論文。但經細檢，發現有不少錯誤與混淆處，需要一一釐清。故本節在二人基礎上，抽繹端緒，補正謬誤，重新董理拾得詩韻，提供其在音韻學方面可供參考之材料。

二、未來展望

從上述研究成果觀之，拾得爲詩甚重針砭弊俗、懲惡勸善之社會功用，所獨具通俗自然、寓意深遠之風格，正如清·胡壽芝所言：「寒山、拾得詩沖口而出，半是藏身，半是醒世，別爲一格，無似摹擬〔註12〕」因而深受世人喜好。今日對拾得及其作品進行探討與評價，既是重新肯定其在中國白話文學之地位與貢獻外，同時也爲唐代佛教文學研究園地，注入一股新力量。然而，至今仍有眾多僧人作品，尚有待後人積極開拓。因此，衷心翹盼日後時賢，能投身佛教文學研究領域，俾僧人在宗教與文學之偉大貢獻，得以發揚光大。

〔註12〕清·胡壽芝，《東目館詩見》，語見陳伯海，《唐詩彙評》，頁3090。

附錄一 《寒山詩集》唐代傳本考述

壹、前　言

　　寒山爲唐通俗詩派代表人物之一，其詩用語俗白，五代以降，深受文人與僧人喜愛。寒山詩集流布悠久，現存之刊本、寫本、抄本、注本可臻百餘種，顯見其詩深獲世人喜好，其作品版本系統頗爲繁複。《寒山詩集》版本研究歷來頗受學人重視，迄今有不少專文進行探討，如錢學烈、﹝註1﹞陳耀東等，其中又以陳氏用功最深，﹝註2﹞對後人之洞悉寒山詩集版本源流貢獻良多。今日學界研究焦點，多以宋淳熙十六年（1189 年）天臺山國清寺僧志南編刻《寒山子詩集》（俗稱國清寺本）系統﹝註3﹞爲重點，鮮對唐本進行論述。然而晚唐已有《寒山詩集》面世，考察版本不能不涉唐季。至於相關研治成果，目前搜獲陳耀東〈寒山子詩結集新探──《寒山詩集》版本研究

────────────────

﹝註 1﹞ 錢氏曾撰〈寒山子與寒山詩版本〉，刊載《文學遺產增刊》16 輯，1983 年 11 月，頁130～143。後該文內容鎔入其《寒山拾得詩校評》「前言」章節內（天津：天津古籍，1998 年 7 月）。

﹝註 2﹞ 陳耀東可謂近代研治《寒山詩》版本之翹楚。王早娟〈寒山子研究綜述〉（載釋妙峰主編：《曹溪──禪研究》，北京：中國社會科學，2002 年 9 月，頁 487）嘗謂：「關於第三個問題（寒詩版本源與流），近年來學者著述甚豐。浙江師大陳耀東所撰寒山詩集版本研究系列論文，……收了宋、元、明、清以來海內百餘種版本、寫本、校本、注本，源流分梳極其詳盡。」其研究之博深，殆可觀之。

﹝註 3﹞ 「國清寺本」洵稱寒詩最大宋刻系統，據陳耀東《〈寒山詩集〉傳本敘錄》（載《中國書目季刊》第 31 卷，第 2 期，民 86 年 9 月，頁 33）介紹：「今雖未見原刻本，但在志南刊印之後，南宋數種刻本和元明清多種刊本似皆以國清寺爲藍本，或增補付刻，或賡和重梓。」另李鐘美〈國清寺系統《寒山詩》版本源流考〉亦謂：「國清寺系統的傳本，數量與分歧最多，各版本間關係最複雜。」（收《中國俗文化研究》第 3 輯，2005 年 12 月，頁 148。）是則國清寺版源考究，儼然成爲熱門課題。

之一〕〔註4〕一文而已。觀陳文所治，對寒氏唐集版本，類聚群分，述說周詳，卓具參稽價值。故拙文將以陳文爲初基，旁參其他相關版本，重新理董《寒山詩集》唐本文獻，並將所得簡製成表附於文末。冀使讀者能窺知當時集本情況外，對釐清宋時版刻源流亦有助益。茲依傳本先後，鋪述如次：

貳、寒山詩自編本

　　唐代所行《寒山詩集》均不復見，僅能從相關文獻記載推知梗概。關於最初裒輯寒詩者，余嘉錫《四庫提要辨證》說道：「輯寒山詩者，莫早於靈府」〔註5〕。靈府即徐靈府，號默希子。此觀點提出後，即獲得甚多研究者迴響，並踵武考出“序而集之”年限爲寶歷至會昌（825～843）年間。〔註6〕當然，亦有持反對意見者，如陳耀東，其言：

　　　“輯寒山詩者，莫早於靈府”余氏此論，筆者獨不以爲然。根據種種跡象，
　　疑寒山詩最早乃爲寒山子自己所編錄。〔註7〕

陳氏主張徐本並非《詩集》最先編本，其源應溯及寒山自行編錄本。此說今人葉珠紅亦表認同，道曰：

　　　最早集寒山詩之人，就是寒山本人。〔註8〕

陳、葉二人所言無誤，因從寒詩內證，即能窺探此本之崖略。寒詩〈五言五百篇〉云：

　　　五言五百篇，七字七十九。三字二十一，都來六百首。

　　　一例書巖石，自誇云好手。若能會我詩，眞是如來母。（二七一）〔註9〕

「一例」即一律，寒氏自謂詩作皆「書巖石」，與閭〈序〉記載：「唯於竹木石壁書詩，並村野人家廳壁上」、杜光庭《仙傳拾遺》：「每得一篇一句，輒題樹間石上」情形脗合；「都來六百首」，則見此集作品之總數。

　　又考詩一首，曰：

〔註4〕陳耀東〈寒山子詩結集新探——《寒山詩集》版本研究之一〉載《浙江師大學報（社會科學版）》第 1 期，1997 年，頁 42～44。

〔註5〕余嘉錫：《四庫提要辨證》卷二十，別集類二，「《寒山子詩集》二卷附豐干拾得詩一卷」（昆明：雲南人民出版社，2004 年 10 月），頁 1070，下引版本同。

〔註6〕此乃錢學烈據余氏而得結論。請參閱〈寒山子與寒山詩版本〉，頁 135～136。

〔註7〕同注4，頁 42～43。

〔註8〕語見葉珠紅《寒山詩集》版本問題探究〉（收葉珠紅：《寒山詩集論叢》，臺北：秀威資訊科技，2006 年 9 月），頁 9。

〔註9〕項楚：《寒山詩注》（北京：中華書局，2000 年 3 月），頁 704。

　　滿卷才子詩，溢壺聖人酒。行愛觀牛犢，坐不離左右。

　　霜露入茅簷，月華明甕牖，此時吸兩甌，吟詩三兩首。（一〇七）〔註10〕

末句「吟詩三兩首」，項書注記：「【三兩】，原作【五百】〔註11〕」。顯然，在徐本之前，已有寒山自編之《詩集》，凡六百首，並有五言、七字及三字之別，與今所見三百首〔註12〕詩本，有所不同。從中可推知，現傳寒詩作品僅及原先之半而已。

　　至於該集理成於何時？陳文巘續說道：

　　今傳《寒山子詩集》中有云："去年春鳥鳴，此時思弟兄。今年秋菊爛，此時思發生。……哀哉百年內，腸斷憶咸京。"又云："老病殘年百有餘，面黃頭白好山居。"記錄自己百餘歲的詩作亦編收在集中，說明其集最後編成於晚年。……又據余氏（嘉錫）等考證，趙州從諗禪師路遇寒山不得遲於德宗貞元九年。若與《仙傳拾遺》所載"寒山子大曆中隱居天臺翠屏山，……十餘年忽不復見"聯繫起來考察，……可以斷言寒山子詩集最後編成不得遲於貞元九年（793）。〔註13〕

陳氏認爲自編本纂成時間約寒山入滅前，並據《辨證》所考，訂其下限不超過德宗貞元九年（793），所言甚是。惟余嘉錫屬早期研治寒山子詩者，釐訂寒山年代雖早爲學界公認，但其亡年迄今仍無定案，顯然詩集理成年代尚有商榷之處。綜觀現今寒氏滅時研究成果，有不少絡繹余季豫而增華者，例如陳慧劍、〔註14〕錢學烈、〔註15〕羅時進〔註16〕等，陸續將寒山卒年往下修正，其中最晚可達文宗大和（830）年間。既然

〔註10〕同上，頁285。

〔註11〕「吟詩兩三首」句，錢學烈《寒山拾得詩校評》則有較詳注語：「"兩三首"《天祿》宋本、《全唐詩》、《四部叢刊》影宋本作"五百首"。」（天津：天津古籍，1998年7月），頁228。

〔註12〕據項楚統計，現見寒山詩，有五言詩二百八十六首，七言詩二十首，三言詩六首，雜言詩一首，共三百一十三首。

〔註13〕同注4，頁43～44。

〔註14〕陳慧劍：《寒山子研究》（臺北：東大圖書，民80年8月）對寒山子年代之考證，頗爲獨到，其從寒山詩序中所謂「朝議大夫使持節台州諸軍事守刺史上柱國賜緋魚袋閭丘胤撰」中之「使持節」與「緋魚袋」二名詞判斷寒山年代；又援引寒山詩中曾提及「萬回師」、「南院」、「吳道子」之內證，以及姚廣孝、元僧念常《佛祖歷代通記》、徐凝詩證等，推出寒山年代，約於西元710年～820年間。

〔註15〕錢氏〈寒山子年代的再考證〉（《深圳大學學報（人文社會科學版）》第15卷第2期，1998年5月）主要據陳慧劍主張徐凝曾與寒山相見之史實，推翻余嘉錫與錢穆「寒山百歲遇靈佑」之說。並認爲寒山若於貞元九年（793）遇靈佑後，離開天臺。則應與生活於元和、長慶年間之徐凝無緣相見。故應把寒山生卒年定於唐玄宗開元時，約725～730年左右，歿於文宗寶曆、大和年間，約825年～830年左右。

〔註16〕羅時進〈寒山生卒年新考〉則從寒山詩中相關內證進行考索，認爲肅宗至德一載（756）

寒氏歿時未定，又無直接文獻證實，暫不妨將自編本成書時，訂爲德宗貞元九年（793）
～文宗大和四年（830）年間。

參、桐柏徵君徐靈府序集本

如前所述，學者多視靈府爲集寒詩之先河，此說主要是根據李昉（925～996）《太
平廣記》卷五十五，引前蜀天臺道士杜光庭（850～933）《仙傳拾遺》（今佚）所載：

> 寒山子者，不知其名氏。大曆中隱居天臺翠屏山，其山深邃，當暑有雪，
> 亦名寒岩，因自號爲寒山子。好爲詩，每得一篇一句，輒題于樹間石上，
> 有好事者隨而錄之，凡三百餘首，多述山林幽隱之興，或譏諷時態，能警
> 勵流俗。桐柏徵君徐靈府序而集之，分爲三卷，行於人間。十餘年忽不復
> 見。〔註17〕

此資料乃僞閭〈序〉後，另攸關《寒山詩集》編纂第一手文獻，亦是現今「大曆說」
〔註18〕學派主要依據。惟從文中「好事者隨而錄之」一語可知，當時編本應非獨爲
靈府一人，尚有他本在前。故探論徐本問題時，此句必須納入考量。

一、好事者錄本

「有好事者隨而錄之，凡三百餘首」句，向爲人忽略，今檢相關研究論著，有
言及此者，僅陳耀東、葉珠紅二文。陳氏〈《寒山詩集》傳本敘錄〉提及：

> 天臺道士「桐柏徵君」徐靈府以「好事者」採編本爲基礎，「序而集之」，
> 重編爲三卷，收詩凡三百餘首。〔註19〕

葉珠紅〈《寒山詩集》版本問題探究〉則云：

> 所謂「好事者」，應非指徐靈府，這就透露出在徐靈府之外，另有與徐靈
> 府同時或稍前之人集寒山詩。〔註20〕

於斯可知，寒山自編本後，非僅徐本流傳，疑先前有「好事者錄本」流布。詩數總

之遷移朝，爲寒山隱居之時。並依此上推三十年，考得寒山生於開元十四年（726）。
後又以徐靈府（約761～843）遷居桐柏方瀛，編《寒山詩集》時間（826年）爲其
卒年。《唐詩演進論》（南京：江蘇古籍，2001年9月）。

〔註17〕宋・李昉：《太平廣記》卷五十五〈寒山子〉（北京：中華書局，1982年），頁338。
〔註18〕歷來探討寒山生活年代，主要有「貞觀說」（627～649年）、「先天說」（712～713年）
以及「大曆說」（766～799年）三種說法，至僞閭〈序〉被證實後，「大曆說」成爲
推衍寒氏活動年代之主說。
〔註19〕陳耀東〈《寒山詩集》傳本敘錄〉，頁30。
〔註20〕同註8，頁7。

計三百餘首，與今傳本同。而從葉氏所言推敲，此本當不晚於徐本；至於「好事者」指誰，及靈府本是否據以成書，因缺乏文獻記載，只能暫時存疑。

二、徐靈府序集本

徐氏集詩之舉，歷來爲學界公認。〔註21〕從上揭「桐柏徵君徐靈府序而集之，分爲三卷，行於人間。」諸語分析，蓋好事者後，有以“桐柏徐靈府”題序之《寒山詩集》三百篇本行世。

徐靈府，唐著名道士，生平事蹟分見宋陳葆光《三洞羣仙錄》卷六、陳耆卿《嘉定赤城志》卷三十五、明釋無盡《天臺山方外志》等，今人周永愼編有《歷代眞仙高道傳》，其「徐靈府」條所載甚詳，曰：

> 唐代道士。號默希子，錢塘天目山（今浙江人）。……通儒學，而無意於名利。隱修於天臺山雲蓋峰虎頭岩石室中，凡十餘年，門人建草堂請居之，不往。後自造廬於石層上，喬松修竹，森然在目，有環池方百餘步，中多怪石若島嶼，因名其居爲“方瀛”。……會昌元年（841），武宗詔浙東廉訪使來徵召入京，靈府以詩言志：“野性歌三樂，皇恩出九重。求傳紫宸命，免下白雲峰。多愧書傳鶴，深慚紙畫龍。將何佐明主？甘老在巖松。”
>
> 廉訪使奏以衰槁免命，由此絕穀，久之凝寂而化，壽八十二歲。〔註22〕

是故，靈府原籍錢塘天目山，〔註23〕後因修道，遷隱天臺山雲蓋峰，結廬名“方瀛”；武宗會昌初年嘗拒徵入朝，未幾辟穀而歿，享年八十又二。由於徐本已失，無從得悉編訖年代。因此，研究者多著眼其生平相關線索，中以「重修桐柏觀」與「拒武宗徵聘」二事尤具關鍵。以下試就二者，考述斯集編就時代。

（一）重修桐柏觀

嚴格而論，徐氏隱居所在乃屬桐柏山。就地理位置而言，天臺山與桐柏山接壤，自古爲道教福地，兩山名稱亦常共用。考靈府所撰〈天臺山記〉有言：「天臺與桐柏二山相接，而小異也。〔註24〕」顯見二者所處位置，並無大差異。至其定居桐柏爲

〔註21〕對此，羅時進有言：「這一資料（《仙傳拾遺》）是歷史風塵中殘存的吉光片羽，胡適在《白話文學史》中將其列爲“關於寒山材料比較可信的兩件”之一。余嘉錫和松村昂等中日寒山研究專家亦都認爲這一資料是可憑信的。確實這一資料爲考察歷史上第一部《寒山子集》編纂情況提供了重要線索。」《唐詩演進論》，頁202。

〔註22〕周永愼編：《歷代眞仙高道傳》（北京：中國社會科學院，2003年7月），頁91～92。

〔註23〕天目山，位於浙江省西北，東北—西南走向，最高峰龍王山。請參閱賈文毓、李引主編：《中國地名辭源》「天目山」條（北京：華夏出版，2005年8月），頁382。

〔註24〕徐靈府：〈天臺山記〉，收《中國道觀志叢刊》（揚州：江蘇古籍出版社，2000年），頁2。

何時，〈山記〉續道：

> 桐柏東北五里，有華林山居，水石清秀，靈寂之境也。自觀北上一峰，可
> 五里，有方瀛山居，上有平地傾餘，前有池塘廣數敏畝。……西接瓊臺，
> 東近華林，即靈府長慶元年定室於此。〔註25〕

長慶，唐穆宗年號。徐氏定居桐柏，始於長慶元年（821），故後人喜在名前冠以“桐柏”二字，是為彰顯其隱居於此。

表面觀之，靈府遷居桐柏，似與集詩毫無相涉，但另一關鍵是期間嘗與道士葉藏質〔註26〕同葺「桐柏觀」，有學者即據此事考證該本上限年代。

修觀之事，《嘉定赤城志》卷三十「天臺」有載：

> 桐柏崇道觀，在縣西北二十五里，舊名「桐柏」。唐景雲二年為司馬承禎
> 建，後皆蕪廢。大和、咸通中道士徐靈府、葉藏質新之。〔註27〕

崇道觀，舊名桐柏觀，唐睿宗景雲二年（711），為司馬承禎所建。後因荒蕪，大和（文宗）迄咸通（懿宗）中，由徐、葉二人重新修繕。然而文中雖記修觀時間，卻未載何時完竣，只言「大和、咸通中」，但大和至咸通逾三十餘載，工時似乎過長，徒滋疑竇。茲試考元稹〈重修桐柏觀記〉，曰：

> 歲大和己酉，修桐柏觀訖事，道士徐靈府以其狀乞文於余。〔註28〕

〈記〉言大和己酉為桐柏觀竣工之時。己酉年，唐文宗大和三年（829）。換言之靈府重繕宮觀本大和間事，未及懿宗，《赤城志》所記明顯有誤。〔註29〕惟徐氏長慶初年才定居桐柏，大和三年前又趨修觀之役，此間不可能有集詩之舉，故研判其捃拾寒詩必是大和三年（829）之後。再者，參閱〈山記〉篇末所記：

> 靈府以元和十年自衡嶽移居台嶺，定室方瀛。至寶歷初歲，已逾再閏。
> 〔註30〕修真之暇，聊採經誥，已述斯記，用彰靈焉。〔註31〕

〔註25〕同上，頁 22。

〔註26〕葉質藏：括蒼人，字涵象。咸通初，創道齋玉霄峰，號石門山居。精於符籙，懿宗從其奏，以所居為玉霄峰。宋・陳耆卿：《嘉定赤城志》卷三十五，（《中國方志叢書》，臺北：成文出版社民 72 年 3 月），頁 7341。

〔註27〕陳耆卿：《嘉定赤城志》卷三十，頁 7296。

〔註28〕引自周相錄：《元稹年譜新編》（上海：上海古籍出版社，2004 年 11 月），頁 263。

〔註29〕由於《嘉定赤城志》年號錯舛，導致余嘉錫誤判靈府年代。於此，錢學烈有考：「余嘉錫在《四庫提要辨證》卷二十說：『《嘉定赤城志》謂靈府……大中、咸通中與道士葉藏質重修天臺桐柏崇道觀。』（筆者按：《嘉定赤城志・觀寺》“桐柏崇道觀”條載：『大和咸通中道士徐靈府、葉藏質新之。』余嘉錫之“大中”乃“大和”之誤。）《赤城志》所載年號有誤，余氏據此推測徐靈府“至懿宗咸通間尚存”，將其卒年推遲二十多年，是缺乏根據的。」《寒山拾得詩校評》，頁 31。

〔註30〕「再閏」二字，原文「冄國」，余嘉錫改「再閏」，今據改。

自唐憲宗元和十年（815）靈府移居台嶺，到敬宗寶歷元年（825），近十載之久（三年一閏，逾再閏，爲超過五、六年），期間徐氏利用「修眞之暇，聊採經誥」，撰寫〈天臺山記〉。惟撰成於寶歷初之〈山記〉，未見有關寒山事，亦無采撫詩作記錄。依此推斷，其編纂詩集應爲寶歷初年以後。故將此本上限繫爲大和三年（829）之後，較爲合宜。

（二）拒武宗徵聘

鑿清徐本編成上限後，另一重要文獻——「拒武宗徵聘」，即是編理下限年代。

如前述及，《仙傳拾遺》稱徐靈府爲「桐柏徵君」。「桐柏」已見前釋；而「徵君」則指徐氏不赴唐武宗（841～846）徵召事。此事《三洞羣仙錄》卷六〈靈府草堂〉，載：

> 會昌初，武宗詔浙東廉使以起之，辭，不復出見廉使，獻詩言志。……廉
> 使表以衰槁免命，由此絕粒，久凝寂而化。〔註32〕

「徵君」，乃稱朝廷徵聘之名。清趙翼《陔餘叢考》卷三十六「徵君徵士」條解道：「有學行之士，經詔書徵召而不仕者，曰：『徵士』，尊稱之則曰：『徵君』。〔註33〕」靈府於唐武宗會昌元年（841）辭徵不仕，杜賓聖以「徵君」稱之；另從拒詔即行辟穀推判，卒年不致逾越會昌年間。〔註34〕換言之，武宗會昌初年後，徐氏則聲聞斷絕，不可能有錄詩之舉，故集本必於武宗徵聘事前編就。

總之，徐靈府所序、集《寒山詩集》，並非三百首詩本之權輿，其人也不是當時唯一搜訪寒山詩者。但在流傳過程中，斯集可謂最先「有序」之本，共分三卷，約纂成於文宗大和三年（829）～武宗會昌初年（841）間。

肆、曹山本寂《對寒山子詩》

上述諸作，皆屬《寒山詩集》集錄本，泛流而下，本寂禪師《對寒山子詩》七卷，則爲《詩集》注本之濫觴。此著亦是宋時目錄始記錄者。舉如宋仁宗翰林學士

〔註31〕〈天臺山記〉，頁35～36。
〔註32〕宋・陳葆光：《三洞羣仙錄》卷六，收於《四庫全書存目叢書・子部二五八》（臺南：莊嚴文化，1995年9月），頁496。
〔註33〕清・趙翼：《陔餘叢考》（臺北：華世出版社，民64年10月），頁423。
〔註34〕徐靈府卒年歷來有三說，一、元・趙道一《歷世眞仙體道通鑒》卷四十，記享年八十四，將卒年，訂爲會昌五年（845）；二、《天臺山方外志》卷九，載享年八十二，會昌三年爲歿時；三、民國《台州府志・方外》言卒於大中初年（847）。語見葉珠紅：《寒山資料考辨》（臺北：秀威資訊科技 2005年5月）。

張觀、王堯臣等奉敕編《崇文總目》卷四「釋書類」載錄:「《寒山子詩》七卷〔註35〕」;稍晚《新唐書・藝文志》「道家類」:「《對寒山子詩》七卷,並注:天臺隱士。台州刺史閭丘胤序,僧道翹集。寒山子隱居唐興縣寒山巖,於國清寺與隱者拾得往還。〔註36〕」均具體載明此本卷數與題名。〔註37〕

惟從《唐志》注語「台州刺史閭丘胤序,僧道翹集」觀之,釋道翹亦參與集詩之役。道翹可謂早靈府集詩另一人物,但隨閭〈序〉被證實後人僞造,集詩之事自然不足憑信。不過,既有假託之實,必有被僞造之本。故爲揭清冒名釋道翹所集詩本面貌,是考述本寂前,首要探究。

一、僞託道翹本

關於輯錄寒詩爲僧道翹之舊聞,閭丘〈序〉、《宋高僧傳》卷十九、《景德傳燈錄》卷二十七、《天臺山國清禪寺三隱集記》等均載。據《四部叢刊景宋本》〈寒山子詩集序〉,曰:

> 僧道翹尋其（寒山）往日行狀,唯於竹木石壁書詩,並村野人家壁廳上所
> 書文句三百餘首,及拾得於土地堂壁上書言偈,並纂集成卷。〔註38〕

文中所言道翹事,眾所周知,然其是否「纂集成卷」者?《四庫提要辨證》嘗考:

> 所謂僧道翹者,子虛烏有之人也,安得輯寒山之詩。〔註39〕

余氏考得閭丘胤事乃屬誣妄後,另遂將道翹其人及集寒山、拾得詩之事一併否定。但所下「所謂僧道翹者,子虛烏有之人也」之斷語,似乎有失公允,實未加深考。因日人入史義高〈關於寒山〉一文中,〔註40〕已考得唐代李邕〈國清寺碑〉並序中,曾提及道翹此人。〔註41〕既然此人存在,若以李邕（678～747）時代推算,其於玄

〔註35〕此條書目尚有注語:「錫鬯按:《唐志》作釋智昇《對寒山子詩》。」（收《叢書集成新編》第 1 冊,臺北:新文豐,民 75 年元月,頁 591）。此條所記有誤,余嘉錫考辨爲:「蓋因《唐志》上文有智昇所撰三書而誤。」《四庫提要辨證》,頁 1066。

〔註36〕宋・歐陽修、宋祁撰:《新唐書》〈志第四十九・藝文三〉（臺北:洪氏出版印行,民 66 年）,頁 1531。

〔註37〕《崇文總目》題名略異《唐志》,余嘉錫認爲是受 "《唐志》作釋智昇《對寒山子詩》" 語影響,而誤去「對」字,同注 35。

〔註38〕《四部叢刊初編・集部》「寒山子詩附拾得詩」（臺北:臺灣商務,民國 56 年）,頁 2。

〔註39〕《四庫提要辨證》,頁 1070。

〔註40〕該文爲入史義高《寒山》卷首,（東京:岩波書店,1984 年 2 月出版）,語見羅時進《唐詩演進論》,頁 119。

〔註41〕李邕碑文今存《全唐文》卷二百六十二,其序曰:「寺主道翹,都維那首那法師法忍等,三歸法空,一處心淨,景式諸子,大濟群生。」轉引葉珠紅《寒山詩集論叢》「〈寒山詩集〉版本問題探究」,頁 9。

宗天寶六載（747）前尚存，時寒山尚未入滅，集詩之說，不攻自破。故道翹乃屬後人捏構閭丘胤訪寒山、拾得事時，另虛設之眞實人物。

然道翹未集詩，不等同集本不存在，應分開視之。筆者以爲既有佯託道翹輯錄之事，必有爲其假依之詩集。此本雖無文獻佐證，但從其內容有僞閭序、拾得詩，與陳耀東將其標於徐本後、寂注本前〔註42〕研判，斯集疑爲首附閭丘序、拾詩之傳本。

嗣後，元末所修《宋史・藝文志》卷七「別集類」所錄：「僧道翹《寒山拾得詩》一卷〔註43〕」即屬傳刻之宋槧本，惜原梓遺逸，明清之際尚有影抄本存世。〔註44〕

二、曹山本寂注本

余氏考辨閭序爲譌作後，遂憑《宋高僧傳》內容，判定晚唐曹洞宗本寂禪師撰《對寒山子詩》爲寒詩首注本。宋・釋贊寧撰《宋高僧傳》卷十三〈梁撫州曹山本寂傳〉，傳云：

> 釋本寂，姓氏黃，泉州莆田人也。其邑唐季多衣冠士子僑寓，儒風振起，號小稷下焉。……年惟二十九，二親始聽出家。……年二十五，登於戒足，凡諸舉措，若老苾芻。咸通之初，禪宗興盛，風起於大溈也。……後被請往臨川曹山，參問之者，堂盈室滿。其所詶對，激射匪停……復注《對寒山子詩》，流行寓內，蓋以寂素修舉業之優也。文辭遒麗，號富有法才焉。
>
> 尋示疾，終於山，春秋六十二，僧臘三十七。〔註45〕

同書卷十九〈唐天臺山封干師傳（演木師　寒山子　拾得）〉亦曰：

> 後曹山寂禪師注解，謂之《對寒山子詩》。〔註46〕

據是，本寂禪師因「富有法才」，「文辭遒麗」，遂能注解寒詩，撰成《對寒山子詩》，余氏所言無誤。然從本寂昭宗天復辛酉年間（901）告寂，〔註47〕溯推六十二載，

〔註42〕請參考陳耀東《寒山詩集》傳本敘錄〉後附「版本源流總表」，頁46。

〔註43〕元・脫脫：《宋史》〈志卷第一百六十一・藝文七〉（臺北：中華學術院出版，民61年），頁2046。

〔註44〕有關此版本，陳氏有以下述說：「《宋史・藝文志》卷七《集部・別集類》：『僧道翹《寒山拾得詩》一卷』當即依此本著錄。觀書名，知其僅錄寒山、拾得詩，而無豐干詩，則可推知它早於志刻本。此原刻本雖未見傳，然明清之際尚有影宋抄本傳世。」《寒山詩集》傳本敘錄〉，頁30。

〔註45〕宋・釋贊寧撰：《宋高僧傳》卷十三〈梁撫州曹山本寂傳〉（北京：中華書局，1997年10月），頁308。

〔註46〕前揭書，頁485。

〔註47〕《宋高僧傳》在「終於山」條有注記：「《五燈會元》謂歿在天復辛酉六月十六日，《僧寶傳》同」，頁322。

可知其生於唐文宗開成五年（840）。

至《對寒山子詩》爲何言「對」，余季豫解釋道：

> 《對寒山子詩者》，本寂注解之名也。寂蓋以其頗含玄理，懼人不解，遂
> 敷衍其義，與原詩相應答，如〈天問〉之有〈天對〉，故謂之對。〔註48〕

「對」乃「敷衍其義，與原詩相應答」，似葉昌熾所釋「謂之『對』者，當是以詩爲問，而設詞以答之。……正如向子期之注《莊》、張處度之注《列》，但以微言頗析名理，不必如詁經之隨文箋釋也。」，〔註49〕蓋《對寒山子詩》中「對」字作「注」解，乃設詞衍繹寒詩義理也。

對注本來源與撰闍序問題，《辨證》賡續考辨：

> 寂之所注，當即根據徐本，……據《宋高僧傳‧拾得傳》，本寂所注，實
> 兼有拾得詩，不知寂何從得之，豈本寂所自搜求附入歟？……《唐志》所
> 載《對寒山子詩》，有閭丘胤序而無靈府之序，疑本寂得靈府所編寒山詩，
> 喜其多言佛理，足爲彼教張目，惡靈府之序去之，依託閭丘，別作一序以
> 冠其首，謬言集爲道翹所輯，爲之作注，於是閭丘遇三僧之說盛傳於世，
> 不知何時其注爲人所削，而寒、拾之詩倖存，宋之俗僧又僞撰豐干詩附入
> 其中。〔註50〕

觀此，可知余氏對寂本主張凡三：其一、采擷靈府本而成，其二、所得拾詩，可能是「本寂自搜附入」，其三、託名閭丘胤爲《寒山詩集》作序。

上三點有必要一一辨明。首先，注據徐本，並非不可能，因徐靈府序集寒詩早於本寂禪師，更何況徐前已有好事者錄本行世。但《辨證》僅曰「當據徐本」，卻未見任何證據。對此，黃博仁提出懷疑，謂：

> 如本寂注據徐本，杜光庭何不言之，以光大道士之功耶？誠令人費
> 解？……要者，本寂之《對寒山子》或另有所據，不一定據徐本。〔註51〕

所言甚是，《對寒山子詩》非必采徐本，亦可據它本。撰者以爲除靈府本外，其或許依前述之「僞託道翹本」注釋而成。

其次，拾得詩僞來源，余氏疑謂「本寂自搜附入」，卻未解釋原因。若本寂禪師真是輯錄拾詩者，爲何曹洞禪籍隻字未提？且贊寧也只言注詩，未曰集詩。如此論斷，甚爲疏陋，無法令人信服。因此，疑寂本中之拾詩，是承「道翹本」而來。

〔註48〕《四庫提要辨證》，頁 1066。
〔註49〕葉昌熾撰：《寒山寺志》卷三（南京：江蘇古籍出版社，1998 年 8 月），頁 135。
〔註50〕《四庫提要辨證》，頁 1070～1071。
〔註51〕黃博仁：《寒山及其詩》（臺北：新文豐，民 82 年 12 月），頁 15。

　　再者，本寂是否爲僞〈序〉之撰者，則有待商榷。因曹山本寂乃洞山良价首席弟子，曹洞宗之大師，無須爲「彼教張目」，惡「靈府之序」，另「作一序以冠其首」。所以，閭丘序也非本寂杜撰，或出另一晚唐人之手。〔註52〕

　　簡言之，曹山本寂《對寒山子詩》，允稱《詩集》唯一注本，其據何本注成，仍無法獲得證實。但可確信其人並未輯錄拾得詩偈與僞造閭序。至於注本終竟何時，迄今未有明論，姑且以前人之說，將本寂圓寂年代（901）〔註53〕爲注書最後期限。

伍、小　結

　　綜上所述，《寒山詩集》唐時傳本，約分五種，寒山自編本、好事者錄本、徐靈府序集本、僞託道翹本、曹山本寂注本。自編本據撰者作品內證得知；好事本從《仙傳拾遺》文獻獲悉；道翹本則據閭序推判；而徐、寂本均有具體文獻載錄。其中靈府本可謂有序本之始，本寂則是《詩集》首注本。但所述諸本特質與流傳次第，也僅是筆者爬羅及考證相關資料後，所獲之暈影。其主因是原籍湮沒，無從考索真實面貌。至文中尚有甚多疑問未能解答，則須待日後新文獻之出現設法解決之。

〔註52〕學人蒲立本曾對閭丘序文末讚辭音韻進行分析，發覺其與寒山用韻特徵相仿，皆屬晚唐時期產物。語見賈晉華〈傳世《寒山詩集》中禪詩作者考辨〉，載《中國文哲研究集刊》第22期，2003年3月，頁85。
〔註53〕陳耀東《〈寒山子詩結集結新探〉》將此本訂於"昭宗天復辛酉年間（901）"卒年前，頁44。

一 《寒山詩集》唐本流傳表

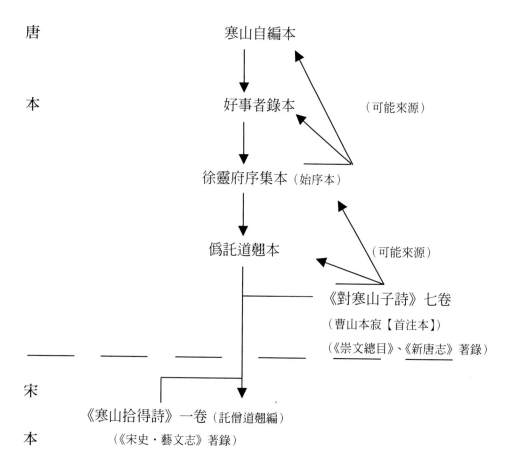

二 傳本特質

版本名稱	編就年代	集 序	卷 數	詩 數	編 次	附 錄
寒山自編本	德宗貞元九年（793）～文宗大和四年（830）			六百首	五言、七字、三字	
好事者錄本	稍早於徐靈府本或同時			三百首		
徐靈府序集本	文宗大和三年（829）～武宗會昌初年（841）	徐 序	三卷	三百首		始序本
偽託道翹本	徐靈府序集本後，本寂注本前	閭丘胤序	一卷	三百首		首附〈閭丘胤序〉與拾得詩
曹山本寂注本	昭宗天復辛酉年間（901）	閭丘胤序	七卷	三百首		首注本

附錄二　唐白話詩派研究述略

壹、前　言

　　唐白話詩派是現今唐詩研究熱門課題，不僅成果斐然，更是唐代文學不同面向之展現。基本上白話詩派就是佛教詩派，亦稱通俗詩派，項楚曾云：「並非所有的白話詩都屬於白話詩派。這個詩派有著自己的淵源和形成發展的過程，有著共同的藝術和思想傳統。……從思想上看，它基本上是一個佛教詩派，與其它詩派不同，它不是文人詩歌內部的一個派系。……它以通俗語言創作，採用偈頌體，其作者基本為在家居士或出世僧侶。〔註1〕」所謂白話詩並非單指用語淺白之詩作，其與文人白話詩迥異〔註2〕，而由一群僧侶有意識地利用佛教偈頌特性創作詩歌，具有特定意識形態與語言特徵〔註3〕。換言之，白話詩派本質就是一個通俗詩僧集團。當然白話詩並非李唐專有，最早源自南北朝佛教詩歌，且與禪宗關係密切，至唐初王梵志才發展成熟，蔚然成派〔註4〕。

〔註1〕　項楚：〈唐代白話詩派研究〉，載《江西社會科學》，2004年2月第36頁。

〔註2〕　鄭振鐸《中國俗文學史·上》第五章「唐代的民間歌賦」說道：「白居易的詩，雖號稱婦孺皆解，但實在不是通俗詩：他們還不夠通俗，不敢為民眾而寫，引用方言俗語入詩及抓住民眾的心意和情緒來寫。」（北京：商務印書館，1998年4月），第124頁。

〔註3〕　謝思煒曾云：「受佛教的影響，唐代產生了白話詩派，或稱通俗詩派。這種詩是一種特殊的文學形式，具有特定的型態特徵與語言特質。它通過宗教的語言來表達群眾的社會意識，既依賴於佛教的基本思想，又自然地超越其繁瑣的推論和各種不必要的預設，直接選擇佛教與民眾意識相吻合的若干結論，用感受的方式和直接的生活語言來喚醒宗教情緒。」參見〈唐代通俗詩研究的若干問題〉，收於謝思煒：《唐宋詩學論集》（北京：商務印書館，2003年），第134～154頁。

〔註4〕　項楚曰：「白話詩派或者說是"禪"的詩派，它的淵源、成立、發展興盛和衰落，和禪學及禪宗保持某種同步關係。由南北朝時期的禪學而產生初期佛教白話詩，到初

王梵志、寒山與龐蘊皆是唐通俗詩壇主要代表人物，不過現今文學史介紹白話詩派時，大都涉及王梵志、寒山，卻鮮談及龐蘊〔註 5〕。龐蘊為南宗禪馬祖道一法嗣，中國著名佛教居士。北宋以降，有不少公案語錄、詩歌偈頌流傳民間，詩風與王、寒無異，如欲探究唐白話詩派研究現況，龐居士無疑是最佳考察對象之一。今日有關王梵志、寒山、龐蘊之研究，大致可分生平研究與作品探討兩大類，此二者也是瞭解研究現狀最佳途徑，以下就此範疇略述唐代白話詩派研治概況。

貳、詩人生平研究

王梵志、寒山、龐蘊生平傳記，唐史籍未載，相關資料散存於書序、僧傳及禪門語錄中，且常有牴牾，使三人行誼隱晦，無法究悉。因此今日研究議題，主要針對詩人年代釐清、存在問題、生活行實及葬地等方面進行考察。

一、王梵志

王梵志，衛州黎陽人，相傳生於隋王祖德家中林檎樹樹癭。生平資料見於晚唐馮翊子《桂苑叢談》與李昉《太平廣記》卷八十二，但二書內容記載乖誕，未能盡信，導致學者聚訟甚久，迄今仍未定案。王氏生時年代有「隋文帝至唐高宗時」；「初唐」；「唐高祖至唐玄宗」與「大曆間」時人等說，這些說法各有主張，其中以胡適為發端。1928 年胡適《白話文學史》「初唐白話詩」一章，詳細介紹王梵志生平與作品，提出"王梵志的年代當約 590～660 年代〔註6〕"之首議，便開啟其人年代考察之熱潮。80 至 90 年代初期，更達鼎盛期〔註7〕。如趙和平、鄧文寬〈敦煌寫本王

唐"王梵志詩"匯合許多無名作者的白話詩，"白話詩派"便成立。」同註 1，第 41 頁。

〔註 5〕例如劉大杰《中國文學發展史》（臺北：華正書局，民 86 年 7 月版，第 422～427 頁）第十三章「初唐詩歌—王績及其他詩人」采擷胡適《白話文學史》之說法，介紹王績、王梵志與寒山三者。而喬象鍾、陳鐵民主編《唐代文學史》（北京：人民文學出版社，2000 年 6 月 2 版，第 163～184 頁）第八章「王梵志和其他通俗詩人」則對王、寒、拾生平與詩歌風格作詳實闡說。另郭預衡主編《中國古代文學史長編—隋唐五代卷》（北京：首都師範大學出版，2000 年 9 月 2 版，第 471～478 頁）第十二章「唐代詩僧及敦煌文學」分述王、寒之生平及其詩歌。由此可見，上述文學史主要將王梵志、寒山視作唐代通俗詩派指標人物，而未談及龐居士。

〔註 6〕胡適：《白話文學史》（上卷）（北京：東方出版社，1996 年 3 月），第 165 頁。

〔註 7〕徐俊波〈王梵志研究的百年回顧〉有曰：「20 世紀 80 年代以來，國內的王梵志研究無論是在詩集的整理和校釋方面還是理論研究方面，均堪稱空前繁榮，取得了豐碩成果。」（收傅璇琮主編：《唐代文學研究年鑒 2003 年》，廣西：廣西師範大學出版社，2004 年 9 月第 309 頁）；另朱鳳玉、陳慶浩〈王梵志詩之整理與研究〉亦曰：「八

梵志詩校注〉針對劉復《敦煌掇瑣》中 P.3418、3211 號敦煌寫卷內容所反映中男年齡、府兵制度情況、「開元通寶」前之史實，以及唐中央政權與吐蕃間之衝突，考出"王梵志活動上限是初唐武德年間，而最遲不晚於開元二十六年（738）〔註8〕"之結論。嗣後張錫厚〈初唐白話詩人王梵志考略〉〔註9〕、朱鳳玉《王梵志詩研究》〔註10〕、項楚〈王梵志詩論〉〔註11〕、鍾繼彬〈王梵志詩及王梵志奇人事跡鉤沉〉分別對王氏身世作詳盡研究與考察，所得結論大致相同。張文認爲"無需更多羅列比對，王梵志的創作實踐有力地說明他是初唐的通俗詩人"；朱鳳玉則說"王梵志生於隋朝，活動於初唐"；項楚基本上同意趙、鄧二人分析，並認爲"它們（王梵志詩集三卷本）產生初唐時期，特別是武則天當政時期"。鍾繼彬是從王梵志詩所透露時代背景，結合詩中「行年五十餘，始學悟道」句，推敲出"王梵志五十歲以後信奉佛教，應當是在初唐，而不是在中唐〔註12〕"。相關考述頗多，不過現今大多暫持活動於初唐時期之看法〔註13〕。

　　也因如此，早期有些日本學者甚至認爲王梵志是虛構人物，提出西域胡僧，或是一群托缽僧主張。如入史義高〈王梵志について〉〔註14〕對王氏存在真實性抱持懷疑，接續菊池英夫〈王梵志詩集和山上憶良『貧窮問答歌』之研究〉亦表贊同，其說道：「我不得不指出費盡心思來追查該文作者（王梵志）的生平將徒勞無功，而且也沒有必要。〔註15〕」直接否定王梵志其人之真實性。然此虛無主義主張，至潘

　　　　十年代，是王梵志詩研究最熱烈的時期。」（項楚、鄭阿財主編《新世紀學論集》成都：巴蜀書社，2003 年 3 月第 158 頁）。

〔註 8〕原載《北京大學學報・哲學社會科學版》第 5 期、第 6 期，1980 年，收張錫厚輯：《王梵志詩研究彙錄》，第 209 頁。

〔註 9〕張錫厚〈初唐白話詩人王梵志考略〉，《中華文史論叢》第 4 期，1980 年 10 月第 61～57 頁。

〔註10〕朱鳳玉《王梵志詩研究・上冊》，（臺北：台灣學生書局，民 75 年 8 月）。

〔註11〕項楚〈王梵志詩論〉（收錄項著《敦煌文學叢考》，上海：上海古籍出版，1991 年 4 月第 631～673 頁）。

〔註12〕鍾繼彬〈王梵志詩及王梵志奇人事跡鉤沉〉，《成都教育學報》第 20 卷第 5 期，2006 年 5 月第 104 頁。

〔註13〕目前學界大都抱持王梵志活動於初唐時期之看法，但非絕對。徐俊波〈王梵志研究的百年回顧〉嘗云：「學界認爲：『王梵志的生活年代"大致在唐初數十年間"，"享年約七、八十歲"（傅璇琮等主編：《中國詩學大辭典》，第 320 頁"王梵志"條）……。1990 年上海古籍出版的《唐詩大辭典》亦持此說。』初唐說自有其充分的理由，只是覺得寬泛，有待進一步探考。」第 310 頁。

〔註14〕入史義高〈王梵志について〉（上）《中國文學報》第 3 期，1956 年 4 月；（下）《中國文學報》第 4 期，1956 年 10 月。

〔註15〕引自朱鳳玉《王梵志詩研究・上冊》，第 60 頁。

崇規發表〈王梵志出生時代的新觀察〉〔註16〕，將《叢談》記載解讀爲「一個棄嬰被收養過程」獲得多數學人接受後〔註17〕，虛構人物觀點已不復在。

王梵志生平探究，主要著重活動年代釐清與人物眞實問題兩大方面，雖成果可觀，但仍有諸多問題懸而未解，如活動時代細定、享年長久等，這些尚需新文獻進一步證實與釐訂。

二、寒 山

寒山與王梵志一般，不僅身世如謎，且行跡神話。寒山，姓氏不詳，因曾隱居寒岩，故自號寒山子。早年遊歷四方，學文習武，讀書詠史。三十歲後，隱居台州（今浙江臨海）翠屛山，與國清寺禪師豐干、僧拾得結識，世稱「國清三隱」。其年代根據來源主要有二：一是貞觀年間台州刺史閭丘胤所撰〈寒山子詩集序〉，認爲寒山乃唐初人氏；一是以李昉《太平廣記》卷五十五所引唐末天台道士杜光庭《仙傳拾遺》（今佚），提到寒山爲大歷（766～779 年）中人。此二文獻所言年代各異，造成學術界對寒山年代裁奪展開激辯。

持「貞觀說」皆相信閭丘《序》之記錄，並加衍生而成。今人主要有趙滋蕃〈寒山子其人其詩〉、嚴振非〈寒山子身世考〉〔註18〕、李敬一〈寒山子和他的詩〉〔註19〕、黃博仁《寒山及其詩》等贊同此說。不過「貞觀說」尚有諸多疑點，無法使人盡信。至余嘉錫《四庫提要辯證》考證閭〈序〉純屬僞作後，該觀點可算徹底推翻。

寒山爲初唐人論點被屛除後，《仙傳拾遺》之大歷記載就成探考寒氏時期主要線

〔註16〕潘重規〈王梵志出生時代的新觀察——解答《全唐詩》不收王梵志詩之謎〉（原載中央日報「文藝評論 54」1985 年 4 月 11 日）今附朱鳳玉《王梵志詩研究·上冊》，第312 頁。

〔註17〕如張錫厚〈王梵志生平時代考〉一文提到：「潘重規先生提出『王梵志和陸羽同爲棄兒』的論斷，進而證明《桂苑叢談》所載並非玄妙的神話，而是『平實可靠的記載』，更具說服力，使一向被視爲荒誕的神話傳說，又恢復歷史的本來面目。」（收錄於張錫厚著《敦煌本唐集研究》，臺北：新文豐，民國 84 年，第 119 頁）；另項楚〈王梵志詩論〉亦表相同看法：「臺灣潘重規教授在《敦煌王梵志詩新探》中，以獨具的慧眼，掃除了籠罩著王梵志故事的神秘氣氛。」，第 631 頁。

〔註18〕其以《北史》、《隋書》與寒山詩，通過歷史之印證，得到「約生於隋開皇三年，卒於唐長安四年」結論。參閱嚴氏〈寒山子身世考〉載《東南文化》第 2 期，1994 年，第 217～218 頁。

〔註19〕李敬一〈寒山子和他的詩〉（載《江漢論壇》第 1 期，1980 年）則「通過對寒山詩中所反映社會狀況的詳盡分析，同樣支持貞觀說。」轉引王早娟〈寒山子研究綜述〉載釋妙峰主編《曹溪禪研究》北京：中國社會科學出版社，2002 年 9 月第 481 頁。

索。較早有胡適言"生於八世紀，他（寒山）的時代當約 700～780〔註20〕"。賡續余嘉錫〔註21〕、錢穆〔註22〕相繼考證，寒山年代於是延至中唐晚期。此後許多研究者便在此基礎作修正、肯定之工作，其中以王運熙、陳慧劍、孫昌武、錢學烈、連曉鳴、羅時進等人為代表。陳慧劍《寒山子研究》是從詩〈序〉中所謂「朝議大夫使持節台州諸軍事守刺史上柱國賜緋魚袋閭丘胤撰」之「使持節」與「緋魚袋」二官制使用年代，與寒山詩中內證得到"約於公元 710 年～820 年間〔註23〕"看法。而錢學烈〈寒山子年代的再考證〉與羅時進〈寒山生卒年考〉分別考出"生唐玄宗開元年，約 725～730 年左右，卒於文宗寶歷、太和年間，約 825 年～830 年左右〔註24〕"；"寒山生活年代約為 726 年～826 年〔註25〕"。

關於寒山「年逾百歲」說法，學術界亦有探討。學人余嘉錫、趙滋蕃、陳慧劍、張伯偉、錢學烈等均認定寒山年壽過百事實，少有疑意。但項楚〈寒山詩籀讀札記〉有不同解讀：「倘若把自敘詩中『老病殘年百有餘』之"百有餘"理解為百有餘歲，則是完全誤解了詩意。這個"百"字不是指數字一百，而是"凡百"、"一切"之義。〔註26〕」顯然還有詳考之處，不過變異不大。

另外寒山遊歷蘇州寒山禪寺與入滅地方討論，也引起不少研究者注意。如寒山滅寂處——寒岩，陳熙、陳兵香〈關於寒山子墓塔的探討〉〔註27〕指出寒山滅寂可能原址，以及提出農曆九月十七為忌日，都是別開生面之研究課題。

寒山生平探討，似乎較王梵志為夥，切入面也較廣。筆者認為可能寒山作品風格多異，深獲海內外研究者青睞，於是焦點隨之開拓。另一方面其生平事蹟文獻記載較王梵志詳盡，添增研究素材，相對論述層面呈現多樣化。

〔註20〕胡適：《白話文學史》(上卷)，第 177 頁。
〔註21〕余嘉錫：《四庫提要辨證·下》(昆明：雲南人民出版社，2004 年 11 月)，第 1060～1068 頁。首先對閭丘胤所撰《寒山子詩集序》考為偽作後，接以《宋高僧傳》卷十一大溈祐公遇寒山之事，推測貞元九年（793 年）為寒山卒年。
〔註22〕錢穆〈讀書散記兩篇·讀寒山詩〉(收《新亞書院學術年刊》第 1 期，民 48 年 10 月第 9～11 頁) 所持立場，與余嘉錫相仿，將寒山卒年定為順宗、憲宗間，即 805 年～810 年。
〔註23〕參見陳慧劍：《寒山子研究》(臺北：東大圖書，民 80 年 8 月)，第 1～44 頁。
〔註24〕錢學烈：〈寒山子年代的再考證〉，《深圳大學學報（人文社會科學版）》第 15 卷第 2 期，1998 年 5 月第 107 頁。
〔註25〕羅時進：《唐詩演進論》(南京：江蘇古籍出版社，2001 年 9 月)，第 213 頁。
〔註26〕項楚：〈寒山詩籀讀札記〉收 (項楚著：《柱馬屋存稿》北京：商務印書館，2003 年 7 月第 130 頁)。
〔註27〕陳熙、陳兵香：〈關於寒山子墓塔的探討〉，《東南文化》第 2 期，1994 年，第 223 頁。

三、龐　蘊

　　龐居士事蹟充滿傳奇色彩，其內容見於佛教史籍如《祖堂集》、《景德傳燈錄》、《興隆編年通論》、《五燈會元》等傳本，不過龐氏傳記文獻無論是身世、籍貫、家世等記載皆較王、寒詳實，增加不少討論觀點。

　　龐居士，名蘊，字道玄〔註28〕，衡州衡陽（今湖南）人。父任衡陽太守，遂居於衡。蘊世習儒業，志求真諦。唐德宗貞元初（約785）謁石頭希遷〔註29〕，豁然有省。復與丹霞天然〔註30〕相偕受科舉之選，其時，聞江西馬祖〔註31〕之道名，遂奔洪州，隨馬祖參禪而契悟，貞元中（約785～805）北遊襄陽（今湖北），以舟盡載珍橐數萬，沉之湘流，舉家修行。元和三年（808）刺史于頓問疾，蘊謂曰：「但願空諸所有，慎勿時諸所無。」言訖而化，世稱「龐居士」、「襄陽龐大士」、「東土維摩」。

　　其生平探討大致可分幾項要點：一、生父為誰、二、沉寶之說、三、入滅時間。相傳龐父為衡陽太守，文獻主要見於無名子〈龐居士語錄詩頌序〉中提及：「父任衡陽太守」，後宋・釋本覺《釋氏通鑑》卷九、明・朱時恩編《佛祖綱目》卷三十二等亦錄之〔註32〕。由於蘊父曾任衡陽太守，因此研究者多據此條考証龐氏生父究竟何人。覃偉《龐居士研究》〔註33〕第二章第一節中曾檢覽兩《唐書》、《通鑑》與明凌迪知撰《萬姓統譜》等書，未見相關證據。而李皇誼翻查郁賢皓《唐刺史考全編》仍無法查明其父為誰，不過卻提出"目前可知龐承鼎者，……可能與龐蘊居住

〔註28〕宋・計有功：《唐詩紀事》卷四十九，則作：「蘊字『道元』，衡陽人。」收《四部叢刊初編・集部》第99冊（臺北：臺灣商務印書館，民國56年臺一版），第414頁。

〔註29〕希遷（716～790）亦稱「石頭希遷」，端州高安（今江西）陳氏。年方弱冠，聞大鑒南來，心學相踵，乃直造曹溪。開元十六年（728）於羅浮受具戒。後至盧陵從青原行思。天寶初，至南嶽，見寺東有石，狀如臺，乃結庵其上，時號「石頭和尚」。有《參同契》二百餘言。寂後德宗謚無際大師。震華法師編：《中國佛教人名大辭典》（上海：上海辭書出版，2002年3月版），第311頁。

〔註30〕天然（739～824）鄧州（今河南）人。初以布衣謁希遷，直侍三載，始落髮，受戒於南嶽希律師。歷參大寂、國一。尋入洛陽慧林寺，時天奇寒，天然取木佛燒火取暖，名震天下。後返本州，結庵丹霞，復遊襄陽，與龐大士善。前揭書，第60頁。

〔註31〕道一（709～788）什邡（今四川）馬氏，世稱馬祖道一。幼依資州唐和尚落髮，受具於渝州圓律師。開元中，習定於衡嶽山中，遇懷讓，言下領旨，密受心印。始自建陽佛跡嶺遷至臨川，次至南康龔公山，創立叢林法度。大歷中，隸名於鍾陵（江西南昌）開元寺，四方學子雲集，常以「即心即佛」之旨示人，世稱「洪洲宗」。同前書，第799頁。

〔註32〕所記內容稍異，如《佛祖綱目》是記：「父任衡陽太守」；《釋氏通鑑》則云：「父為衡陽刺史，卒於任」。

〔註33〕覃偉：《龐居士研究》（成都：四川民族出版社，2002年7月）。

地合流，形成龐蘊之父任衡陽太守一說〔註34〕”之假設，但所據資料基礎薄弱，矛盾甚多，有待日後詳考。

　　沉寶之說則見〈語錄序〉一段記載：“唐貞元年間，用船載家珍數萬，麋於於洞庭湘右，罄溺中流”。該故事頗具傳奇性，並且傳達中國古代欠錢還債因果相報觀念，深受民間人民喜愛，元末劉君錫逐將此事編寫爲《龐居士誤放來生債》雜劇。《來生債》戲曲之流布，說明居士在中國文學史上地位與影響，不過此方面論述除譚偉論著與其〈論元雜劇《龐居士誤放來生債》題材來源及其價值〉〔註35〕一文有涉獵外，未見其它相關研究成果。

　　至於龐氏死年，說法紛眾，歷來有貞元、元和、太和三種推測。貞元（785～805）說僅宋計有功《唐詩紀事》卷四十九云及，宋王象之編《輿地紀勝》卷八十二亦援引，不過線索有限，無從深考。故貞元說，不被學者納入討論，僅屬文獻載錄。

　　元和說（806～820）又分兩派：一是元和三年（808）；另一爲元和十年（815）。前者主要據于頔元和事蹟（即《舊唐書·憲宗紀》載元和三年（808）九月被任命宰相離開襄陽）推衍，入史義高《龐居士語錄》據此提出生卒年爲“～808〔註36〕年”，《中國文學大辭典·唐五代卷》陳尚君撰「龐蘊」條“約卒於元和三年前〔註37〕”，楊曾文〈唐代龐居士及其禪詩〉“龐蘊約卒807～808年〔註38〕”皆是主張該說者。元和十年的看法，是依〈語錄序〉記龐死於元和年間中一次日蝕（該年間共發生元和三年（808）、元和十年（815）、元和十三年（818）三次）後七天，相佐燈錄、燈史言龐蘊回襄州（元和六年（811））、女靈照坐化時間等旁證，推出逝於第二次日蝕後七日之意見。此說由於合理性高，論證充實，獲得譚偉《龐居士研究》認同。太和（827～835）說，則以龐居士曾與馬祖再傳弟子仰山慧寂（807～883）禪師、洛浦元安（834～898）禪師參禪情事來推判，不少佛教辭典採擷，如比丘明復《中國佛學人名辭典》「龐蘊條」記：“太和間歿〔註39〕，將年代延至太和年間。

　　綜上觀之，學者對王、寒、龐三人生平考述，大都依據文獻記載發展，如龐氏出生記載與王相似，其爲仕宦之後，籍貫、家世有清楚說明；王梵志則是黎陽城東

〔註34〕李皇誼：《禪門龐蘊居士及其文學研究》，東海大學中國文學系博士論文，民94年，第14頁。

〔註35〕譚偉：〈論元雜劇《龐居士誤放來生債》題材來源及其價值〉，《四川師範大學學報（社會科學版）》第28卷第3期，2001年，第43～47頁。

〔註36〕入史義高：《禪居士語錄》（東京：築摩書房，1973年3月），第209頁。

〔註37〕周祖譔主編：《中國文學大辭典·唐五代卷》（北京：中華書局，1992年9月），第513頁。

〔註38〕楊曾文：〈唐代龐居士及其禪詩〉，收釋妙峰主編《曹溪禪研究》，第314頁。

〔註39〕比丘明復：《中國佛學人名辭典》（北京：中華書局，1988年），第639頁。

一戶王姓人家撫養之棄嬰，故學術界都著墨於出生傳聞與身世背景之考察。而寒山不同，不僅籍貫、姓氏不詳，隱居前可謂全然空白，僅能從詩的內證或相關文獻得知線索，考其享年、經歷、入滅處所等，此亦是三人生平研究產生不同風貌之因由。至於詩人生年時代考定，似乎成爲討論時共通特點，都以「暫存此說」方法處理，無法精確判斷眞正時期，顯然文獻缺乏，成爲白話詩派知人論世方面最大阻礙。

參、詩偈作品探討

詩人生平研究重點大致如上，在詩偈作品方面亦可歸納幾個重要切入面，即「詩集版本考源注釋」與「作品內容形式探析」兩部份。此二者涵蓋整個研究課題，題型種類亦較生平豐富。

一、詩集版本考源與注釋

王梵志、寒山、龐蘊詩集傳誦已久，國內外所見版本紛繁，種類夥頤。詩集版本之溯源，對作品輯佚、流傳情形有深遠影響，於是不少學術專文對三人詩集版本進行考述。

（一）版本考源

王、寒、龐三人詩集版源各異，相對版本系統也就不同。王詩最早是一九二五年，劉復《敦煌掇瑣》將巴黎三個敦煌詩集寫本介紹給國內讀者後，始爲世人知悉。由於寫卷分別庋藏大英博物館、法國國家圖書館、俄羅斯科學東方研究聖彼得堡分所，及日本奈寧樂美術館等地，寓目不易。爲求詳覽詩集全貌，眾多學者於詩集版本蒐集頗爲用力，如胡適、鄭振鐸、王重民、張錫厚、朱鳳玉等人對詩本整理與著錄，貢獻不少〔註40〕。然而王梵志詩集系統龐雜，大概可理出：三卷本（包括卷上、中、下）、一卷本、零篇、一百一十首本四大系統〔註41〕。其中一百一十首本之見世，最晚也最可貴。該本是由陳慶浩〈法忍抄本殘卷王梵志詩初校〉所揭露〔註42〕。

〔註40〕王梵志詩集寫卷整理，除劉復外，胡適《白話文學史》、鄭振鐸《王梵志詩一卷》、王重民《伯希和劫經錄》等皆作不少集詩工作，可詳參閱張弓主編：《敦煌典籍與唐五代歷史文化》第五章第三節「敦煌本《王梵志詩集》整理簡況」（北京：中國社會科學出版社，2006年3月），第581～583頁。
〔註41〕內容請參閱項楚等著：《唐代白話詩派研究》（成都：巴蜀書社，2005年6月第118～119頁）。
〔註42〕陳慶浩：〈法忍抄本殘卷王梵志詩初校〉，《敦煌學》第12輯，1987年，第83～98頁。

陳文主要介紹塵封列寧格勒亞州人民學院所藏編號 1456 號王梵志詩寫卷（又稱法忍抄本）。該文發表後，朱鳳玉在「後記」發現寫卷與英國倫敦 S.4277 號殘卷可以併合〔註43〕，新添五十八首詩，使所見王詩更臻完備。該本詩歌之錄得，也促成嗣後項楚《王梵志詩校注》之撰成〔註44〕。

　　寒詩版本源流體系與王詩不同，寒本著錄及傳世宋、元、明、清之刻本、寫本、注本達百餘種，數量繁浩，無法備覽。今人研究寒山詩集版本最有成就者乃陳耀東。陳氏堪稱寒山詩版本研究之翹楚，所發表〈《寒山詩集》傳本敘錄〉、〈唐代詩僧《寒山子詩集》傳本研究〉〔註45〕等一系列有關之文章〔註46〕，可謂洋洋大觀，解答不少相關疑問。〈《寒山詩集》傳本敘錄〉〔註47〕文中將寒山詩集版本歸成四大類別〔註48〕，並在條目下詳加說明，使讀者能悉其中梗概。當然陳文之發表，也引起諸多迴響。譬如錢學烈〈寒山子與寒山詩版本〉〔註49〕對清代以前常見宋刻本、朝鮮本、明刻本十餘種本子做分類與考訂工夫。另外鍾仕倫〈永樂大典本《寒山詩集》論考〉，對少人注意《永樂大典》輯之《寒山詩集》進行分析與比勘，得到"《永樂大典》本《寒山詩集》源於屬『山中舊本』的《三隱詩》，

〔註43〕朱鳳玉發現法忍抄本與 S.4277 實係同一寫卷斷裂而成兩部份，S.4277 爲前半部，L.1456 爲後段，共增詩五十八首。請參朱鳳玉、陳慶浩：〈王梵志詩之整理與研究〉收項楚、鄭阿財主編《新世紀敦煌學論集》（成都：巴蜀書社，2003 年 3 月），第 159～160 頁。

〔註44〕項楚《王梵志詩校注》（上海古籍版社，1991 年）曾苦於無法寓目 L.1456 號寫卷內容，不能完整校注王梵志詩。其書「補記」曾曰：「由於兩位先生（陳慶浩、朱鳳玉）的功績，人們所知見的王梵志詩，一下子增加了六十餘首！我從香港返校後，即對這六十餘首加以校勘和注釋，編爲《王梵志詩校注》卷七，……所收梵詩共三九 0 首，終於成爲王梵志詩的真正『全輯本』」，第 36 頁。

〔註45〕陳耀東：〈唐代詩僧《寒山子詩集》傳本研究〉，《人文中國學報》第 6 期，1999 年 4 月第 1～30 頁。

〔註46〕根據錢學烈《寒山拾得校評》（天津：天津古籍出版社，1998 年 7 月）「前言」（第 11 頁）所言，陳氏所發表文章，除上述之外，另有〈全唐詩拾遺(續)〉（浙江師範大學學報【社會科學版】第 1 期，1988 年）、〈寒山子詩集結新探－《寒山詩集》版本研究之一〉（浙江師範大學學報【社會科學版】第 1 期，1997 年）、1997 年 3 月在香港召開「中國詩歌與宗教第二屆國際學術研討會」所提交之《寒山詩集》版本源流總表〉。

〔註47〕陳耀東：〈《寒山詩集》傳本敘錄〉，《中國書目季刊》第 31 卷第 2 期，民 86 年 9 月第 29～48 頁。

〔註48〕其主要是分一、影宋抄本（一），二、宋刻本（二），三、國清寺本，四、寶祐本。此四系統下又細分多種不同刊本、抄本等。可參考該文末所附源流總表，第 46～48 頁。

〔註49〕該文原載《文學遺產》總 16 輯，頁 130～143；又見所著《寒山拾得校評》「前言」第 30～46 頁。

其刊者不詳，而『山中舊本』恐為一獨立系統，即有別於至今了解的另一『宋刻本』〔註50〕"新看法。而段曉春〈《寒山子詩集》版本匡補〉〔註51〕、李鍾美〈國清寺本系統《寒山詩》版本源流考〉〔註52〕等篇分別對詩集版源考究提供新見與匡正。

　　相較下龐居士詩偈版本較為簡略，據譚偉《龐居士研究》第三章介紹，可歸為三大系統：一、日本西門寺抄宋本，二、清末咸豐（1851）本，三、明版系本〔註53〕。整體而言，《語錄》版本研究似乎沒王、寒兩人熱絡，先前雖有入史義高、石川力山〔註54〕二位奠定基礎，譚偉〈《龐居士語錄》的抄本與明刻本〉〔註55〕解說《語錄》版本來源，以及李皇誼《禪門龐蘊居士及其文學研究》第四章第一節總結三人成果，並繪出簡譜後，就無重大突破。不過《龐居士語錄》流傳廣泛，自《新唐書・藝文志》始，歷代公私藏書目錄皆見載錄，顯然版本溯源應有偌大進步空間。

（二）詩集校注

　　進行版本源流考證同時，亦幫助詩集內容校釋、輯佚工作之完成。所以詩歌彙校，是另一項研究重點。現今對王梵志詩進行全面整理大致有四家，分別最早法國戴密微《王梵志詩集附太公家教》（1982 年），其次張錫厚《王梵志詩校輯》（1983 年）〔註56〕，台灣朱鳳玉《王梵志詩研究》（1986～1987 年）〔註57〕，最後項楚《王梵志詩校注》（1991 年）。此四家優劣各具，以張本後之注本較佳。

　　張錫厚《王梵志詩校輯》共收三百三十六首（未含附載「梵志體」禪詩十二首），涉及二十八個寫本，凡分六卷。正編分卷是依據敦煌原卷編次順序，進行分首、標

〔註50〕鍾仕倫：〈永樂大典本《寒山詩集》論考〉，《四川大學學報（哲學社會科學版）》第5 期，2000 年 9 月第 115 頁。

〔註51〕段曉春：〈《寒山子詩集》版本研究匡補〉，《圖書館論壇》，第 1 期 1996 年，第 62～64 頁。

〔註52〕李鍾美：〈國清寺本系統《寒山詩》版本源流考〉，載《中國俗文化研究》第 3 輯，2005 年 12 月第 148～164 頁。

〔註53〕有明萬曆（1573～1620）程慧通刻本、明世燈（1637）重梓本、日本和刻（寬永）無刊記本、和刻承應（1652）本、《續藏經》本。

〔註54〕石川力山：〈宋版《龐居士語錄》について——西明寺所藏《龐居士語錄》の紹介とその及其資料價值〉，《禪文化研究所紀要—入史義高教授喜壽紀念論集》第 15 號，1988 年 12 月第 347～411 頁。

〔註55〕譚偉：〈《龐居士語錄》的抄本與明刻本〉，《文獻季刊》第 4 期，2002 年 10 月第 139～146 頁。

〔註56〕張錫厚：《王梵志詩詩校輯》（北京：中華書局出版，1983 年 10 月）。

〔註57〕朱鳳玉《王梵志詩研究》上(研究篇)、下(校注篇)分別於 1986 年 8 月、1987 年 11月由台灣學生書局出版。

題、標號、點校等工作，並對詩句中唐人俗語、佛家語彙加以考釋。附編部份則有「敦煌寫卷王梵志詩著錄簡況及解說」、「王梵志詩評摘輯」、二篇撰者〈敦煌寫本王梵志詩考辨〉、〈唐初民間詩人王梵志考略〉論文。該著堪稱當時輯校王詩之「足本」〔註58〕，也成爲日後詩集校注之樞本。

　　朱鳳玉對王梵志研究頗具貢獻，《王梵志詩研究》原是博士論文，凡兩冊，上冊爲研究篇，下冊則是詩集校注。研究篇主要著重詩人生平年代考究、詩集版本問題與作品內容思想等議題，爲今日王梵志最佳研究論作。另詩集校注方面，共輯詩三百九十首。朱氏較當時張錫厚多輯錄日本寧樂館所藏寫卷，並將張本輯誤之處予以增補、釐改，建樹頗多。

　　至於項楚《王梵志詩校注》是最具功力者，其書可謂彙校王梵志詩集之最善本。《校注》主要根據敦煌寫本原卷照片、影本及唐、宋詩話筆記、禪宗語錄所輯詩歌原文，做校勘與注釋之工作。全書凡分七卷，前五卷編次略同戴氏《王梵志詩集附太公家教》與張氏《王梵志詩校輯》，唯分首與二書略異。卷七則增補列寧格勒一四五六「法忍抄本《王梵志詩集卷》」（原一百一十首，今存六十九首）共六十餘首新見王梵志詩，經整理、刪除重複詩作，總計收詩三百九十首。項書除具搜詩完備、註解詳贍優點外，書末「王梵志詩論著目錄」爬梳近百篇研究王梵志著作條目，使欲蒐羅王氏相關資料以作研究者，卓收事半功倍之效。

　　寒山注本刊行，主要有徐光大《寒山子詩校注・附拾得詩》〔註59〕、李誼《禪家寒山詩注・附拾得詩》〔註60〕、錢學烈《寒山拾得詩校評》與項楚《寒山詩注・附拾得詩》〔註61〕。其中以錢、項二本尤佳。《校評》是由錢氏六年前出版之《寒山詩校注》〔註62〕（廣東高等教育出版社，1991年）改訂而來，共收寒山詩三百一

〔註58〕任半塘〈序〉曾論及：「就王梵志詩的整理來看，早在一九二五年，劉復《敦煌掇拾》迻錄三個本子（內只一本題寫《王梵志》）。其後，鄭振鐸也只校錄《王梵志詩一卷》和佚詩十六首。而在國際敦煌學界，王梵志詩的確曾吸引很多研究者的興趣，產生不少研究成果，可是，遠未能輯錄成集。法國漢學家保羅・戴密微先後研究多種王梵志詩寫本，力冀成書，生未如願。《王梵志詩校輯》……從整理古籍，昌明祖國文化遺產方面去考核，就該算是認眞嚴肅的了。」任半塘：〈序〉載張錫厚校輯：《王梵志詩校輯》，第2～3頁。

〔註59〕徐光大：《寒山子詩校注・附拾得詩》（西安：陝西人民出版社，1991年10月）。

〔註60〕李誼注釋：《禪家寒山詩注・附拾得詩》（臺北：正中書局，民81年）。

〔註61〕項楚：《寒山詩注・附拾得詩注》（北京：中華書局，2000年3月）。

〔註62〕羅時進《唐詩演進論》對於該注本曾介紹：「錢學烈的《寒山詩校注》是在其碩士論文《寒山詩語言研究》的基礎上，進一步擴充、提高而行成的成果。此著的特點是：（1）利用版本比較全面，校勘用力較勤。對於國內版本，作者收集了其中十一種，在此基礎上考鏡源流，校訂異同。（2）注釋較詳。對詩中語典及涉及內典處，注解

十三首，拾得詩五十五首，及佚詩共十首（寒山八首，拾得二首）。書中前言囊括不少著者研治寒山、拾得之成果。最難能可貴，其對寒山、拾得作品之聯綿詞、疊音詞編製索引，提供時人探討寒、拾詩歌用語可用材料。

項楚《寒山詩注》，仍承襲前書校注功力，不僅廣蒐海內外所存寒山詩集善本，進行全面校勘與豐贍注釋，共校注寒山詩三百一十三首，佚詩十二首，拾得五十七首，佚六首，允稱現今搜羅寒山、拾得詩最完整之定本。書末附錄之補充資料，舉凡事迹、傳記、序跋、敘錄等，洪纖畢錄，備受學人推崇〔註63〕。

研治風氣均弱之龐居士，其語錄整理就不如前者，除前述日人入史、石久二本著作外，目前對龐詩彙理有功者，當屬譚偉《龐居士研究》一本。譚書分上下兩編。上編為研究理論；下編則是《龐居士語錄》之校理。《語錄》又分「語錄」與「詩偈」兩大部分〔註64〕，譚氏對「語錄」之彙理，有利於瞭解龐蘊之禪機與公案，甚至梳理生平文獻，亦具實質助益。其「詩偈」部份，共校理詩二百餘首，對閱讀和解析蘊詩功效不小，但所作釋詞、注典似乎太過簡從，有予以增訂之必要。

詩集校注本相繼刊行，對詩歌保存與瞭解有所裨益，並可顯示詩作是否受到矚目，如龐蘊詩校本不多，根本原因是研究尚屬起步，未引起注意所致。另一方面所見詩集版本沒王梵志、寒山複雜，詩歌增補空間有限，進而降低校注者之興趣。

二、作品內容形式探析

作品形成要素，不外乎內涵與結構。通俗詩內容多以闡揚佛教哲理，勸人為善；形式手法則大量使用口語入詩，此二者正是白話詩歌最大表徵，亦為學術界討論較夥者。

（一）內容題材

王、寒、龐詩歌內容、題材頗為相近，但又有不同。王梵志詩內容大致分兩

較為切當，引證較廣，不少注解能見功力。（3）附錄資料。書後附錄了有關事蹟、典故校勘、王安石擬寒山詩、歷代評論、版本題跋五類資料，這些雖然只是歷代寒山研究資料中的極少一部份，但畢竟在此著之前尚很少有人作較為系統的整理，故仍可資利用，可作津梁。此著底本採用的是元朝鮮刻本《寒山詩》（影印本），實未可稱最善。」，第101頁。

〔註63〕例如羅時進《唐詩演進論》第六章第四節「評項楚《寒山詩注》」評道：「如果說當年胡適撰著《白話文學史》、余嘉錫發表《四庫提要辨證‧寒山詩集二卷附豐干拾得詩一卷》為現代寒山研究奠基，其功厥偉，那麼應當肯定項楚先生的《寒山詩注》為寒山研究的學術建構起到了更為重要的作用。它使研究的基礎更為紮實，局面更為迥闊，將寒山之學提升到一個全新的層次。」，第129頁。

〔註64〕《龐居士語錄》共三卷，分上、中、下。卷上全為語錄；卷中、下則是詩偈。

類：一是"撰修勸善"之家訓、世訓、佛戒等格言詩，另一類是"不尚虛談"反應社會現實作品。格言詩評騭不高，而後者則多數研究者表現極大興趣。例如楊青〈詩僧王梵志的通俗詩〉文中揭櫫"他的詩真實而形象地反映隋末唐初的社會生活，……和一百多年後著名現實主義詩人的『朱門酒肉臭，路有凍死骨』具有同樣深刻的社會意義，較之杜甫，王梵志詩的表現得更爲具體而生動〔註65〕"，大大讚揚其詩寫實特質。高國藩〈論王梵志的藝術性〉則將王詩這類詩作敘述對象做歸納統計，強調該詩重點爲"他描寫的是芸芸眾生，所以創作宗旨是直言時事，不尚虛談〔註66〕"。

　　寒山詩題材內容則較王梵志豐富。項楚認爲"大體說來，寒山的化俗詩，多用白描和議論的手法，而以俚俗的語言出之。他的隱逸詩，則較多風景描寫，力求創造禪的意境〔註67〕"。寒山作品可貴處在於禪理展現，因此對其禪理詩歌之探討爲數頗多。錢學烈〈寒山子禪悅詩淺析〉〔註68〕將寒氏佛禪詩分作勸戒詩與禪悅詩兩類，其中禪悅詩又分禪典、禪理、禪悟、禪境等者，系統類化寒山禪作風格；陳慧劍《寒山子研究》也對相關禪詩鑑賞，說明該詩之勝處。

　　龐居士作品沒有王梵志"不尚虛談"反映社會現實特點，亦無寒山禪悅思想之作。因爲其爲禪宗居士，詩偈以宣揚禪學爲多，其中又分勸諭、禪理悟證二種，而探討焦點以後者爲多。如譚偉〈龐居士三偈之禪悟境界〉〔註69〕將其"心空"、"日用"、"空諸所有"三偈所顯現禪悟境地，說明其如何達至此三種不同修持境界與成就。陳麗珍〈龐蘊居士之研究〉〔註70〕從禪學流變、居士佛教啓興，試圖解析龐詩蘊含之禪宗思想與思維。鄭昭明〈論龐蘊的禪宗美學風格與實踐〉〔註71〕將其機鋒交遊公案、詩偈展現「渾跡」、「卓越」禪宗美學風格進行分析。

　　此外，有少數學術篇章改採比較研究方式，將詩作風格或精神做對比歸納工夫。例陸永峰認爲王詩與寒山作品雖同「俗」，卻有淺俗與廣深、質直與雋永等差別〔註72〕。譚偉則彙理龐居士與寒山詩中濟世情懷，總結出二人身分雖爲隱士、

〔註65〕楊青：〈詩僧王梵志的通俗詩〉，《敦煌研究》第 3 期，1994 年，第 149 頁。
〔註66〕高國藩：〈論王梵志的藝術性〉，《江蘇社會科學》第 5 期，1995 年，第 131 頁。
〔註67〕項楚：《寒山詩注》「前言」，第 14 頁。
〔註68〕錢學烈：〈寒山子禪悅詩淺析〉，《中國人民大學學報》第 3 期，1987 年。
〔註69〕譚偉：〈龐居士三偈之禪悟境界〉，《佛教研究》第 1 期，2003 年。
〔註70〕陳麗珍：〈龐蘊居士之研究〉，《人文及管理學報》第 2 期，2005 年 11 月。
〔註71〕鄭昭明：〈論龐蘊的禪宗美學風格與實踐〉，《漢雲學刊》第 12 期，2005 年 6 月。
〔註72〕請參閱陸永峰：〈王梵志詩、寒山詩比較研究〉，《四川大學學報（哲學社會科學版）》第 1 期，1999 年。

居士，卻仍時刻關注社會人民生活之結語〔註73〕；查明昊〔註74〕分別陳述王梵志「翻著襪法」與寒山「寒山體」真實義涵，並以相關文獻加強說明二詩體例之差異。此說明原單獨探索一人詩歌內容之焦距，有一部分已逐漸轉成宏觀角度之比較研究。

（二）用語形式

白話詩派表現手法，即口語俚詞靈活運用，這種淺近之俚語俗諺，也為後世研究唐代白話文學保存大量寶貴方言素材，所以語言特色、詩韻分析成為當前詩集形式研究主要發展。

若凡發表〈寒山子詩韻（附拾得詩韻）〉〔註75〕，是以音韻學角度，歸納、整理寒山和拾得兩家詩韻，並考察兩人用韻特點及所反映當時實際語音之情況。

曹小雲〈王梵志詩語法成分初探〉〔註76〕一文對王梵志詩所見連詞、助詞、介詞、人稱代詞、副詞等語詞要素做統計說明，藉以瞭解使用情形。不過其所據詩本為張錫厚校理之《王梵志詩校輯》，搜詩數量明顯不足。

苗昱《王梵志詩、寒山詩（附拾得詩）用韻比較研究》〔註77〕文中脈絡主要為二：一是重新整理王梵志與寒山詩（附拾得詩）韻譜，二是針對兩者用韻情況加以對比分析，從中發現王梵志與寒山詩韻變化及異同。

而朱鳳玉〈王梵志、寒山與龐蘊－論唐代佛教白話詩的特色〉以王梵志、寒山與龐蘊三人詩歌用語手法，分俗語俚詞、佛教用語、時代用語三點論述，歸納白話詩派詩歌語言"是大量採用俚俗的語言及當時白話口語入詩，另外則是大量的引用佛教語彙，……及採取白描、敘述及議論的方式，形成佛教通俗白話詩『質樸』、『辛辣』的共同特色〔註78〕"。

上舉諸文可見王梵志等人詩歌用語、詩韻獲得相關學者注意，無論歸納比較、整理分析都有不少創見與評論，顯示詩歌形式探究發展已臻成熟，可是仍有未盡之處，譬如龐蘊詩韻彙整，至今未見有關成果，此是後人要努力跟進為之。

〔註73〕譚偉：〈論寒山與龐居士詩歌中的濟世情懷〉，《西昌師範高等專科學校學報》第 2 期，2000 年 6 月。

〔註74〕查明昊：〈翻著襪法與寒山體〉，《敦煌研究》第 3 期 2003 年。

〔註75〕若凡：〈寒山子詩韻（附拾得詩韻）〉，《語言學論叢》第 5 輯，民國 52 年 1 月。

〔註76〕曹小雲：〈王梵志詩語法成分初探〉，《安徽師大學報》第 22 卷第 3 期，1994 年。

〔註77〕苗昱：《王梵志詩、寒山詩（附拾得詩）用韻比較研究》，蘇州大學漢語言文字學碩士論文，2002 年。

〔註78〕朱鳳玉：〈王梵志、寒山與龐蘊－論唐代佛教白話詩的特色〉載劉楚華主編《唐代文學與宗教》（香港：中華書局，2004 年 5 月），第 233 頁。

肆、結　語

綜上所述，唐白話詩派研究成績已臻一定水平，不管詩人生平考究，亦或詩歌內容、形式等探討，似窮山竭澤，殆無可書。其實不然，隨著研究角度拓展、問題多樣，且有許多疑問極需解決。生平行跡方面，王梵志享年、寒山墓址、龐蘊生父等諸多謎題仍懸而未解，無法知人論世。而龐蘊詩偈版本考溯、詩集點注、韻譜整理等，這些工作有待後賢繼續戮力鑽研。

表面上唐代白詩派研究似乎取得長足進步與發展，其實仍是一塊極需灌溉之沙漠地。歷來傳統文學排斥通俗文學，及研究者長期對佛教文學之輕忽，導致諸多成績出眾之通俗僧詩湮沒無聞，乏人問津。此種偏見要及時導正，必須以審慎態度看待這些特殊作品，如同胡適《白話文學史》中揭櫫：「中國文學史上何嘗沒有代表時代的文學？但我們不應向那“古文傳統史”裡去尋，應該向那旁行斜出的“不肖”文學裡去尋。因為不肖古人，所以能代表當世。〔註79〕」通俗詩產生必有存在價值，因此承認其存在事實，於文學史上給予一個恰當位置，是文學研究者應確立之觀念。

〔註79〕胡適：《白話文學史》，第 3 頁。

後　記

　　自就讀華梵東方人文思想研究所碩士班以來，即從何師廣棪碩堂教授學習中國古典文獻學。碩堂師學殖淵懿，著作等身，所著如《李易安集繫年校箋》、《李清照研究》、《楊樹達先生甲骨文論著編年目錄》、《陳寅恪先生著述目錄編年》、《陳振孫之生平及其著述研究》、《碩堂文存》、《陳振孫之經學及其〈直齋書錄解題〉經錄考證》、《陳振孫之史學及其〈直齋書錄解題〉史錄考證》、《陳振孫之子學及其〈直齋書錄解題〉子錄考證》、等，早已播譽人口，騰聲學林。

　　碩堂師治學好博通，講學亦如斯，於所上開講多種研究課題，提供不少撰寫畢業論文之題材。修習碩士學分時，曾選讀「唐代僧人詩專題」，遂對通俗詩僧王梵志、寒山、拾得三人作品，萌發興趣。然而，王、寒二氏今日研究者較夥，拾得迄今則無專著面世，故與何師討論後，決以「拾得及其作品研究」為題，撰就斯文。

　　年前，碩堂師提議將論文交付花木蘭文化出版社審查，衡量自身學術水平能否達到出版標準。何師此議甚佳，一來可悉研究成果是否合乎要求，二者得以就教時賢，便將草稿寄交出版社杜主編潔祥先生，進行評審。未幾，杜主編允諾印行，計畫收入《古典文獻研究輯刊‧第五編》，後又承其提議，於文末附錄二篇研治唐通俗詩派之拙作，以為嚶鳴之求。本人對杜主編雅意，除表示感謝外，至其提攜後學之心，更是感激萬分。

　　本文歷經三載，認真探研，苦心孤詣，終底於成。今能順利付梓，實賴多人之襄助。首要感謝何師多年指導與教誨，其提拔與栽培之恩，永誌不忘。另大陸山東大學圖書館關家錚副研究員、文史哲出版社負責人彭正雄、萬卷樓出版社梁經理，予以資料上之提供，以及助教宗明、父母、筱瑩、楚文學長等增添研究之助援者，皆感荷無已。至拙文疏漏與謬誤處，在所難免，尚祈方家不吝斧正。

二〇〇七年三月五日識於北縣深坑寓居

參考文獻

壹、古　籍

一、史　部

（一）地方志

1. 宋・陳耆卿撰，《嘉定赤城志》（臺北：商務印書館景印文淵閣《四庫全書》，民國 75 年版）。

2. 吳秀之等修、曹允源等纂，《江蘇省・吳縣志》，《中國方志叢書》（臺北：成文出版社，民國 59 年臺 1 版）。

3. 清・葉昌熾撰，張維明校補，《寒山寺志》（南京：江蘇古籍出版社，1999 年 8 月）。

（二）藏書目錄

1. 明・焦竑輯，《國史經籍志》收王雲五主編《叢書集成簡編》（臺北：商務印書館，民國 55 年 3 月臺 1 版）。

2. 清・錢曾撰，《讀書敏求記》收王雲五主編《叢書集成簡編》（臺北：商務印書館，民國 54 年 12 月臺 1 版）。

3. 清・錢曾撰，《述古堂藏書目》（臺北：廣文書局，民國 58 年 2 月初版）。

4. 清・彭元瑞等撰，《天祿琳琅書目後編》收《清人書目題跋叢刊十》（北京：中華書局，1995 年 8 月 1 版）。

5. 清・紀昀等撰，《欽定四庫全書總目》（臺北：藝文印書館，民國 86 年 9 月初版）。

6. 清・永瑢等撰，《欽定四庫全書簡明目錄》（臺北：臺灣商務印書館，民國 72 年 10 月初版）。

7. 清・莫繩孫纂錄，《邵亭知見傳本書目》（臺北：文海出版，民國 73 年 6 月）。

8. 清・黃丕烈撰，《蕘圃藏書題識》收《書目叢編》（臺北：廣文書局，民國 56 年

8 月）。

9. 清・陳揆撰，《稽瑞樓書目》收《書目五編》（臺北：廣文書局，民國 61 年 7 月
　　初版）。

10. 清・徐乾學撰，《傳是樓宋元本書目》收《叢書集成續編》（臺北：新文豐出版，
　　民國 78 年臺 1 版）。

11. 清・孫星衍撰，《孫氏祠堂書目内編》收《書目三編》（臺北：廣文書局，民國
　　58 年 2 月初版）。

12. 清・董康撰，《書舶庸譚》收《書目叢編》（臺北：廣文書局，民國 56 年 8 月初
　　版）。

13. 清・陸心源編，《皕宋樓藏書志・續志》收《書目續編》（臺北：廣文書局，民
　　國 57 年 3 月初版）。

14. 邵懿辰撰、邵章續錄，《增訂四庫簡明目錄標注》（北京：中華書局，1959 年 12
　　月 1 版）。

15. 日本・河田羆編，《靜嘉堂秘笈志》收於賈貴榮輯《日本藏漢籍善本書志書目集
　　成》，（北京：北京圖書館出版社，2003 年 6 月 1 版）。

16. 台灣大學圖書館編，《國立臺灣大學善本書目》（臺北：海天印刷，民國 57 年 8
　　月初版）。

17. 國立中央圖書館印，《國立北平圖書館善本書目》（臺北：國立中央圖書館，民
　　國 58 年 12 月初版）。

18. 國立中央圖書館特藏組編，《國立中央圖書館善本書目》（臺北：海天出版，民
　　國 75 年 12 月 2 版）。

19. 李古寅主編，《河南省圖書館中文古籍書目》，1993 年 9 月 1 版）。

20. 周彦文著，《日本九州大學文學部書庫漢籍目錄》（臺北：文史哲出版社，民國
　　84 年 10 月初版）。

21. 楊海清主編，《館藏古籍搞本提要》武漢：華中理工大學出版，1998 年 11 月 1
　　版）。

22. 北京大學圖書館編，《北京大學圖書館藏古籍善本書目》（北京：北京大學圖書
　　館，1999 年 6 月）。

23. 香港中文大學圖書館編，《香港中文大學圖書館古籍善本書錄》香港：香港中文
　　大學出版，1999 年）。

24. 沈津著，《美國哈佛大學哈佛燕京圖書館中文善本書志》（上海：上海辭書出版
　　社，1999 年 2 月 1 版）。

25. 清華大學圖書館編，《清華大學圖書館藏善本書目》（北京：清華大學出版社，
　　2003 年 1 月 1 版）。

26. 天津圖書館編，《稿本中國古籍善本書目書名索引》山東：齊魯書社，2003 年 4
　　月 1 版）。

二、子 部

（一）諸子類

1. 李漁叔註譯，《墨子今註今譯》（臺北：臺灣商務印書館，民國 77 年 4 月）。

（二）筆記小說類

1. 宋・李昉等編，《太平廣記》（北京：中華書局，1982 年第一版）。

2. 宋・徐度，《卻掃編》，《叢書集成新編》（臺北：新文豐出版社，民國 78 年版）。

（三）釋家類

1. 西晉・白法祖譯，《佛般泥洹經》，《大藏經》（臺北：新文豐，民國 72 年）。

2. 唐・義淨譯，《大寶積經》，《大藏經》（臺北：新文豐，民國 72 年）。

3. 姚秦・鳩摩羅什譯，《金剛般若波羅蜜經》，《大藏經》（臺北：新文豐，民國 72 年）。

4. 姚秦・鳩摩羅什譯，《佛說阿彌陀經》，《大藏經》（臺北：新文豐，民國 72 年）。

5. 唐・玄奘譯，《阿毘達磨大毘婆沙論》，《大藏經》（臺北：新文豐，民國 72 年）。

6. 唐・實義難陀譯，《地藏菩薩本願經》（臺北：法光寺倡印）。

7. 聖印法師譯，《六祖壇經今譯》（臺北：天華出版社，民國 76 年 5 版）。

8. 南唐・靜、筠禪僧編、張華點校，《祖唐集》鄭州：中州古籍，2001 年 10 月）。

9. 宋・釋普濟輯，《五燈會元》（臺北：新文豐出版社，民國 84 年臺一版）。

10. 宋・贊寧撰、範祥雍點校，《宋高僧傳》（北京：中華書局，1987 年 8 月）。

11. 宋・賾藏主編集，《古尊宿語錄》（北京：中華書局，1994 年 5 月）。

12. 宋・釋道元著、妙音等點校，《景德傳燈錄》四川：成都古籍書店，2000 年 1 月）。

13. 元・釋覺岸，《釋氏稽古略》，《卍續藏經》（臺北：中國佛教會影印卍續藏經委員會印行，民國 56 年）。

14. 明・朱棣撰，《神僧傳》揚州：江蘇廣陵古籍刻印社，1993 年 10 月第一版）。

三、集 部

（一）詩集、別集

1. 唐・劉禹錫著、卞孝宣校訂，《劉禹錫集》（北京：中華書局，1990 年 3 月第一版）。

2. 《宋版寒山詩集・附豐幹拾得詩》，《日本宮內聽書陵部藏宋元版漢籍影印叢書》北京線裝書局出版，2001 年 12 月

3. 《寒山子詩・附拾得詩》，《四部叢刊初編・集部》（臺北：台灣商務印書館，民國 56 年臺 2 版）。

4. 《寒山詩集不分卷・附豐幹拾得詩》民初上海望平街有正書局影印本

5. 《寒山詩集一卷・附豐幹拾得詩》明嘉靖四年（1525）天臺國清寺釋道會刊本

6. 《寒山子詩集一卷・附豐幹拾得詩》明刊白口八行本

7. 《寒山詩集》，《永樂大典》（北京：中華書局，1986 年 6 月第一版）。

8. 《拾得詩》，《全唐詩》（北京：中華書局增訂重印本，1999 年第一版）。

9. 《寒山詩集・附豐幹拾得詩》，《景印文淵閣四庫全書》（臺北：台灣商務印書館，民國 75 年 7 月初版）。

10. 《寒山詩集一卷・附豐幹拾得詩一卷》（擇是居本），《叢書集成續編》（臺北：新文豐出版，民國 78 年臺一版）。

11. 《寒山詩集・附豐幹、拾得、楚石、石樹原詩》（影印民國二十年上海法藏寺比丘興慈刊《合天臺三聖二和詩集》本），臺北：漢聲出版社，民國 60 年 2 月初版）。

12. 陳尚君輯校，《全唐詩補編》（北京：中華書局出版，1992 年 10 月第一版）。

13. 清・雍正帝輯錄，《雍正御選語錄》（臺北：自由出版社，民國 56 年 6 月）。

（二）詩話、詩評

1. 黃叔琳注、李詳補注，《增訂文心雕龍校注》（北京：中華書局，2000 年 8 月一版）。

2. 宋・嚴羽著・郭紹虞校釋，《滄浪詩話校釋》（臺北：裏仁書局，民國 76 年 4 月）。

3. 明・胡應麟，《詩藪・外編》（臺北：廣文書局，民國 62 年 9 月初版）。

4. 清・沈德潛，《說詩晬語》，《叢書集成續編》（臺北：新文豐出版社，民國 78 年）。

5. 清・何文煥輯，《歷代詩話》（北京：中華書局，2001 年 11 月）。

6. 丁福保輯，《歷代詩話續編》（北京：中華書局，2001 年版）。

7. 丁福保輯，《清詩話》（臺北：木鐸出版社，民國 77 年）。

8. 臺靜農編，《百種詩話類編》（臺北：藝文印書館，民國 63 年 5 月初版）。

貳、研究專著

一、文學史

1. 澤田總清原著、王鶴儀編譯，《中國韻文史》（臺北：臺灣商務，民國 54 年）。

2. 胡適，《白話文學史》（北京：東方出版社，1996 年 3 月第一版）。

3. 劉大傑，《中國文學發展史》（臺北：華正書局，民國 86 年 7 月版）。

4. 鄭振鐸，《中國俗文學史》（北京：商務印書館出版，1998 年 4 月第一版）。

5. 喬象鍾、陳鐵民主編，《唐代文學史》（北京：人民文學出版社，2000 年 6 月 2

版）。

6. 郭預衡主編，《中國古代文學史長編——隋唐五代卷》（北京：首都師範大學出版，2000 年 9 月二版）。

二、佛教史

1. 方立天著，《中國佛教與傳統文化》（上海：上海人民出版社，1988 年 4 月第一版）。

2. 郭朋，《中國佛教史》（臺北：文津出版社，民國 82 年初版）。

3. 賴永海，《中國佛教文化論》（北京：中國青年出版社，1999 年 4 月）。

4. 方立天主編，《中國佛教簡史》（北京：宗教文化出版社，2001 年 5 月）。

5. 徐文明著，《中土前期禪學思想史》（北京：北京師範大學出版社，2004 年 1 月）。

6. 蔣維喬撰，《中國佛教史》（上海：上海古籍出版社，2004 年 4 月第一版）。

三、佛教文學

1. 杜松柏，《禪學與唐宋詩學》（臺北：台灣黎明有限公司，1976 年）。

2. 孫昌武，《唐代文學與佛教》（新店：谷風出版社，1987 年 5 月）。

3. 朱鳳玉著，《王梵志詩研究》（臺北：臺灣學生書局，民國 76 年 11 月初版）。

4. 孫昌武著，《佛教與中國文學》（上海：上海人民出版社，1988 年 8 月第一版）。

5. 張錫厚輯，《王梵志詩研究彙錄》（上海：上海古籍出版，1990 年 8 月）。

6. 陳慧劍，《寒山子研究》（臺北：東大圖書，民國 80 年 8 月第 3 版）。

7. 賴永海，《佛道詩禪》（高雄：佛光出版社印行，民國 81 年 3 月初版）。

8. 張伯偉著，《禪與詩學》（杭州：浙江人民出版社，1992 年 9 月第一版）。

9. 李淼著，《禪宗與中國古代詩歌藝術》（高雄：麗文文化事業，1993 年 10 月）。

10. 黃博仁，《寒山及其詩》（臺北：新文豐出版社，民國 82 年 12 月二版）。

11. 周裕鍇，《中國禪宗與詩歌》（高雄：麗文文化事業，1994 年 7 月）。

12. 覃召文著，《禪月詩魂：中國詩僧縱橫談》（北京：三聯書店，1994 年 11 月）。

13. 張錫厚著，《敦煌本唐集研究》（臺北：新文豐出版社，民國 84 年 3 月臺一版）。

14. 曲金良著，《敦煌佛教文學研究》（臺北：文津出版社，民國 84 年 10 月初版）。

15. 林建福、陳鳴著，《文苑佛光——中國文僧》（北京：華文出版社，1997 年 1 月一版）。

16. 陳允吉、陳引馳主編，《佛教文學精編》（上海：上海文藝出版社，1997 年 6 月一版）。

17. 張海沙著，《初盛唐佛教禪學與詩歌研究》（北京：中國社會科學出版社，2001 年 1 月第一版）。

18. 項楚著，《敦煌詩歌導論》（成都：巴蜀書社，2001 年 6 月第一版）。

19. 梁曉虹，《佛教與漢語詞彙》（臺北：佛光文化，民國 90 年 8 月）。

20. 羅時進著，《唐詩演進論》（南京：江蘇古籍出版社，2001 年 9 月第一版）。

21. 孫昌武著，《文壇佛影》（北京：中華書局，2001 年 9 月第一版）。

22. 陳引馳著，《大千世界——佛教文學》（昆明：雲南人民出版社，2001 年 10 月）。

23. 陳引馳著，《隋唐佛學與中國文學》（南昌：百花洲文藝出版社，2002 年 5 月第一版）。

24. 張國剛著，《佛學與隋唐社會》（河北：河北人民出版社，2002 年 8 月一版）。

25. 陳炎、李紅春，《儒釋道背景下的唐代詩歌》（北京：崑崙出版社，2003 年 4 月）。

26. 項楚著，《柱馬屋存稿》（北京：商務印書館，2003 年 7 月第一版）。

27. 羅偉國著，《花雨繽紛——佛教與文學藝術》（上海：上海古籍出版社，2003 年 8 月

四、工具書

1. 朱道序編，《新校宋本廣韻》（臺北：弘道文化出版，民國 60 年 8 月）。

2. 方詩銘編，《中國歷史紀年表》（上海：上海辭書出版社，1980 年 5 月第一版）。

3. 蕭滌非等著，《唐詩鑑賞辭典》（上海：上海辭書出版社，1983 年 12 月第一版）。

4. 周勳謨主編，《中國文學家大辭典》（北京：中華書局，1992 年一版）。

5. 陳義孝居士編，《佛學常見詞彙》（台南：和裕出版社，1999 年 1 月）。

6. 震華法師編，《中國佛教人名大辭典》（上海：上海辭書出版，1999 年 11 月一版）。

7. 張忠綱主編，《全唐詩大辭典》（北京：語文出版社，2000 年 9 月第一版）。

8. 李明權，《佛門典故》（上海：漢語大辭典出版社，2001 年 7 月）。

9. 徐連達主編，《中國歷代官制大詞典》（廣州：廣東教育出版社，2002 年 12 月一版）。

10. 賀新輝主編，《唐詩精品鑑賞辭典》（北京：中國社會科學出版，2003 年 1 月第一版）。

五、研究理論、方法

1. 黃永武，《中國詩學‧鑑賞篇》（臺北：巨流圖書，民國 65 年 10 月）。

2. 黃永武所著，《中國詩學‧考據篇》（臺北：巨流圖書，民國 66 年 4 月）。

3. 陳望道，《修辭學發凡》（臺北：文史哲出版，民國 78 年 1 月）。

4. 程千帆、徐有富著，《校讎廣義‧校勘篇》山東：齊魯書社，1998 年 4 月一版）。

5. 竺家寧，《漢語詞彙學》（臺北：五南圖書出版社，民國 88 年）。

6. 趙仲才著，《詩詞與寫作概論》（上海：上海古籍出版社，2002 年 3 月一版）。

7. 黃慶萱，《修辭學》（臺北：三民書局，2002 年 10 月 3 版）。

六、古典文學研究

1. 余嘉錫，《四庫提要辯證》（北京：中華書局，1980 年）。
2. 葉慶炳，《唐詩散論》（臺北：洪範書局，民國 76 年 1 月 3 版）。
3. 艾治平著，《古典詩詞藝術探幽》（臺北：木鐸出版社，民國 76 年 7 月初版）。
4. 陳伯海、朱易安編撰，《唐詩書錄》山東：齊魯書社，1988 年 12 月一版）。
5. 佟培基編撰，《全唐詩重出誤收考》收《唐詩研究集成》西安：陝西人民教育出版社，1996 年 8 月第一版）。
6. 蘇雪林，《唐詩概論》瀋陽：遼寧教育出版社，1997 年 3 月）。

七、禪學研究

1. 吳怡著，《公案禪話》（臺北：東大圖書，民國 77 年 11 月三版）。
2. 水月齋主人著，《禪宗師承記》（臺北：圓明出版社，民國 89 年 12 月）。
3. 李哲良著，《中國禪師》（重慶：重慶出版社，2001 年 1 月）。
4. 吳言生著，《禪宗詩歌境界》（北京：中華書局，2001 年 6 月第一版）。
5. 毛榮生著，《禪宗文化縱橫談》（上海：上海古籍出版社，2001 年 12 月第一版）。
6. 吳言生主編，《中國禪學‧第一卷》（北京：中華書局，2002 年 6 月第一版）。

八、詩集校注

1. 李誼注釋，《禪家寒山詩注‧附拾得詩》（臺北：正中書局，民國 81 年）。
2. 錢學烈校評，《寒山拾得詩校評》（天津：天津古籍出版社，1998 年 7 月第一版）。
3. 項楚著，《寒山詩注‧附拾得詩注》（北京：中華書局，2000 年 3 月第一版）。

九、詩歌評賞

1. 馬大品、程方平等編，《中國佛道詩歌總匯》（河北：中國書店，1993 年 12 月一版）。
2. 李淼編，《禪詩三百首譯析》（臺北：祺齡出版社，1994 年 12 月第一版）。
3. 廖閱鵬，《禪門詩偈三百首》（臺北：圓神出版社，民國 85 年 5 月初版）。
4. 陳伯海主編，《唐詩匯評》（浙江：浙江教育出版社，1996 年 5 月第二版）。
5. 雲門居士注析，《佛家唐詩三百首》（河北：花山文藝出版社，1996 年 8 月第一版）。
6. 潘人和編，《儒道釋詩匯賞‧釋詩卷》（福州：海峽文藝出版社，1996 年 11 月一版）。
7. 孫映逵主編，《全唐詩流派品匯》（太原：北嶽文藝出版社，1998 年 9 月第一版）。

參、期刊論文

一、期刊論文

1. 錢穆,〈讀書散記兩篇‧讀寒山詩〉(《新亞書院學術年刊》第 1 期,民國 48 年 10 月),頁 1～15。

2. 若凡,〈寒山子詩韻(附拾得詩韻)〉(《語言學論叢》第 5 輯,民國 52 年 1 月),頁 99～130。

3. 卓安琪,〈寒山時代的探考〉(《中國詩季刊》第 3 卷第 4 期,民國 61 年 12 月),頁 1～9。

4. 鍾玲,〈寒山在東方與西方文學界的地位〉(《中國詩季刊》第 3 卷,第 4 期,民國 61 年 12 月),頁 1～17。

5. 趙茲潘,〈寒山子其人其詩〉(《中國詩季刊》第 4 卷第 1 期,民國 62 年 3 月),頁 1～22。

6. 太田悌藏著、曹潛譯,〈寒山詩解說〉(《中國詩季刊》第 4 卷第 3 期,民國 62 年 9 月),頁 1～12。

7. 羅聯添編,〈唐代文學論著集目〉(《書目季刊》第 11 卷第 4 期,民國 67 年 3 月),頁 61～63。

8. 王運熙、楊明,〈寒山子詩歌的創作年代〉(《中華文史論叢》第 4 輯,1980 年),頁 47～59。

9. 張錫厚,〈唐初白話詩人王梵志考略〉(《中華文史論叢》第 4 輯,1980 年),頁 61～75。

10. 王進珊,〈談寒山話拾得〉(《中華文史論叢》第 1 輯,1984 年 3 月),頁 79～100。

11. 程裕禎,〈唐代的詩僧和僧詩〉(《南京大學學報(哲學社會科學)》第 1 期,1984 年),頁 34～41。

12. 丁敏,〈論唐代詩僧產生的原因〉(《獅子吼》第 24 卷第 1 期,民國 74 年 1 月),頁 18～21。

13. 陳耀東,〈全唐詩拾遺(續)〉(《浙江師範大學報(社會科學版)》第 1 期,1988 年),頁 39～46。

14. 入矢義高撰、王順洪譯,〈寒山詩管窺〉(《古籍整理與研究》第 4 期,1989 年 3 月,頁 233～252。

15. 嚴振非,〈寒山子身世考〉(《東南文化》第 2 期,1994 年),頁 212～218。

16. 連曉鳴、周琦,〈試論寒山子的生活年代〉(《東南文化》第 2 期,1994 年),頁 205～222。

17. 蕭宇,〈詩僧豐干禪師〉(《五台山研究》第 2 期,1994),頁 27～46。

18. 李谷鳴,〈佛教詩偈初探〉(《安徽教育學院學報》第 4 期,1995 年),頁 44～47。

19. 陳耀東,〈寒山、拾得佚詩拾遺〉(《文學遺產》第 5 期,1995 年),頁 115～116。

20. 陳耀東，〈日本國庋藏《寒山詩集》聞知錄——《寒山詩集》版本研究之四〉（《浙江師大學報（社會科學版）》第 2 期，1995 年），頁 98～100。

21. 謝思煒，〈唐代通俗詩研究〉（《中國社會科學》第 2 期，1995 年 3 月），頁 154～166。

22. 黃新亮，〈漢唐僧詩發展述略〉（《廣西師院學報（哲學社會科學版）》第 1 期，1995 年），頁 22～27。

23. 陳耀東，〈《寒山詩集》傳本敘錄〉，（《中國書目季刊》第 31 卷第 2 期，民國 86 年 9 月），頁 29～48。

24. 陳耀東，〈寒山子詩結集新探——《寒山詩集》版〉。本研究之一〉（《浙江師大學報（社會科學版）》第 1 期，1997 年），頁 42～44。

25. 錢學烈，〈寒山子年代的再考證〉（《深圳大學學報（人文社會科學版）》第 15 卷第 2 期，1998 年 5 月），頁 101～107。

26. 高平平，〈疊字的修辭功用〉（《中國語文》第 498 期，民國 87 年 12 月），頁 47～51。

27. 陳耀東，〈唐代詩僧《寒山子詩集》傳本研究〉（《人文中國學報》第 6 期，1999 年 4 月），頁 1～30。

28. 鍾仕倫，〈永樂大典本《寒山詩集》論考〉（《四川大學學報（哲學社會科學版）》第 5 期，2000 年 9 月），頁 113～118。

29. 唐浩，〈江南古剎——寒山寺〉（《中國地名》第 1 期，2002 年），頁 44。

30. 金英鎮，〈論寒山詩對韓國禪師與文人的影響〉（《宗教研究》第 4 期，2002 年），頁 38～45。

31. 羅文玲，〈六朝僧家吟詠佛理的詩作〉（《中華佛學研究》第 7 期，民國 92 年），頁 61～76。

32. 李鍾美，〈從歷代目錄看《寒山詩》的流傳〉（《古籍整理研究學刊》第 3 期，2003 年 5 月），頁 66～71。

33. 項楚，〈唐代的白話詩派〉（《江西社會科學》，2004 年 2 月），頁 36～41。

二、期刊專集

1. （日）森鷗外，〈寒山拾得〉（收於《高瀨舟‧寒山拾得》，臺北：台灣大學出版，民國 53 年 10 月初版）。

2. 梁啓超，〈翻譯文學與佛典〉（收於《飲冰室專集》第七冊，臺北：台灣中華書局，民國 76 年 12 月）。

3. 項楚，〈寒山拾得佚詩考〉（收於《周紹良先生欣開九秩慶壽文集》，北京：中華書局，1997 年）。

4. 王早娟，〈寒山子研究綜述〉（收於《曹溪——禪研究》，北京：中國社會科學出版，2002 年 9 月）。

5. 王小盾、孫尚勇,〈唐代佛教詩歌的套式及其來源〉(收於《唐代文學與宗教》,香港:中華書局,2004 年 5 月)。

6. 何廣棪,〈略談考據方法及其在學術研究之運用〉(收於《碩堂文存五編》,臺北:里仁書局,民國 93 年 9 月初版)。

7. 陳耀東,〈寒山、拾得佚詩考釋〉(收於《中國典籍與文化論叢》第八輯,北京:北京大學出版社,2005 年 1 月初版)。

三、學術論文總集、年鑑

1. 陳友冰著,《海峽兩岸唐代文學研究史(1949～2000)》(桂林:廣西師範大學出版社,2001 年 12 月第一版)。

2. 胡戟等主編,《二十世紀唐研究》(北京:中國社會科學出版社,2002 年 1 月第一版)。

3. 傅璇琮、郁賢皓主編,《唐代文學研究年鑑‧2001》(桂林:廣西師範大學出版社,2002 年 4 月第一版)。

4. 傅璇琮主編,《唐代文學研究‧第九輯》(桂林:廣西師範大學出版社,2002 年 4 月第一版)。

四、碩博士論文

1. 朴魯玹,《寒山詩及其版本之研究》(政治大學中國文學研究所碩士論文,民國 75 年)。

2. 趙芳藝,《寒山詩語法研究》(東海大學中國文學研究所碩士論文,民國 78 年)。

3. 李鮮熙,《寒山其人及其詩研究》(東吳中國文學研究所博士論文,民國 81 年)。

4. 彭雅玲,《唐代詩僧的創作論研究——詩歌語言與佛教的一個側面考察》(政治大學中國文學研究所博士論文,民國 88 年)。

5. 楊曉玫,《中唐佛理詩研究》(玄奘人文社會學院宗教學研究所碩士論文,民國 89 年)。

6. 苗昱,《王梵志詩寒山詩(附拾得詩)用韻比較研究》(蘇州大學漢語文字學所碩士論文,2002 年)。

7. 葉珠紅,《寒山資料考辨》(中興大學中國文學研究所在職專班碩士論文,民國 92 年)。